Andreas Pietzsch

AF216227

WENN ICH REDE,
BIN ICH TOT

Wenn ich rede, bin ich tot

Das Buch

Ein deutsches Paar wird in der Dominikanischen Republik brutal ermordet. Bei Ermittlungen vor Ort stößt der vom Dienst suspendierte Hauptkommissar Arnt Asbach auf ein Betrugssystem ungeahnten Ausmaßes. Der Chef des Baukonzerns ST&T, Markus Steigenberger, gerät erneut ins Visier des Hauptkommissars.
Als die kriminellen Machenschaften Steigenbergers aufzufliegen drohen, gerät der in Panik.
Durch die Entführung und Folterung einer jungen Frau, die dem Hauptkommissar nahe steht, versucht er, das brisante Material, das aus seinem Tresor gestohlen wurde, wieder in seinen Besitz zu bringen.
Unter Einsatz seines Lebens gelingt es Asbach, den Tod der jungen Frau zu verhindern und den Steigenbergerclan zu entlarven.

Der Autor

Andreas Pietzsch ist gebürtiger Dresdner. Er arbeitete als Chemiearbeiter, Heizer, auf dem Bau und in der Landwirtschaft, studierte Naturwissenschaften und wurde Lehrer. Sein Roman "Wenn ich rede, bin ich tot" ist das zweite Buch aus der Krimireihe um Hauptkommissar Asbach.

Andreas Pietzsch

Wenn ich rede, bin ich tot

Kriminalroman

Die in diesem Roman agierenden Personen sind vom Autor frei erfunden. Ähnlichkeiten mit lebenden oder verstorbenen Personen sind zufällig und nicht beabsichtigt.

Herstellung und Verlag:
BoD – Book on Demand, Norderstedt
ISBN 9783744871433

Sie hatten den ganzen Tag am Strand verbracht. Gegen Mittag, als die Sonne senkrecht über ihnen stand, hatten sie ihre Liegen in den Schatten der Kokospalmen gezogen.

Gina hatte sich nicht vorstellen können, dass es auf dieser Welt ein solches Paradies geben könnte – bis sie es mit eigenen Augen gesehen hatte. Schneeweiße Strände, gesäumt von Palmen, im Hintergrund grüne Hügel und sanfte Berghänge, alte Fischerhütten und kleine, verschlafene ländliche Dörfer.

Von Mitte Januar an kamen die Buckelwale in die Bucht von Samana. Ein alter Fischer hatte ihnen erzählt, dass die gewaltigen Säugetiere zur Paarung und zum Kalben seit Jahrhunderten in die Gewässer vor der Dominikanischen Republik kamen. Gina freute sich auf morgen, denn der alte Fischer wollte sie mit raus auf das Meer nehmen.

Sie warf einen Blick auf Burkhard, der im Schatten sofort wieder eingeschlafen war. Der Whisky gestern Abend in der Diskothek hatte ihm den Rest gegeben. Sie hatten im Hotel zu Abend gegessen. Dann waren sie zurück zu ihrem Bungalow, der zum Hotel gehörte, geschlendert und hatten sich geliebt. Burkhard hatte sich gebärdet, als hätte er zwei Jahre keinen Sex gehabt.

Wahrscheinlich war es das Essen gewesen. Die scharfen Gewürze hatten auch bei ihr die Gier entfacht. Sie hatten es kaum bis zum Schlafzimmer geschafft. Burkhard hatte ihr förmlich die Kleider vom Leibe gerissen, sich an ihren Brüsten festgesaugt, war nach unten geglitten und hatte sein Gesicht in ihren Schamhaaren vergraben. Als

6

sie seine Zunge an ihrer intimsten Stelle spürte, waren ihre Knie so weich geworden, dass sie nach hinten aufs Bett gefallen war.

Burkhard hatte sie mit seinen Berührungen in den sexuellen Wahnsinn getrieben. Als sie die Wellen der Lust schüttelten, war er in sie eingedrungen, und sie hatten beide zur gleichen Zeit einen solchen Orgasmus gehabt, dass sie danach wie tot auf dem Bett lagen.

Sie strich dem Mann, den sie seit über 10 Jahren liebte, behutsam über die Wange. Burkhard war erst hier, auf dieser traumhaft schönen Halbinsel, die zur Dominikanischen Republik gehörte, wieder zur Ruhe gekommen. In Pirna, einer kleinen Stadt vor den Toren Dresdens, hatte er in letzter Zeit wie ein gehetztes Tier gelebt.

Als seine Schlafstörungen, das Zittern seiner Hände und der Alkoholkonsum ein Ausmaß erreicht hatten, dass alles nur noch in einer Katastrophe enden konnte, hatte sie die Reißleine gezogen.

„Entweder du gibst diese Firma auf oder unsere Wege trennen sich!"

Es war ihr voller Ernst gewesen.

Ein Leben mit einem Mann, der nicht mehr Herr seiner Sinne war und zwischen euphorischen Alkoholexzessen und tiefster Depression seine Tage verbrachte, hätte sie kaum noch länger ertragen.

Sie wusste, dass sich Burkhard nach der Wiedervereinigung der beiden deutschen Staaten seinen Traum erfüllt hatte. Er war mit Leib und Seele Gerüstbauer. Nach der Wende hatte er sich selbständig gemacht. Hatte einen Kredit aufgenommen, eine völlig heruntergewirtschaftete Baufirma von einem alten, versoffenen Krauter übernommen und ein kleines, solides Unternehmen daraus gemacht.

Das Elend begann, als Burkhard mit seiner Gerüst-baufirma als Subunternehmer für ST&T zu arbeiten begann. Die Zahlungsmoral vieler großer, privater Unternehmen war schlicht und einfach kriminell, die von ST&T schien mafiös zu sein. Zweimal war Burkhard knapp an einer Insolvenz vorbeigeschlittert.

Er hatte dann drei LKWs für den Transport von Schüttgut gemietet und für ST&T beim Bau der neuen Autobahn fahren lassen.

Burkhard wurde reizbar, begann zu trinken und hatte Schlafstörungen. Eines Abends hatte er ihr erzählt, dass er in kriminelle Machenschaften verstrickt war. Er hatte von einem Angestellten des ST&T-Bauimperiums den mündlichen Auftrag erhalten, das teure Schottergestein, das am Tag an die Autobahntrasse geliefert wurde, nachts an eine andere Baustelle zu fahren. Die entstandenen Lücken wurden mit minderwertigem Kies und billiger Erde aufgefüllt.

Kurz nach seinem Geständnis hatte er die LkWs zurück-gegeben, und seine Gerüstbaufirma an einen Kumpel verkauft. Sie hatten die Koffer gepackt und waren in die Karibik geflogen.

Geld schien keine Rolle mehr zu spielen.

Burkhard hatte den teuren Hotelbungalow gemietet und sie hatten sich häuslich eingerichtet. Sonderbar war aller-dings, dass er in bestimmten Abständen nach Deutsch-land flog.

Sie hatte vor einiger Zeit in seine Reisetasche gesehen und eine ziemlich große Anzahl Geldbündel entdeckt. Ihr war klar, dass er bald wieder fliegen würde. Aber er flog nicht.

Sie würde ihn zu gegebener Zeit zur Rede stellen, denn ihr Bauchgefühl sagte ihr, dass hier mindestens ein Rad im Dreck schliff.

Dieses Gefühl einer inneren Unruhe hatte sich gestern Nacht in der Diskothek noch verstärkt.

Sie hatten ausgelassen und wild getanzt, diesen Tanz, der sich Meerengue nannte, von Piraten stammen sollte und von Rafael Trujillos, dem Diktator, hoffähig gemacht worden war.

Der Meerengue wurde mit Hüften und Armen getanzt. Er war einer der erotischsten Tänze, die sie je getanzt hatte. Sie war immer schon eine hervorragende Tänzerin gewesen und dieser Tanz lag ihr im Blut.

Ihr Hüftschwung löste bei den Männern, deren Augen wie Saugnäpfe an ihrem Hintern hingen, Gefühle aus, die man unschwer erraten konnte. Was ihr durchaus nicht unangenehm war.

Die zwei Männer allerdings, die sie und Burkhard seit Mitternacht zu beobachten schienen, waren ihr nicht geheuer vorgekommen. Sie hatte regelrecht gespürt, wie die Kerle sie mit ihren Blicken auszogen.

Im Allgemeinen gefiel es ihr, wenn die Männer scharf auf sie waren, es kitzelte ihrer Gefallsucht, die in jeder Frau steckte. Die Blicke dieser zwei Gestalten allerdings waren ihr unangenehm aufgefallen.

Der eine Kerl mit dem primitiven Gesichtsausdruck und dem untersetzten, kräftigen Körper hatte ihr Angst gemacht. Die stechenden schwarzen Augen in dem Narbengesicht standen eng beieinander und verliehen dem Kerl etwas Brutales und Gieriges. Sie spürte förmlich, wie er sie mit den Augen begrabschte.

Sie hatte dann im Verlauf der Nacht und einigen Cuba Libre nicht weiter auf die zwei Männer geachtet. Heute Mittag hatte sie die Kerle am Strand gesehen und bemerkt, wie sie verstohlen Blicke in ihre Richtung warfen. Sie würde Terrassentür und Fenster diese Nacht fest verschließen.

Gina wusste, dass mehr als dreißigtausend Deutsche sich hier in der Dominikanischen Republik niedergelassen hatten. Sie wusste auch, dass dieser Inselstaat der ideale Unterschlupf für Betrüger, Drogendealer, Pädophile und Mörder war und Entdeckung und Auslieferung die Ausnahme waren.

Aber auch unter der einheimischen Bevölkerung war die Kriminalität ziemlich hoch. Gut jeder zehnte Mann hier hatte eine Schusswaffe, und pro Jahr gab es so an die zwanzig bis dreißig Morde pro hunderttausend Einwohner.

Gina hatte allerdings noch keine negativen Erlebnisse hier auf der Insel gehabt. Im Gegenteil, die Leute hier waren freundlich, und selbst wenn man auf dem Markt nichts kaufte, blieben sie liebenswürdig.

Trotzdem sollte man vorsichtig sein. Sicherlich wurde nicht umsonst gewarnt, Wertgegenstände im Hotelsafe aufzubewahren, und auf Märkten und sonstigen Menschenansammlungen wachsam zu sein, dunkle Straßenzüge und Armenviertel zu meiden und bei Überfällen keine Gegenwehr zu leisten.

War im Grunde kein Wunder, wenn ein Viertel der Bevölkerung an Unterernährung litt. Seit Einführung der Guthabenkarten sollten über fünfhundert Millionen Euro für Bedürftige bereitgestellt worden sein.

Ob das Geld immer bei den wirklich Bedürftigen ankam, da hatte Gina so ihre Zweifel. Immerhin belegte die Dominikanischen Republik in der Liste der korrupten Länder einen Platz, der zwar noch vor Russland lag, aber immerhin dreistellig war.

Das ungute Gefühl in ihrem Bauch, das sie seit dem

Morgen verspürte, war zu einem regelrechten Bauch-grummeln geworden, als sie die beiden Kerle aus der Bar am Strand gesehen hatte.

Sie rüttelte Burkhard sanft an der Schulter. „Ich hab Hunger, mein Herr."

Burkhard blinzelte in die Sonne, die sich dem Horizont näherte. „Auf mich?"

„Auch, aber vorher möchte ich was essen." Sie staunte über sich. Hier, in dieser herrlichen Sonne, dem weißen Strand und der Gelassenheit der Karibik hatte sich ihr Bedürfnis nach Sex so entwickelt, dass es genügte, wenn Burkhard ihr in die Augen sah und leicht ihr Brüste berührte. Sie würde heute Abend Burkhard nach allen Regeln der erotischen Kunst verwöhnen. Sie wollte seinen Körper genießen, ohne diese Gier und diese animalische Wildheit von gestern.

Sie drückt Burkhard die Badetasche in die Hand und sie gingen zu ihrem Bungalow.

Gina erwachte von einem schabenden Geräusch, das sie nicht sofort zuordnen konnte.

Auf alle Fälle kam es aus dem Küchenbereich. Sie setzte sich im Bett auf und horchte. Ihr Körper war verspannt, und diese undefinierbare Unruhe, die sie in der Diskothek und auch heute am Strand empfunden hatte, war wieder da.

Sie stieß Burkhard leicht an, aber der drehte sich nur auf die andere Seite und schlief weiter. Sie wusste, das er nur mit Kanonendonner aus der ersten Schlafphase zu wecken war.

Da war es wieder. Es klang, als würde etwas Hartes über Glas kratzen. Sie hatte, bevor sie zu Bett gegangen waren, alle Fenster verschlossen und die Tür verriegelt.

Dieses Gefühl einer drohenden Gefahr hatte sie den ganzen Abend nicht verlassen. Die Lust auf Sex, die sie noch so heftig am Strand empfunden hatte, war nach dem Abendessen verebbt.

Gina knipste die Nachttischlampe an und stieg aus dem Bett. An der Schlafzimmertür blieb sie stehen und lauschte. Nichts, kein Laut war zu hören. Sie schob die nur angelehnte Tür langsam auf. Im Wohnzimmer rührte sich nichts, nur der leichte Gazeschleier gegen die Moskitos vor der Küchentür bewegte sich leicht.

Sollte sie die Tür, die von der Küche nach draußen führte, nicht richtig verschlossen haben? Als sie zur Küchentür tappte, sah sie aus den Augenwinkeln einen Schatten aus dem Vorratsraum auf sich zuspringen. Sie stieß einen gellenden Schrei aus. Gleich darauf presste sich eine harte, stinkende Hand auf ihren Mund, ein Arm umklammerte ihren Oberkörper und die andere Hand quetschte ihre linke Brust schmerzhaft zusammen. Vom Schlafzimmer her hörte sie ein Poltern. Burkhard war Gott sei Dank von ihrem Schrei erwacht.

Sie sah mit angstgeweiteten Augen, wie er mit vorgehaltener Pistole – von der sie nichts geahnt hatte – das Wohnzimmer betrat.

Gina wollte einen Schrei ausstoßen, aber nur ein dumpfer Laut kam aus ihrem verschlossenen Mund. Die Gestalt, die rechts neben der Tür im Schatten stand, schlug blitzschnell mit der Handkante auf Burkhards Unterarm. Die Pistole fiel zu Boden, der Mann krachte mit aller Kraft Burkhard die Faust in den Magen und hob danach die Pistole auf.

Burkhard gab einen erstickten Laut von sich, krümmte sich nach vorn und landete auf dem Fußboden. Gina trat mit dem rechten Bein nach hinten und traf das Schienbein des Mannes, der sie fest umklammert hielt. Die Umklammerung lockert sich, der Mann drehte sie um und schlug ihr die Faust gegen die Schläfe.

Es wurde schlagartig dunkel um sie.

Als sie wieder zu sich kam, lag sie mit an den Oberkörper gefesselten Armen auf der Eckliege. Burkhard saß gefesselt auf einem Stuhl. Der Größere der beiden Kerle, der einen eigenartig verschleierten Blick hatte, stand breitbeinig vor ihm.

„Das Geld! Wo hast du verdammtes Schwein das Geld versteckt, das dir nicht gehört."

Burkhard blickte den Mann mit vor Wut verzerrtem Gesicht an und schrie wie von Sinnen: „Fick dich ins Knie, du Wichser!"

Der Mann schlug ihm mit der Rückhand ins Gesicht.

„Verrecke, du Schwein!", schrie Burkhard mit sich überschlagender Stimme.

„Dann wird sich jetzt mein Partner mit deiner schönen Nutte beschäftigen. Zum letzten Mal, wo sind die zweihunderttausend Euro, die du nicht abgeliefert hast?"

Gina sah, wie Burkhard die Zähne aufeinanderbiss und an seiner Fesselung zerrte.

Der Mann vor Burkhard gab dem Pockennarbigen mit der Hand ein Zeichen. Der beugte sich zu Gina hinunter, riss mit einem brutalen Handgriff ihr Pyjamaoberteil in Fetzen und presste seine harten, groben Hände auf ihre Brüste.

Burkhard schnellte mitsamt dem Stuhl, an den er gefesselt war, mit dem Kopf voran auf seinen Gegner zu. Beide Männer gingen zu Boden. Burkhard hatte keine Chance. Der Mann hob seinen rechten Arm und schlug mit aller Kraft die Pistole auf Burkhards Kopf. Es gab ein knirschendes Geräusch, wie wenn ein trockener Ast bricht. Burkhard zuckte kurz mit den Beinen und lag dann still am Boden.

Gina, die bis jetzt wie gelähmt gewesen war, stieß einen gellenden Schrei aus. Der Pockennarbige schlug ihr seine harte Hand auf den Mund, schob ihr ein altes Taschentuch als Knebel in den Mund und verknotete ihr Pyjamaoberteil so hinter ihrem Kopf, dass sie nur noch durch die Nase atmen konnte.

Sie sah, wie der Mann mit der Pistole sich erhob und Burkhard mit dem Fuß anstieß.

Keine Reaktion.

Er bückte sich und legte zwei Finger auf Burkhards Hals.

„Scheiße, das Arschloch ist hin!"

„Was machen wir jetzt, fragte der Pockennarbige?"

„Vielleicht weiß die kleine Nutte, wo der Kerl die Moneten versteckt hat. Nimm dir die Schlampe vor und mach sie gesprächig. Die weiß bestimmt, wo das Geld deponiert ist."

Der Pockennarbige riss Gina mit einem Ruck die Schlafanzughose vom Körper, spreizte brutal ihr Schenkel auseinander und stellte sich zwischen ihre Beine.

„Möchtest du uns was sagen, Schlampe?", knurrte der Mann sie an.

Gina nickte.

Der Mann lockerte den Knebel.

„Red!"

„Ich habe keine Ahnung ...", stotterte Gina.

Der Mann zog die Knebelung wieder fest, löste seinen Gürtel und zog den Reißverschluss seiner Hose nach unten.

Gina begann sich in ihrer Fesselung zu winden und Tränen strömten über ihr Gesicht.

Der Mann beugte sich über sie und griff grob nach ihren

Brüsten. Sein Atem, der nach Knoblauch und Alkohol stank, raubte ihr nahezu die Besinnung.

„Warte!", rief der Mann mit der Pistole und winkte den Pockennarbigen zu sich.

Die beiden Männer verschwanden in der Küche.

„Der Kerl ist hinüber".

„Also Mord! Schöne Scheiße!" Pocke kratzte sich am Bauch.

„War so nicht geplant, hätte nicht gedacht, dass der Kerl so losgehen würde."

„Die Schlampe muss ebenfalls weg, die kann uns jederzeit identifizieren."

„Heiße Entsorgung?"

„Heiße Entsorgung, es bleibt uns nichts anderes übrig."

„Schade um die hübsche, kleine Nutte", grinste Pocke teuflisch.

„Wenn du noch deinen Spaß haben willst …?"

„Will ich!"

„Zuerst alles, was brennbar ist, in den Wohnraum!"

Die Männer rissen Gardinen von den Fenstern, zerknüllten alles, was sie an Papier fanden, traten Stühle entzwei und häufte alles an der Fensterfront auf. Die Scheibe würde zuerst platzen und das Feuer würde mit Sauerstoff versorgt.

Gina sah voller Angst, was die Männer taten. Ihr war klar, die würden den Bungalow anzünden, um Spuren zu beseitigen. Würden die Verbrecher sie am lebendigen Leibe mit verbrennen? Sie zerrte wie wild an ihrer Fesselung.

Der Pockennarbige kam zu ihr herüber. Seine Augen glitzerten vor Geilheit. Er ließ seine Hose zu Boden gleiten, schmiss sich auf sie, packte mit beiden Händen ihre Brüste und drang brutal in sie ein.

Als er von ihr abließ, goss der andere Kerl den Inhalt einer Flasche hochprotzendigen Rum über den Sperrmüll, zündete einen mit Alkohol getränkten Lappen an und warf ihn in den Haufen vorm Fenster. Dann reichte er dem Pockennarbigen die Pistole.

Gina sah genau in die Mündung, als der Schuss krachte.

***

Hauptkommissar Asbach saß am Schreibtisch seines neuen Büros in der Detektei Kowalski und Partner. Kowalski, der Inhaber einer Privatdetektei am Stadtrand, der inzwischen so etwas wie ein Freund für ihn geworden war, hatte sein Angebot, bei ihm einzusteigen, wiederholt, und er hatte kurz entschlossen angenommen. Klar, er hätte des Geldes wegen keine Arbeit mehr anfassen müssen. Seine Börsengeschäfte hatten ihm ein kleines Vermögen eingebracht. Er hatte, kurz bevor der Neue Markt zusammenbrach, verkauft.

Nein, arbeiten hätte er nicht mehr gemusst. Aber in den Tag hineinleben, ohne Sinn und Verstand, war nun einmal nicht sein Ding. Und er hatte noch eine Rechnung offen. Ganz oben auf dieser Rechnung stand der Name Steigenberger.

Den Auftrag allerdings, an dem er jetzt recherchierte, hatte er mit sehr gemischten Gefühlen übernommen.

Versicherungsbetrug mit schwerer Körperverletzung. War ein klarer Fall für die Kripo. Er könnte in Schwierigkeiten geraten. Seine Suspendierung war immer noch nicht aufgehoben. Irgendwo saß jemand an dem berüchtigten langen Hebel und drückte mit großem

Kraftaufwand seine Seite der Wippe konstant nach oben, so dass er keinen Fuß auf die Erde bekam.

Der Fall jedenfalls, den Kowalski erst vor kurzem von einer großen Versicherung an Land gezogen hatte, war schon eine Nummer für sich. Die Versicherung wollte sich nicht nur auf die Ermittlungen der Polizei verlassen.

Kowalski hatte ihn gebeten, das Umfeld zu sondieren. Asbach wusste, dass Versicherungsbetrug eine Art moderner Volkssport geworden war. Der Schaden, der daraus entstand, sollte so bei vier bis fünf Milliarden pro Jahr liegen.

„Das macht doch jeder mal!", war die gängige Ausrede, wenn einer erwischt wurde.

In diesem Fall ging es um mehrere hunderttausend Euro und einen schwerverletzten Juwelier, der im Koma lag. Die Versicherung hatte die Zahlung ausgesetzt. Die verantwortlichen Leute waren misstrauisch geworden. Obwohl die Polizei bereits ermittelte, hatte die Versicherung die Privatdetektei „Kowalski und Partner" eingeschaltet.

Er, Asbach, suspendierter Hauptkommissar, ehemals Mitglied der Sonderermittlungsgruppe gegen Korruption und organisierte Kriminalität, kurz KoK genannt, hatte den Fall unter die Lupe genommen. Er hatte das gesamte Umfeld der in die Sache verwickelten Personen durchleuchtet.

Der Juwelier hatte vor einigen Jahren eine äußerst attraktive junge Frau kennengelernt. Der Mann, dessen Ehefrau vor Jahren an Brustkrebs gestorben war und die er bis zu ihrem Tod aufopferungsvoll gepflegt hatte, war eine leichte Beute gewesen.

Bei einer Party unter Juwelieren war Theresa am Arm eines Mannes aufgetaucht, der angeblich ihr Bruder sein sollte. In Wirklichkeit war er der Geliebte der jungen Frau.

Die Dame wurde dem Juwelier vorgestellt.

Dem nach Liebe ausgehungerten Manne erging es wie der Fliege, die sich einer Venusfalle nähert. Die Falle schnappte zu, bevor der Juwelier überhaupt hätte merken können, dass es eine Falle war.

Wenige Monate nach dieser Party heiratete der ältere, gutsituierte Herr die schöne, junge Frau. Sie zog zu ihm in die Villa am Weißen Hirsch, einer Nobelgegend Dresdens.

Theresa verwöhnte den Juwelier nach allen Regeln der erotischen Kunst. Der Mann erlebte zum ersten Mal in seinem Leben, wie eine Frau mit ihren verschiedenen Körperöffnungen den Mann in sexuelle Raserei versetzen konnte.

Der Juwelier wäre vom Dresdner Rathausturm gesprungen, wenn sie ihm gesagt hätte, dass er fliegen könne.

Leider gab es für das absolute Wohlbefinden der jungen Frau ein Hindernis. Sie selbst hatte bei den Liebesspielen mit dem neuen, nicht mehr ganz taufrischen Ehegatten keinerlei sexuelle Höhepunkte.

Die verschaffte ihr nur Guido, der als Bruder getarnte Liebhaber. Der allerdings war ein Hallodri und Tunichtgut allerersten Kalibers. Spielsüchtig und drogenabhängig, hatte er sich in eine Situation hineinmanövriert, aus der er ohne die Hilfe seiner Geliebten nicht mehr herauskommen würde.

Das Paar schmiedete einen perfiden Plan, in den sie den Juwelierehegatten einzubinden gedachten. Es ging um mehr als einhunderttausend Euro, die der Windhund Guido brauchte, wenn er ohne größere Blessuren aus der

Nummer, die er sich eingebrockt hatte, herauskommen wollte.

Guido schlug seiner Geliebten und Juweliersgattin vor, zwei Ganoven zu organisieren. Die sollten in die Villa einbrechen und den Juwelier mit dessen Einverständnis fesseln.

Die Geheimzahlen für die Öffnung des Safes würden sie durch eine Scheinbedrohung mit einem Messer aus dem Manne herauskitzeln. Geld, Juwelen und teurer Schmuck würden geraubt werden. Die Versicherung würde zahlen, und das geraubte Gut würde wenige Tage später zu seinem Besitzer zurückkehren.

Die Ganoven sollten für den Bruch zwanzigtausend Euro kassieren. Der Brudergeliebte sollte seine reichlich hunderttausend Euro erhalten, und für den Juwelier würde noch einmal soviel bleiben. Mit diesem Geld würde er seiner geliebten Ehefrau endlich den heißersehnten Porsche kaufen, mit dem die Schöne herrliche Ausflüge machen konnte, wenn der Ehemann seinen Geschäften in der Stadt nachgehen würde.

Am Steuer des Wagens säße allerdings nicht sie, sondern der geliebte Bruder. Letzteres wurde allerdings dem Ehemann vorenthalten.

Der einzige Einwand des Juweliers, der sich vor sexueller Gier auf dem geistigen Niveau eines Karnickelbockes befand, war, was wäre, wenn die Ganoven einfach mit der Beute verschwanden?

Der Hallodribruder seiner geliebten Frau konnte seine Bedenken dadurch ausräumen, dass er behauptete, die beiden Kleinganoven seit langem zu kennen und fest in der Hand zu haben.

Spätestens hier hätte der Juwelier hellhörig werden müssen. Aber Hirnsubstanz eines Mann in der Rauschzeit, dachte Asbach, unterscheidet sich nur unwesentlich von dem einer Fruchtfliege, die eine aufgeplatzte, nicht mehr ganz frische Aprikose umschwirrt.

Ein weiterer Vorschlag des Bruders war, eine Kamera in dem Zimmer zu installieren, in dem sich der Safe befand. So könne einwandfrei bewiesen werden, dass die Preisgabe der Geheimzahlen unter schwerer Gewaltandrohung erfolgte.

Alles war gewissenhaft vorbereitet und lief doch völlig aus dem Ruder. Kowalski hatte auf Wegen, die Asbach immer noch Rätsel waren, eine Kopie des Films besorgt. Was sofort ins Auge sprang, war, dass der Juwelier während der ganzen Aktion ständig Blicke in Richtung der versteckten Kamera warf.

Der Film zeigte, dass es zwischen dem Juwelier und den beiden Ganoven zu einem nicht gespielten Streit gekommen sein musste.

Wahrscheinlich ging es um die Höhe der vereinbarten Summe für den Einbruch, welche mit den Einbrechern vereinbart worden war.

Der nur lose gefesselte Juwelier war während des Wortwechsels aufgesprungen und hatte einen der beiden Kriminellen bedroht. Der zweite Kerl hatte blitzschnell zugeschlagen. Seine Faust war mit voller Wucht in der Lebergegend des nicht mehr ganz topfitten Juweliers gelandet.

Es war zu schweren inneren Blutungen gekommen.

Die beiden Ganoven hatten den Safe leergeräumt und waren getürmt. Die besorgte Ehefrau hatte wenig später das Haus betreten und ihren geliebten Ehemann bewusstlos auf dem Boden liegend vorgefunden.

Statt den ärztlichen Notdienst anzurufen, hatte sie ihren Geliebten verständigt.

Der hatte sich am Sicherheitsschloss der Eingangstür zu schaffen gemacht, damit es nach einem echten Bruch aussah, dann den Notruf gewählt und war schnell wieder verschwunden.

So oder so ähnlich musste die ganze Sache abgelaufen sein, war sich Asbach sicher.

Die beiden Ganoven saßen bereits in Untersuchungshaft und schwiegen. Von der Beute fehlte jede Spur. Die Versicherung war nicht gewillt zu zahlen, und der Juwelier lag im Koma.

Gegen die schöne, junge Frau und ihre Mittäterschaft an dem Gaunerstück gab es bis jetzt allerdings noch keine hieb- und stichfesten Beweise.

Asbach überlegte, wie er den Bruderliebhaber dazu bringen könnte, einen Fehler zu begehen, als sein Telefon klingelte.

„Asbach."

„Maibach!"

„Das wird ja Zeit, dass sich der gefürchtetste Ganovenschreck der Stadt wieder mal meldet."

„Ich muss doch sehr bitten, Herr Privatdetektiv, du sprichst mit einem Ersten Hauptkommissar der berühmten Polizeibehörde auf der Schießgasse."

„Dann gratuliere ich dem Ersten Hauptkommissar zu seiner Beförderung ganz herzlich."

„Kannst du stecken lassen, Arnt Die Beförderung hat, wie fast immer auf dieser unvollkommenen Welt, den Falschen getroffen. Die Idioten haben mir das Verdienst zugesprochen, das Kinderbordell ausgehoben zu haben."

„Wer Ungerechtigkeit sucht, braucht keine Laterne, sagt eine alte Volksweisheit, mein lieber Hannes. Aber ich denke, dass der Falsche doch der Richtige war, und es wird höchste Zeit, dass der Beförderte einen ausg ..."

„Heute zwanzig Uhr Zschoner Mühle, Arndt."

„Ist ganz schön weit draußen."

„Soll es auch. Wir müssen nicht unbedingt zusammen gesehen werden."

„Schämt sich der Erste Hauptkommissar etwa mit einem suspendierten ..."

„Red kein Blech, Alter. Es gibt da so einiges, wo unser gemeinsamer Freund mit drinhängen könnte. Alles weitere heute Abend."

***

Asbach verließ gegen 17 Uhr sein neues Büro auf der Grundstraße und fuhr Richtung Albertplatz.

Er wohnte immer noch im Hotel bei Eric. Zwischen den beiden Männern hatte sich eine echte Freundschaft entwickelt. Eric hatte dafür gesorgt, dass das große Zimmer des Hauptkommissars inzwischen seinen anonymen und stereotypen Hotelzimmercharakter verloren hatte.

Es war ein Wohnzimmer geworden. Mit den Annehmlichkeiten des Hotellebens.

Du verlässt deine Bude wie nach einer Handgranatenexplosion. Zeitungen und Zeitschriften liegen auf dem Tisch, Klamotten hängen über Stühlen, das Bett ist ungemacht, Schuhe stehen kreuz und quer an der Tür, und im Bad sieht es nicht besonders erfreulich aus. Du kommst am Abend nach Hause und alles ist aufgeräumt, das Bad geputzt, und auf dem Kopfkissen liegt das obligatorische Schokoladentäfelchen.

Kein vorwurfsvoller Blick.

Kein tadelndes Wort.

Alleinstehende Männer, dachte Asbach, die in die Jahre gekommen waren, sollten besser im Hotel wohnen.

Nur konnten die Wenigsten es sich leisten.

Wenn der Mann anfing, Wäsche zu waschen, Hemden zu bügeln, das Klo zu putzen und Kekse zu backen, verlor er ganz schnell seine Identität.

Asbach hatte oft bemerkt, dass sich diese Männer unmerklich, aber unaufhaltsam in jene verknöcherten Hagestolze verwandelten, die alles wussten und alles konnten.

Der Mann sollte Mann bleiben.

Bist eben noch vergangenheitsgeprägt, Alter.

Komisch, dass der Macho allerorten geschmäht, aber insgeheim von der Damenwelt bevorzugt wurde.

Er dachte flüchtig an Hanna. Mit ihr hätte es vielleicht etwas werden können. Aber nach ihrer Enttarnung als IM hatte er nichts mehr von ihr gehört. Manchmal, nachts, träumte er von Leona. Es waren die erotischsten Träume, die er je gehabt hatte.

Hör auf zu spinnen, Alter. Er stellte das Auto im Hof des Hotels ab und ging durch den Hintereingang ins Restaurant, um Eric zu begrüßen.

„Nanu", Eric sah auf die Uhr, als Asbach das Hotel betrat.

„Manchmal macht eben auch ein Privatdetektiv zeitig Feierabend", lachte Asbach.

„Ein Date?", fragte Eric.

„Ein Date mit einem Mann!", grinste Asbach.

„Du wirst doch nicht …?"

„Ganz sicher nicht!"

„Maibach?"

„Maibach!"

„Die wollen dich zurückholen?"

Asbach schüttelte den Kopf. „Sieht nicht danach aus. Die KoK steckt wahrscheinlich wieder mal irgendwo fest und braucht einen privaten Ermittler."

„Wo trefft ihr euch?"

„Zschoner Mühle."

„Ganz schön weit ab vom Schuss, aber eine gute Wahl. Wenn`s nicht zu spät wird, schau noch mal rein."

„Mach ich."

Maibach saß an einem Tisch am Fenster. Das Lokal war schon gut gefüllt. Asbach bahnte sich einen Weg durch den Raum.

Die Männer gaben sich die Hand.

„Ich grüße den Ersten Hauptkommissar." Asbach verbeugte sich.

„Lass den Scheiß. Du verdirbst mir die Bierlaune."

„Mit des Bieres Hochgenuss wächst des Bauches Radius." Asbach sah grinsend auf Maibachs Rundungen oberhalb des Gürtels.

„Grins` nicht, du Fahrradspeiche. Leb` du mal mit einer Frau zusammen, deren tägliches Hobby das Kochen geworden ist."

Asbach sah Maibach verständnislos an.

„Gertrud ist zu Hause. Die Ämter wurden zusammengelegt und einige Leute waren damit überflüssig."

„Tut mir leid für Gertrud."

„Solltest lieber mit mir Mitleid haben." Maibach zeigte auf seinen Bauch.

„Ein Mann ohne Bauch ist ein Krüppel, sagt der Volksmund."

„Haben der Herr und der Krüppel gewählt?" Die Kellnerin stand schmunzelnd vor ihrem Tisch.

24

Asbach sah der jungen Frau ins Gesicht und kniff ein Aug zu.

„Für den Herrn", er zeigte diskret auf Maibach, „einen Löwenzahnsalat mit doppelter Portion Essig und einen gedämpften Maiskolben mit Petersilie. Für mich bitte den Lammbraten auf Cranberrykarotten und Herzoginkartoffeln. Dazu ein Schwarzbier. Für den Herrn bitte ein sehr kalorienarmes Wasser und ..."

„Das reicht aber jetzt, du alter Es ... Für mich bitte das gebackene Lachsfilet mit Spargel und Schwenkkartoffeln. Dazu ebenfalls ein Schwarzbier."

Die junge Kellnerin verschwand lachend in Richtung Küche, nicht ohne vorher Asbach noch einen verführerischen Blick zuzuwerfen. Was für ein Mann. Mindestens sportliche einsfünfundachtzig, markantes Kinn, schmaler Kopf und warme, braune Augen

Die Männer sahen sich eine Weile schweigend an, dann sagte Asbach: „Was liegt an, Hannes?"

„Hast du von dem Doppelmord in der Dominikanischen Republik gehört oder gelesen?"

„Gelesen ja, aber was hat das mit eurer Arbeit zu tun? Ist doch ziemlich weit weg und kommt in solchen Gegenden schon mal vor."

„Da hast du recht, Arnt, nur führen ganz feine Fäden nach Deutschland, speziell nach Dresden. Wir ermitteln seit einiger Zeit in der Baubranche, Autobahnbau. Da scheinen extreme Betrügereien zu laufen, und es ist sehr naheliegend, dass der Doppelmord etwas damit zu tun hat. Wir agieren mit höchster Vorsicht und Geheimhaltung, um an die Drahtzieher heranzukommen."

„Und du meinst, unser gemeinsamer Bekannter, der bei der Aushebung des Kinderbordells bis jetzt ungeschoren davongekommen ist, hat seine klebrigen Finger auch da mit drin?"

„Ich bin ziemlich sicher, Arnt. Die ST&T-Baugesellschaft ist die klebrigste aller klebrigen Baugesellschaften im Umkreis von 500 Kilometern. Da müssen in letzter Zeit Dinge gelaufen sein, dass dir die Haare zu Berge stehen. Die haben sämtliche Großaufträge beim Autobahnbau aquiriert.

Das geht nur, wenn du alle anderen Unternehmen durch Dumpingangebote ausschaltest. Wenn du dann noch was verdienen willst, musst du Teilaufträge an Subunternehmen vergeben. Ist dann die Zahlung fällig – ab in die Insolvenz. So spart man Löhne und Sozialabgaben."

„Es gibt aber doch, soweit ich davon gehört habe, Bauüberwachungsämter."

„Natürlich gibt es die, zum Beispiel die Fernstraßenplanungs-und-bau GmbH Deutsche Einheit, kurz DEGES genannt, aber deren Sitz ist in Berlin und Berlin ist weit weg."

„Aber die Stadt muss doch ebenfalls Ämter haben, die Großbaustellen kontrollieren und überwachen."

„Hat sie, die Stadt, aber in diesen Ämtern sitzen Menschen. Stell dir vor, der verantwortliche Bauleiter bestellt eine Flutlichtanlage, damit seine Leute bis in die späten Abendstunden an einem bestimmten Abschnitt arbeiten können. Stell dir weiter vor, einer der Männer im Autobahnamt, sexuell stark unterversorgt, hat einer sehr jungen und schönen Sekretärin in diesem Amt einen tollen Wellnessaufenthalt in einem 5-Sternehotel versprochen. Bedingung: Die Massagen, auf die es ihm ankommt, werden im Hotelzimmer vorgenommen."

„Die Anlage wird nicht geliefert, aber abgerechnet", grinste Asbach.

„Der Vorteil für beide Seiten liegt auf der Hand. Der

Beamte kann seine heißersehnte ornithologische Reise mit seinem Superschneckchen antreten und in der Schwarzgeldkasse des Baukonzerns klingelt es ebenfalls kräftig. Vielleicht braucht die heiße Meise aus dem Bauamt auch ein neues Auto.

Aber woher das Geld nehmen, denn die liebe Ehefrau des Beamten kontrolliert seine Finanzen.

Da käme doch ein weiterer kleiner Nebenverdienst, zum Beispiel bei der Landvermessung, goldrichtig. Man unterschreibt ja heutzutage so viel Papiere, da kann schon mal was durchrutschen."

„Soll ich mich jetzt im Autobahnamt als Landschaftsvermesser bewerben?", grinste Asbach.

„So dumm ist die Idee gar nicht. Im Auftrag der ST&T-Baugesellschaft wurden Vermessungstrupps über Land geschickt, um Täler und Berge zu vermessen. Bei der Planung der Trasse müssen solche Landschaftsunebenheiten natürlich berücksichtigt werden. Ist schließlich eine Frage der Kosten."

Maibach holte tief Luft. „Auf der ganzen, scheinbar vermessenen Trasse gibt es aber keinerlei nennenswerte Erhebungen oder in die Landschaft einschneidende Täler."

Asbach schüttelte den Kopf. „Wenn das nicht von dir käme, Hannes, würde ich sagen, hier spinnt sich einer was zusammen."

„Das ist nur die Spitze des Eisberges, mein Lieber. Das Abholzen größerer Waldgebiete und das Ausgraben der Wurzelstöcke wurden abgerechnet.

Es gab allerdings weit und breit keinen Wald.

Riesige Findelsteine mussten beseitigt werden.

Der größte von ihnen hatte einen Durchmesser von zwanzig Zentimetern.

Pumpaggregate mussten angeschafft werden, um Grundwasser abzupumpen. Dabei war der Boden so trocken wie früher die berühmte Konsumbebe.

Erdaushub wird abgerechnet.

Die Erde liegt immer noch an Ort und Stelle.

Die schlimmsten Schweinereien werden aber mit den Subunternehmen gemacht. Die werden nämlich, wenn die Arbeit getan ist und die Zahlungen fällig werden, gnadenlos in die Insolvenz geschickt. Die Forderungen der Arbeitnehmer laufen dann ins Leere und ..."

„Warum schlagt ihr nicht zu, wenn das alles bekannt ist?" Asbach sah Maibach kopfschüttelnd an.

„Uns fehlen handfeste Beweise, die den gesamten Bauklüngel hinter Gitter bringen würden."

„Und die ganze Schweinerei wird von unseren Steuergeldern finanziert, nicht zu fassen. Man könnte denken, wir leben im Sudan oder irgend so einem Korruptionsparadies dieser Welt."

„Und genau in so ein Korruptionsparadies sollst du reisen. Der Inselstaat liegt in der Liste der korrupten Länder knapp über der Hundertermarke, aber immerhin noch vor Russland ... „

„Dominikanische Republik?"

„Du hast es erfasst, Arnt. Wir brauchen Hinweise und Informationen zu dem Doppelmord in Samana. Nach unseren bisherigen Erkenntnissen war der Ermordete Subunternehmer bei ST&T und hat mit größter Wahrscheinlichkeit diese Baugesellschaft oder einen der dort agierenden Manager beschissen."

„Auftragsmord?"

„Sehr wahrscheinlich. Die Täter wurden schnell von der dortigen Polizei gefasst. Es kam zu einem Schusswechsel, bei dem einer der Ganoven erschossen wurde.

Du musst versuchen, an den zweiten Mann, der dort im Knast sitzt, heranzukommen. Wenn der kooperationsbereit ist, kann er unter Umständen nach Deutschland überstellt werden."

„Ist das ein offizieller Auftrag, Hannes?"

„Natürlich nicht, mein Freund. Sonst hätte ich ja fliegen können. Du ermittelst rein privat und absolut diskret. Wir wollen das ganze Nest der betrügerischen Baufirma ausheben. Die dürfen keinen Schimmer haben, dass gegen sie ermittelt wird. Wenn wir zuschlagen, muss das wie der berühmte Blitz aus heiterem Himmel kommen. Auf dein Wohl, Arnt!"

„Prost Hannes!"

Maibach setzte sein Glas ab, sah sein Gegenüber an und sagte: „Grüße von Hartmann, unserem Chef. Er bedauert sehr, dass du immer noch suspendiert bist. Er lässt dir bestellen, dass er von der Aktion "Samana" keine Kenntnis hat, falls was schief geht. Du bist also rein privat dort."

„Hast du sonst noch Neuigkeiten auf Lager, Herr Erster Hauptkommissar?"

„Hab ich."

„Schieß los!"

„Du erinnerst dich sicher noch an diesen zwielichtigen Polizisten, diesen Klimpke, der nach Leipzig versetzt wurde?"

„Allerdings, der Kerl, der geholfen hat, mir das Falschgeld unterzuschieben."

„Genau der. Wurde in Leipzig aus dem Polizeidienst ausgemustert. Hat dort wieder krumme Dinger gedreht. Ist jetzt Projektmanager bei ST&T."

„Was ist der?"

„Projektmanager!"

„Der Kerl hat doch vom Bau genauso viel Ahnung wie eine Kellerassel von der neunten Symfonie. Der kann doch sicher nicht einmal die Bauzeichnung eines Baumhauses für Kinder lesen.

„Muss er auch nicht, mein lieber Arnt, der kriegt gesagt, was er zu sagen und zu tun hat und dann sagt er und tut er das. Ahnung vom Geschäft muss der nicht haben, es genügt, wenn er funktioniert."

„Erinnert mich irgendwie an verschiedene Bundesminister", lachte Asbach.

„So zum Lachen ist das nicht unbedingt. Es gab im Lande schon Physiker und Studienräte, die Finanzminister wurden oder aus der Bundeswehr ausgemusterte Reserveoffiziersanwärter, die dann das Amt des Verteidigungsministers innehatten. Wer weiß, was da noch alles kommt? Wichtig ist, dass in so einem Amt alles, was du sagst, im Brustton der tiefsten Überzeugung vorgetragen wird, du niemals Fehler eingestehst und du möglichst den Kurs steuerst, der den über dir Thronende vorgibt."

Asbach starrte nachdenklich in sein fast leeres Bierglas, dann sah er Maibach an.

„Du bist sicher, dass dieser Klimpke wieder in Dresden ist?"

„Ganz sicher, Arnt!"

Asbach dachte kurz an Leona Nachterstedt. Er musste die junge Frau unbedingt warnen.

Die Männer tranken ihr Bier aus und verließen das Lokal.

Auf dem Weg zu ihren Autos sagte Maibach: „Du fliegst morgen Abend, Arnt. Dein Hinflug ist gebucht und bezahlt. Alle deine sonstigen Kosten werden über mich abgerechnet."

Die Männer gaben sich zum Abschied die Hand.

Maibach wandte sich auf dem Weg zu seinem Wagen noch einmal um. „Hätte ich beinahe vergessen, dieser Steigenberger will seine ST&T-Baugesellschaft an die Börse bringen. Behalte das mal im Auge, Arnt."

***

Asbach stieg kopfschüttelnd in seinen BMW. Der Schweinehund an die Börse. Das wird ein oberfaules Ding, aber darüber nachzudenken war jetzt nicht der richtige Zeitpunkt.
Er sah auf die Uhr am Armaturenbrett. 22.00Uhr.
Für einen Besuch bei einer jungen Frau, die ihr Atelier in der Neustadt hatte, war es jetzt wohl eher später Nachmittag.
Asbach entschloss sich, noch bei Leona vorbeizuschauen. Dieser Klimpke lag ihm schwer im Magen und stellte für Leona eine echte Bedrohung dar. Leona und er hatten nie den Kontakt zueinander verloren. Ihr und dieser Anja war übel mitgespielt worden. Sie hatten trotz massiver Ein-schüchterungs- und Bestechungsversuche gegen die Herren, die Stammkunden im Kinderbordell Lolita gewesen waren, ausgesagt. Die Herren aus den oberen Etagen der Gesellschaft hatten daraufhin die Mädchen mit Verleumdungsklagen überzogen, von denen einige immer noch liefen.
Die Mädchen waren standhaft geblieben.
Ihr Zorn war größer als ihre Angst.
Es war überhaupt erstaunlich, was aus dieser Leona Nachterstedt geworden war. Sie hatte ihre Vergangenheit als Gelegenheitsprostituierte und Drogenkonsumentin

abgestreift, wie die Schlange die zu eng gewordene Haut.
Ihre erotischen Miniaturen mit dem Pinselstrich eines
Van Gogh verkauften sich in den Galerien der Neustadt
wie geschnittenes Brot.

Das Mädel war zu Geld gekommen und wusste nichts
damit anzufangen.

Er hatte sie davon überzeugen können, dass jeder Markt
irgendwann gesättigt ist und neue Leute mit neuen Ideen
auf den Markt nachdrängen.

Für diesen Fall war das Vorhandensein von möglichst viel
Geld immer die Gewähr für eine Freiheit, ohne die ein
kreativer Mensch vor die Hunde ging.

Nur Geld kann, so lange es diese Welt regiert, dem
Menschen Freiheit gewährleisten. Das ganze Gefasel der
Philosophen von Freiheit oder der Autonomie des
Subjekts ist für die Katz, wenn du Schütze Arsch im
dritten Glied bist und jeden Euro dreimal umdrehen
musst, bevor du ihn ausgibst.

Frag einen Hartz-IV-Empfänger nach der Freiheit, von
der gewisse Politiker zu bestimmten Jahrestagen lautstark
ihre nichtssagenden Reden zu würzen versuchen.

Der Harzer wird sagen, meine Freiheit besteht darin, das
ich zwar theoretisch nach Acapulco fliegen und mich dort
in einem Nobelhotel einchecken könnte, aber leider reicht
meine Penunze gerade mal für den Baggersee, eine
Currywurst und eine Büchse Bier am Imbiss.

Frag einen Mindestlohnempfänger nach der Freiheit.

Er wird dir sagen, dass er schon oft davon geträumt hat,
endlich mal ausgiebig mit seinen zwei Kindern shoppen
zu gehen, ihnen die heißersehnten Markenklamotten für
die Schule zu kaufen, damit sie von den privilegierteren
Klassenkameraden nicht mehr gemobbt werden.

Das Scheißgeld reichte aber immer nur für kik, Woolworth oder Ernstings family.

Frag einen Obdachlosen nach der Freiheit.

Die Antwort wirst du dir zwischen die Arschbacken klemmen können.

Asbach fiel der Spruch von Oscar Wilde ein. 'Als ich klein war, glaubte ich, Geld sei das wichtigste im Leben. Heute, da ich alt bin, weiß ich: Es stimmt'.

Als er Leona vorgeschlagen hatte, einen Teil ihres Geldes in Aktien oder Aktienfonds anzulegen, hatte sie ihn zweifelnd angesehen und gesagt: „Soll ich die Mäuse dann lieber nicht gleich verschenken oder zum Heizen verwenden."

Das entsprach in etwa der Meinung, die viele Leute von der Börse hatten. Nicht verwunderlich nach dem Platzen der Dotcom-Blase, bei der viele Anleger sehr viel Geld verloren hatten.

Gauner, Betrüger, Bauernfänger, Beutelschneider, Falsch- spieler, Gangster, Scharlatane, Lügenbeutel und nicht zuletzt die Medien hatten die Börse in eine üble Zockerbude verwandelt. Die Börseneuphorie war mit einem Schlag vorbei.

Er war trotzdem mit ihr zur Bank gegangen. Sie hatte ein Depot eröffnet und sie hatten zusammen mit seinem Bankberater, einem jungen Mann mit großer Sachkenntnis fünf Aktienfonds ausgewählt. Nach drei oder vier Jahren würden sie das Depot überprüfen und die zwei Fonds, die am schlechtesten gelaufen waren, aus dem Depot schmeißen und durch besser laufende ersetzten.

Asbach fuhr die Alaunstraße entlang Richtung Bischofsweg, fand noch eine der wenigen Parklücken und stieg aus. Ganz oben unterm Dach, in Leonas Atelier, brannte noch Licht. Er drückte den Klingelknopf.

„Ja.?"

„Hier ist eine gewisser Privatdetektiv, der früher mal Polizist war."

„Arnt, komm rauf!" Er hörte die freudige Überraschung in ihrer Stimme. Es war schon eine ganze Weile her, dass sie sich gesehen hatten.

Oben, in der weitgeöffneten Tür standen Leona und Mäuschen, ein gewaltiger Leonberger mit dem Kopf eines Löwen. Mäuschen schob sich vor und rieb sich an seinem Bein.

Asbach fuhr dem Hund über den Kopf und lachte. „Der Kerl soll dich bewachen? Der lässt doch jeden Einbrecher und Ganoven rein."

„Der lässt nur die zu mir rein, von denen er weiß, dass ich sie mag. Und die lässt er dann auch nicht wieder raus."

Da war es wieder, dieses Knistern, diese erotisch aufgeladene Atmosphäre, wenn sie sich begegneten. Er hatte in Gegenwart dieser jungen Frau immer wieder das Gefühl, als bewege er sich bei Nebel unter einer Starkstromleitung.

Leona zog den Hund von ihm weg. „Komm erst mal rein."

Asbach sah sich um. Das Atelier war immer noch karg möbliert. Nur der hintere Teil mit Ecksofa, Stehlampe und Mosaiktisch wirkte einladend und gemütlich. Asbach war sicher, dass so ähnlich das Wohnzimmer ihrer Eltern ausgesehen haben musste.

„Nimm Platz, Arnt. Wein, Bier oder Whisky?"

„Liebend gern einen Whisky, aber leider, bin mit dem Auto."

„Dann lass es doch einfach stehen." Leona sagte das so, dass ihm ein leichter Schauer über den Rücken lief.

„Einen ganz kleinen?"

„Einen ganz, ganz kleinen."

Leona ging zum Kühlschrank, brach zwei Eiswürfel aus der Folie, gab sie in die Gläser und füllte soviel Whisky ein, dass das Eis gerade bedeckt war. Sie wusste, dass Arnt den Whisky am liebsten auf Eis trank, obwohl das den Geschmack ein wenig verwässerte. Er liebte das Klingeln des Eises am Glasrand, wenn das Glas so lange bewegt wurde, bis sich das Eis aufgelöst hatte.

Leona setzte sich ganz dicht zu Asbach und sie ließen den guten, alten Glenfiddich in den Gläsern kreisen.

„Prost! Auf dein Wohl, Arnt, und dass du bald wieder im Präsidium arbeiten kannst."

„Prost! Auf deine Gesundheit, Leona." *Noch blöder geht nicht!*

Sie tranken. Leona setzte ihr Glas ab, sah Asbach an und sagte: „Darf ich den Herrn Privatdetektiv küssen, damit ich ihn weiter duzen kann?"

Asbach musste lachen. Immer die gleiche Tour. Das Mädchen würde wohl nie aufgeben. Er konnte nicht begreifen, was diese attraktive und intelligente junge Frau an so einem alten Knacker wie ihn fand. Leona hätte jeden jungen Kerl abschleppen können, wenn sie gewollt hätte.

Er drehte sich zu ihr. Ihre Gesichter berührten sich. Asbach spürte, wie Leonas Lippen zitterten, als sie ihn küsste. Es war ein wunderbares Gefühl, diese weichen, vollen Lippen auf seinem Mund zu spüren. Ihre Zunge tasten an seinen Zähnen entlang und ein wohliger Schauer fuhr durch seinen Körper. Als er kurz davor war, seine Hand unter ihr T-Shirt zu schieben, um ihre Brüste zu streicheln, meldete sich Mäuschen   Er schob rücksichtslos seinen Löwenkopf zwischen ihre Oberkörper und versucht, mit seiner feuchten Zunge Asbachs Gesicht abzulecken.

„Du blöder Hund", lachte Leona, „musst du denn immer, wenn's am schönsten ist, deine Ansprüche anmelden. Der Mann gehört mir und wenn der abgeleckt wird, dann von mir."

Sie packte Mäuschen am Fell, bugsierte ihn in Richtung Küche, füllte seinen Napf mit Futter und zeigte dann auf den Flickenteppich. „Hau dir den Bauch voll und mach dann die Augen zu."

Sie kam zurück ins Atelier und setzte sich wieder. „Wenn der Kerl genug gefressen hat, schläft er erst mal 'ne Runde."

Asbach nahm noch einen Schluck Whisky, dann sah er Leona an.

„Ich fliege morgen in die Dominikanische Republik."

„Was machst du?"

„Ich fliege morgen."

„Nimm mich mit."

„Geht nicht."

„Denk an Hamburg. Ohne mich wäre da einiges schiefgelaufen."

„Geht trotzdem nicht, Leona."

„Sehr schade, sehr, sehr schade."

„Tut mir leid, aber wusstest du, dass dieser Klimpke wieder in Dresden ist?"

„Klimpke, dieses Schwein?" Asbach spürte, wie Leona vor Wut verkrampfte.

„Ist nicht mehr Polizist. Gefeuert! Arbeitet jetzt als Projektmanager für ST&T."

„Das ist doch die Baugesellschaft dieses Steigenberger, der ungeschoren aus dem Prozess herausgekommen ist!"

Leona ballte ihre kleinen Fäuste.

„Du bist in Gefahr! Der wird sich an dir rächen wollen. Pass auf dich auf, wenn ich weg bin. Hab keine Ahnung, wie lange mich der Auftrag festhält."

„Gut, dass ich umgezogen bin. Hier kennt mich, außer den Galeristen, kaum jemand. Außerdem hab ich, seit ich hier wohne, meiner Verkleidungssucht freien Lauf gelassen. Bin als ältere Frau, junger Mann, Prostituierte oder als beinbehinderter älterer Herr ausgegangen. Die Leute im Haus werden kaum wissen, wer hier oben wirklich in dem Atelier wohnt."

„Ich glaube schon, dass ich dich von einem beinbehinderten, älteren Herrn unterscheiden könnte", lachte Asbach.

„Ohne anfassen?"

„Ohne anfassen!"

„Wetten dass du mich auf der Straße nicht erkennen würdest."

„Die Wette gilt!"

„Wenn ich gewinne, krieg ich einen Kuss."

„Von Mäuschen?", lachte Asbach.

„Von dir, mein Lieber!", Leona lachte nicht.

„Warte!" Sie verschwand hinter einer Wand, die eine Ecke des großen Raumes abteilte und von Leona als Schlafraum benutzt wurde.

Nach weniger als fünf Minuten kam ein gebrechlicher, älterer Herr am Stock aus der Tür.

Asbach verschlug es die Sprache. Wenn der Mann in die Straßenbahn eingestiegen wäre, hätte er ihm ohne zu zögern seinen Sitzplatz angeboten.

„Unglaublich", lachte Asbach, als der Mann sich auf ihn zubewegte.

„Na?" Leona sah Asbach auffordernd an.

„Unglaublich!", wiederholte er.

„Eine ältere Dame vielleicht gefällig oder eine kleine Lustschnecke, der Herr?"

„Ältere Dame muss nicht sein."

Leona verschwand.

Das, was dann aus der Tür kam, war nicht zu überbieten. Das Gesicht ein einziger Farbeffekt unter einer goldenen, lockigen Haarpracht. Der rote, knappe Kunstlederrock war nicht mehr als ein breiter Gürtel und brachte ein Gesäß zur Geltung, das einladender nicht sein konnte. Die nackten Schenkel in den bis über die Knie reichenden ebenfalls roten Lackstiefel gaben dem Ganzen etwas lasterhaftes, dem nur wenige Männer hätte widerstehen können.

„Fuffzch Euro, mei Süßer und du kannst mich ma ...", kam es im übelsten Sächsisch aus dem grellroten Mund der Prostituierten. Sie setzte sich auf Asbachs Schoß und legte seine Hand auf ihre Brust.

„Du hättest zum Theater gehen sollen, Leona." Asbach nahm vorsichtig seine Hand wieder an sich. „Das reicht, Mädel."

„Nur noch eine", widersprach Leona und verschwand wieder.

Asbach nahm einen kleinen Schluck Whisky. Er kam erst jetzt dazu, die fertigen und halbfertigen Bilder zu betrachten. Der Stil hatte sich geändert. Die Bilder waren größer geworden, die Farben sanfter, die Landschaften erinnerten ihn an die Toscana. Die Menschen waren Bauern auf von Zypressen gesäumten Feldern, auf bunten Märkten und vor kleinen Bars in verwinkelten Gassen. Sehr schöne Bilder, die Sanftheit und Ruhe ausstrahlten.

Aus den Augenwinkeln sah er einen Hut auf sich zukommen. Hellblau, mit einem Gazeschleier vor dem Gesicht und einem Rock, der alles betonte, was weiblich an der Dame war.

Asbach erhob und verbeugte sich. „Rennplatz!" Er erinnerte sich an den Nachmittag auf der Pferderennbahn in Seidnitz.

Leona trat ganz dicht an ihn heran, hob den Schleier, zog seinen Kopf nach unten und küsste ihn. Es war ein fordernder Kuss, gierig und wild. Ihre Zunge bohrte sich zwischen seine Zähne und ihr Körper presste sich an seinen. Asbach spürte durch den Stoffe seiner Hose die Hitze, die von Leonas Unterleib ausstrahlte. Sie schüttelte den Hut samt Schleier vom Kopf und umschlang ihn wie eine Python, die Beute macht. Asbach machte sich steif und versuchte, Leona auf Distanz zu halten.

„Hab ich die Wette gewonnen?", flüsterte Leona.

„Hast du."

„Dann löse ich jetzt die Wette ein." Ihr Kuss wurde noch fordernder. Leona presste ihren Körper gegen den seinen, drängte ihn zur Liege. Bevor er hätte Widerstand leisten können, lag Leona auf ihm. Ihre Hände fassten seinen Kopf und sie begann ihn zu küssen. Ihr Mund und ihr ganzer Körper gerieten in eine Raserei, die auf Asbach übersprang. Er hatte seit der Zeit mit Hanna keine Frau mehr im Arm gehalten. Er spürte, wie sein Blut in Wallung geriet und er schob beide Hände unter ihre Bluse. Leona stöhnte, richtete ihren Oberkörper leicht auf, und presste Ihren Unterleib gegen seinen.

Dann bellte Mäuschen.

Asbach erwachte wie aus einem erotischen Traum, noch halb in Trance und aufs Höchste erregt. Als er durch das Bellen des Hundes wieder Herr seiner Sinne war, schob er Leona sanft von sich herunter und sagte leise: „Entschuldige, Leonea, aber es geht nicht."

Leona war vor Entäuschung kreideweiß im Gesicht und

murmelte: „So ein blöder Hund!"

„Das ist aber nicht die feine Art, mit einem älteren Herrn zu sprechen."

„Ich mein doch den Hund!" Dann brachen beide in Lachen aus.

Asbach erhob sich, brachte seine Kleidung in Ordnung und nahm Leona in den Arm. „Wir sollten das lieber lassen, Mädchen, und gute Freunde bleiben."

„Hast du Angst, Arnt, oder ist es meine Vergangenheit?"

„Deine Vergangenheit, Leona, ist für mich ebenfalls Vergangenheit. Der Mensch macht in seiner Entwicklung viele guten und schlechten Phasen durch. Jeder hat so seine Leichen im Keller. Wichtig allein ist, dass der Kern gesund ist. Deiner ist es auf jeden Fall. Ich möchte nur nicht noch einmal das ganze Elend von Liebe, Streit, Versöhnung, Liebeskummer und Eifersucht erleben. Ich hasse nichts so sehr wie dieses ganze Liebeselend. Man leidet wie ein Hund und benimmt sich dann wieder wie ein besoffener Affe. Solche Zustände sollte man in meinem Alter vermeiden."

Leona befreite sich aus Asbachs Armen, stellte sich vor ihn und sagte: „Ist mir alles egal, Arnt, ich liebe dich und werde dich immer lieben." Sie holte tief Luft. „Selbst dann noch, wenn ich dich im Rollstuhl die Treppen der Brühlschen Terrasse hochbugsieren müsste."

***

Der Mann, der im Gefängnis von Puerto Plata saß, oder vielmehr seit Wochen meist in der engen Zelle stand, war am Ende. Seine verschleierten Augen waren entzündet und tränten. Er wünschte, er wäre bei der Schießerei mit der Polizei ebenfalls vor die Hunde gegangen wie sein Kompagnon.

Er war abgemagert, verdreckt und verlaust.

Die Zelle mochte etwa 1,5 x 2,0 Meter messen. In guten Tagen waren zwischen 4 und 6 Häftlinge darin eingesperrt. Wenn Hochbetrieb war, wie nach einer Drogenrazzia, wurde die Zelle so vollgestopft, dass die Männer nur stehen konnten.

In einer Ecke des Raumes befand sich eine Vertiefung im Boden. Der Gefangene verrichtete hier vor den Augen der anderen Gefangenen seine Notdurft.

Der Zementfußboden war in einem Umkreis von einem Meter voller Fäkalien. Wer keine Schuhe mehr hatte, tappte mit bloßen Füßen durch die Scheiße.

Alle zwei Tage schoss für 10 Sekunden aus einem Rohr in der Decke ein kräftiger Wasserstrahl über die Kloake. Ein Teil der Fäkalien wurde dann durch die Öffnung im Boden gespült. Der Rest verteilte sich durch den Wasserdruck in der Zelle.

Die Gefangenen fochten brutale Kämpfe aus, um vom Wasserstrahl getroffen zu werden. Die Temperatur in der Zelle betrug selten weniger als 40 Grad und da spielte es keine Rolle, ob man bis zu den Knöcheln in der Scheiße stand.

Hauptsache, man wurde für kurze Zeit abgekühlt und vom gröbsten Schmutz befreit.

Zweimal am Tage gab es Essen. An dem Eintopf, der hauptsächlich aus zerkochten großen Fischen und Zwiebeln bestand, wäre er bald gestorben.

Die Ciguatera-Krankheit hatte ihn erwischt.

Über Geißeltierchen, die auf den Korallen und Algen

siedelten, reicherten sich die Giftstoffe in der Nahrungskette überproportional in großen Fischen an.

Es begann mit Taubheitsgefühlen, dann kamen fürchterliche Bauchschmerzen.

Er hatte alles, was er zu sich genommen hatte wieder ausgekotzt. Als er es nicht mehr bis zu dem Loch im Boden schaffte, hatte er in die Hose geschissen.

Der Gestank, der von ihm ausging, hatte einen Holländer, der wegen Drogenschmuggel in derselben Zelle saß oder stand, bewogen, eine Wache zu bestechen.

Der Holländer hatte ihn bis zu dem Rohr in der Decke geschleift und dann etwas nach oben gerufen. Der Wasserstrahl hatte ihn gereinigt und wieder auf die Beine gebracht.

Ohne die Hilfe des Holländers wäre er wahrscheinlich nach wenigen Tagen abgekratzt.

Der Mann verfügte über Beziehung nach draußen. Jeden Tag brachte ihm eine alte Frau das Mittagessen in die Zelle. Dabei verschwand ein Geldschein aus der runzligen Hand der alten Frau und tauchte zwischen den Fingern des Schließers wieder auf.

Vor einigen Tagen hatte ein kräftiger Mulatte, der neu in der Zelle war, versucht, dem Holländer das Essen wegzunehmen. Der Holländer hatte sich gelassen erhoben, dem Mann die Schüssel mit der heißen bandera dominicana über den Kopf gestülpt und ihm einen einzigen Schlag versetzt.

Der Mulatte war ohne einen Ton von sich zu geben in Zeitlupe an der klebrigen Wand nach unten gerutscht und hatte eine ganze Weile geschlafen.

Hier kannst du nur noch abkratzen.

Und jetzt wollte ihn ein Deutscher sprechen. Der Holländer, der gut Spanisch sprach, hatte ihm übersetzt, was der Schließer gestern gesagt hatte.

Vielleicht war das die Rettung. Lieber in Deutschland 10 Jahre Gefängnis absitzen, als hier ein Jahr lang ganz langsam zu verrecken.

***

Die Maschine setzte auf dem Flughafen von Puerto Plata so sanft auf, dass Asbach das Gefühl hatte, die Landebahn wäre mit Schmierseife überzogen und das Flugzeug hätte statt Landeräder Kuven. Die Passagiere klatschen. Die Stewardess forderte die Leute auf, solange angeschnallt zu bleiben, bis …

Ganz Eilige erhoben sich schon bei der Durchsage. Asbach blieb gelassen sitzen, genoss das Gefühl, wieder auf der Erde zu sein. Fliegen war noch nie seine große Leidenschaft gewesen.

Der Start machte ihm jedes Mal zu schaffen.

Wenn er einen Fensterplatz, wie bei diesem Flug, hatte, und er sah die Erde immer weiter entschwinden, rumorte es in seinem Bauch.

Am schlimmsten waren die ersten paar hundert Meter. Wenn die Häuser, Straßen, Felder und Wälder immer kleiner wurden, wurde das mulmige Gefühl in ihm immer größer. Wenn die Maschine dann ihre Flughöhe erreicht hatte, bestellte er auf einem längeren Flug ein oder zwei Whisky und verschlief dann den Rest der Flugzeit. Bei der Landung ging es ihm dann wieder ähnlich wie beim Start.

Als Asbach die Gangway betrat, empfing ihn der laue Wind der Karibik wie eine Liebkosung. Es war das

Klima, in dem er gern gelebt hätte.

Vielleicht …

Für den Bruchteil einer Sekunde tauchte das Bild Leonas vor seinem inneren Auge auf.

„Reiß dich zusammen. Alter."

„Was sagten Sie?", drehte sich eine ältere Dame zu ihm um.

„Entschuldigung, hab nur laut gedacht."

Vor dem Flughafengebäude winkte er ein Taxi und ließ sich zu dem von Maibach gebuchten 5 Sterne Hotel Riu Bachata bringen.

Das komfortable Doppelzimmer mit Blick zum Pool ließ keine Wünsche offen. Asbach legte seine wenigen Sachen in die Fächer des Schrankes.

Er würde den Nachmittag in Punta Plata verbringen und dann gegen Abend mit dem Mietwagen zum Gefängnis fahren. Er hatte dafür eine Flasche guten Whisky gekauft, davon ausgehend, dass das Leben eines Gefangenen-wärters in diesen Breitengraden nur im Suff zu ertragen war.

Er zog eine leichte Hose und ein kurzärmeliges Hemd an und verließ das Hotel.

Die 'Karibische Straße' war bereits jetzt, am späten Nachmittag, stark belebt. Unter den arkadenähnlichen, von Rundsäulen getragenen Vordächern pulsierte das Leben. Touristen aus aller Welt und aller Hautfarben flanierten Richtung Meer oder drängten sich in den zahlreichen Souvenierläden.

Es gab all das, was es überall auf der Welt in Touris-tenzentren gab. Was Asbach auffiel, waren die vielen Schnitzereien in jeder Boutique, und dass die hier sehr bunt waren. Man spürte die Lebenslust der Karibik auf der ganzen Straße. Billardsalons wechselten sich mit

Friseursalons ab, Fitnessangebote konkurrierten mit Wellness-Studios.

Viele kleine Läden mit Zeitungen aus aller Welt, mit T-Shirts und Massenangebote von CDs säumten die Straße. Er kaufte eine Merengue-CD. Leona hatte ihn darum gebeten und das komische Wort auf einen kleinen Zettel geschrieben und ihm in die Tasche gesteckt.

Asbach spürte, dass er hungrig und durstig war. Er ging an verschiedenen kleinen Restaurants und Bars vorbei. Leere Lokale sollte man meiden, die wurden meist erst am Abend voll, wenn der Alkohol floss. Gute Speiselokale waren fast immer voll.

Er fand eine Bar, die sehr gut besucht war. Die hübsche, kleine, vietnamesische Kellnerin empfahl ihm das Nationalgericht, 'Sancocho de Pescado'.

„Mit Fish oder Fleish?" Asbach nusste lächeln. Das Mädchen lispelte und das klang so unglaublich bezaubernd, dass er sicher war, dass das Mädchen allein dafür von den Gästen mindestens doppeltes Trinkgeld bekam.

„Mit Fleish und uno agua, por favor." Er hatte noch einigen Brocken spanisch von seinen Urlaubsreisen nach Gran Canaria drauf.

„Mit Fleish", wiederholte das Mädchen und lachte.

Hat sie sich vielleicht extra angewöhnt weil es ankommt und die Kasse füllt. War aber auch egal. Sie war unglaublich schön, was sie selbst vielleicht nicht einmal wusste.

Unter den vietnamesischen Frauen gab es die reinsten Porzellanpüppchen, zart, grazil und merkwürdigerweise oft ohne Mann, zu mindest ohne vietnamesischen Mann. Diese Männer waren oft mit Frauen verheiratet, die ein europäischer Mann nur im äußersten Notfall genommen hätte.

Vielleicht waren die Vietnamesen eher praktischer veranlagt oder sie waren klüger, dachte Asbach.

Eine Gemüsehändlerin musste nicht schön sein, aber sie musste zupacken können. Eine Ehefrau im Restaurant musste die Küche beherrschen. Was nützte da eine Frau, von der, wenn sie sich auszog, kaum noch etwas da war.

Auf alle Fälle hatten sich die Vietnamesen im Laufe der Jahre in Europa gut integriert.

Klar hatte es am Anfang Probleme gegeben. Der Mensch hat vor allem, was ihm fremdartig, anders oder nicht vertraut ist, Bedenken, verspürt Unsicherheit, Zweifel und Angst. Relikte aus der Zeit der Menschwerdung, die dem leicht verletzlichen Individuum aber das Überleben gesichert hatten.

Interessant war, dass der Homo sapiens als verstehender, verständiger, weiser, gescheiter, kluger und vernünftiger Mensch definiert wurde.

Asbach schüttelte sich innerlich.

Was für für eine Fehleinschätzung! Die Hauptaufgabe des Homo sapiens bestand seit Jahrtausenden in der Ausrottung, Vernichtung, Folterung, Ermordung und Vertreibung eben jener Spezies Homo sapiens.

Nach biologischer Systematik sollte er ein höheres Säugetier aus der Ordnung der Primaten, Unterordnung Trockennasenprimaten aus der Familie der Menschenaffen sein.

Was für eine Beleidigung.

Eine Beleidigung aller Affen dieses Planeten.

Die schöne Kellnerin brachte das Essen und das Mineralwasser, warf einen Blick auf den Eintopf, dann einen auf Asbach und lispelte: „Hoffentlish sharf."

Während er den sehr gut gewürzten Eintopf löffelte,

dachte Asbach an diesen Scheißvietnamkrieg, der, kaum war zweite Weltkrieg beendet, von den drei Supermächten als heißer Krieg im kalten Krieg zum Kräftemessen benutzt wurde. Was waren schon einige Millionen toter und Hunderttausender vertriebener und geflüchteter Vietnamesen, wenn man sich dafür an seinen Gegnern reiben konnte, wenn man Waffen und Waffensystem in Echt ausprobieren konnte, wenn man einen Stellvertreterkrieg führen konnte, um den Ernstfall zu proben.

Asbach nahm einen großen Schluck Wasser.

Warum ließ man die Menschen nicht selbst entscheiden, unter welchem System sie leben wollten. Er dachte an sein eigenes Land. Hätte man die Grenzen ganz einfach offen gelassen, hätten die Leute selbst entscheiden können, ob sie im aufstrebenden Sozialismus zu ungeahnten Wohlstand und Glück kommen oder ob sie mit dem vor sich hin faulenden Kapitalismus zugrunde gehen wollten.

Asbach grinste.

Der Fall der Mauer in Berlin hatte die Entscheidung gebracht. Noch nie hatte ein System auf Dauer überlebt, das darauf basierte, das Volk mit Gewalt, Stacheldraht, Schießbefehl oder ideologischem Gewäsch bei der Stange zu halten.

Wenn der Imperator mit seinem Volk unzufrieden ist, sollte er sich doch ein neues Volk suchen. So oder ähnlich hatte es jedenfalls Brecht formuliert und die Imperatoren und Imperatorinnen dieser Welt wären gut beraten, sich daran zu halten, denn die meisten von ihnen sind unrühmlich geendet.

Was solls? Gedanken eines Mannes, der langsam alt und weise wird und der eigentlich seine noch verbleibende

Manneskraft an eine Frau verschwenden sollte.

Für den Bruchteil einer Sekunde sah er sich mit der bildhübschen Kellnerin in einer höchst erotischen Stellung auf dem schneeweißen Laken in seinem breiten Hotelbett.

Lag wahrscheinlich an dem scharf gewürzten Eintopf. Asbach trank die große Flasche Wasser aus, zahlte und gab dem Mädchen ein großzügiges Trinkgeld.

„Meine Tür immer offen für dish", sagte das Mädchen lächelnd, als er sich erhob.

Sehr weit auslegbar, welche Tür sie meint, dachte Asbach.

Er schlenderte zum Hotel zurück, stieg in den Mietwagen und fuhr zum Gefängnis.

***

Er hatte hervorragend geschlafen. Hatte am Abend noch einen Absacker im Hotel genommen und war dann sofort zu Bett gegangen.

Die Verhandlungen gestern im 'La Fortuleza' waren reibungsloser vonstatten gegangen, als er erwartet hatte. Für die erste Hürde hatte der Whisky gereicht. Alles Weitere konnte er mit amerikanischen Dollars regeln. Gut, dass er sich damit eingedeckt hatte.

Der Euro war hier meist weniger als 50% wert. Heute gegen 11.00 Uhr sollte er mit dem Mann unter vier Augen im Gefängnishof sprechen können.

Asbach rasierte sich, zog leichte Kleidung an und ging zum Frühstück. Er aß einen Teller rote Bohnen in

Tomatensoße, eine Scheibe Toastbrot und trank drei Tassen Kaffee. Dann setzte er sich in den gemieteten Renault und fuhr zum Gefängnis.

So leicht, mit einem Gefangenen zu sprechen, hatte er sich die Sache nicht vorgestellt. Ein paar kleinere und ein paar größere Scheine würden den Besitzer wechseln und schon war alles geregelt.

Er wusste, dass die Dominikanische Republik in der Liste der korrupten Länder weit oben stand. Von rund 180 überprüften Ländern lag diese Republik so etwa auf Platz 120.

Was er bei seinen Recherchen nicht für möglich gehalten hatte, war, dass Italien, ein EU-Mitgliedsstaat, weitaus korrupter war als Ruanda und beispielsweise Saudi-Arabien. Die Dänen, Finnen und Schweden belegten seit Jahren die besten Plätze im Korruptionsranking.

Das für seine preußischen Tugenden allgemein bekannte Deutschland lag nur so zwischen dem 10. und 15. Platz. Siemensschmiergeldaffäre, Kölner Müllskandal, Herz-klappenskandal, Korruptionsfall um den Waffenhändler Schreiber, VW-Lustreisen, Versicherungen buchten und bezahlten für ausgewählte Mitarbeiter Hotels und Prostituierte und und und.

Selbst der ADAC war nicht sauber geblieben. Und in viele dieser Skandale waren hochrangige Politiker und Beamte verwickelt.

Andererseits musste man bedenken, dass ohne Schmiergeld in vielen Ländern überhaupt nichts ging. Wie sollte Siemens Turbinen oder ganze Kraftwerke verkaufen, wenn die ausländische Konkurrenz bedenkenlos und großzügig Regierungsbeamte schmierte, um Aufträge an Land zu ziehen.

Also mokiere dich nicht, wenn die armen Kerle, die hier

für einen Hungerlohn Dienst taten, eine offene Hand hatten und wenn sie durch das Knistern von Dollarnoten schwere Augenleiden bekamen.

Asbach parkte vor dem Gefängnis. Mehrere Dollarscheine wechselten den Besitzer und er fand sich auf einem trostlosen Gefängnishof wieder.

Kurz darauf erschien eine hagere Gestalt, der Asbach in Deutschland in weitem Bogen aus dem Wege gegangen wäre.

Die seltsam verschleierten Augen des Mannes waren schwer entzündet und hatten geschwollene, rote Lider. Der Mann trug eine völlig verdreckte Hose und eine Hemd, dass vor Flecken vorn steif war. Das Erschreckendste war, der Mann trug keine Schuhe und seine Füße waren bräunlich verfärbt bis zu den Knöcheln.

Der ausgestreckten Hand entging Asbach dadurch, dass er eine Packung Zigaretten aus seiner Hose fischte und sie dem Manne hinhielt.

Der ergriff die Packung, riss sie auf, klopfte eine Zigarette heraus und starrte seinen Gegenüber an wie ein Dackel, der auf einen Wurstzipfel lauert.

Asbach holte ein Feuerzeug aus seiner Hosentasche und reichte es der verdreckten Gestalt. Nach dem dritten tiefen Zug wurde der Kerl blass, taumelte leicht und setzte sich auf den Boden.

„Nicht mehr gewohnt", murmelte er, stand wieder auf und sagte: „ Lachmann, Werner Lachmann, aber das Lachen ist mir hier vergangen." Er nahm einen weiteren Zug aus der Zigarette, und inhalierte so tief, dass wahrscheinlich selbst der Dickdarm noch etwas abbekam.

„Holen Sie mich um Gottes Willen aus dieser Hölle hier raus, Herr ..."

„Lehmann", sagte Asbach. „Darüber kann man reden.

Deutschland könnte einen Überstellungsantrag einreichen."

„Was wollen Sie wissen, Herr Lehmann?"

„Uns interessieren Ihre Auftraggeber für die Morde, die Sie hier begangen haben, Herr Lachmann."

„Das waren keine Morde, das müssen Sie mir glauben." Asbach hatte diesen Satz schon zu oft gehört, als dass er ihn überhaupt zur Kenntnis nahm.

„Es waren bedauerliche Unfälle. Mag sein, dass mein Begleiter etwas zu heftig reagiert hat."

„Wie lautete Ihr Auftrag, der Sie in die Dominkanische Republik geführt hat?"

„Wir sollten gestohlenes Geld zurück nach Deutschland holen."

„Wer war Ihr Auftraggeber?"

„Der Mann hat sich uns als Herr Weber vorgestellt."

„Beschreiben Sie den Mann!"

„Es war ein sehr attraktiver, gut gekleideter Herr. Ein Typ, auf den die Weiber sicher flogen. Sah einem bekannten französischen Schauspieler sehr ähnlich. Nur die Augen waren ..."

Klimpke. Das konnte nur dieser Klimpke sein, dachte Asbach.

„In wessen Auftrag hat der Mann Sie angesprochen?"

„Tut mir leid, Herr Lehmann, mehr möchte ich dazu erst in Deutschland sagen."

Nicht ganz dumm der Kerl, will auf schnellstem Wege nach Deutschland überstellt werden.

„Das war`s dann fürs Erste, Herr Lachmann." Asbach kramte in seiner Hosentasche,
hielt dem Mann einige Dollarnoten hin und gab dem Wärter ein Zeichen.

„Danke, Herr Lehman. Holen Sie mich bitte schnell hier

heraus."

Nachdem, was du getan hast, solltest du besser hier verschimmeln, dachte Asbach. Andererseits kann man den Mann vielleicht noch für eine Gegenüberstellung gebrauchen.

Auf der Rückfahrt zum Hotel dachte Asbach, wenn dieser Klimpke hier dahintersteckt, und danach sah es aus, war Maibach auf der richtigen Spur.

***

Die drei Männer saßen beim Frühstück im Waldgasthof. Der Raum, der getrennt vom Gastraum im hinteren Teil des Gebäudes lag, war mehr eine kleine Bar als ein Frühstücksraum.

Hier konnte man unter Männern die Sau raus lassen.

An der rückwärtigen Wand stand ein großer Fernseher, daneben lag eine Vielzahl von Porno-CDs. Die restliche Einrichtung bestand aus breiten Liegesofas, einem großen, ovalen Tisch und weißen Stühlen.

Markus Steigenberger bewunderte insgeheim seinen Hausmeister.

Der Mann hatte immer wieder neue Ideen.

Während Steigenbergers ausgesuchte Gäste beim Abendessen in diesem Zimmer saßen, sich Pornos ansahen und dabei heftige Erektionen bekamen, saßen bereits die Mädchen, die dieser Seifert über die Grenze holte, unter den Tischen.

Nur gut, dachte Steigenberger, dass er den Waldgasthof nicht aufgegeben hatte. Das Lolita hatte dieser verdammte Bulle Asbach ausgehoben. Der Mann stand auf seiner Abschussliste ganz oben.

Man trifft sich immer zweimal im Leben, dachte Steigenberger.

Er war aus der Bordellsache ohne Komplikationen herausgekommen. Schließlich war er ja nur Eigentümer des Gebäudes auf der Hamburger Straße. Was dieser Mieter Mirko Müller dort getrieben hatte, dafür konnte man ihn ja schließlich nicht verantwortlich machen.

Der Kerl hatte geschwiegen wie ein gefrosteter Schellfisch und hatte dafür eine Strafe bekommen, die er locker auf einer Arschbacke abgesessen hatte.

Bis auf zwei dieser Flittchen hatten all die anderen kleinen Nutten geschwiegen. War zwar nicht ganz billig gewesen, aber an ihn waren sie nicht herangekommen.

Steigenberger häufte sich Beluga-Kaviar auf sein Toastbrot.

„Gute Nacht gehabt, Guido?" Er und Dr. Lohmann waren seit langem Duzbrüder. Lohman war vor zwei Jahren von Berlin nach Leipzig gewechselt. Die große Leipziger Dolus Bank hatte ihm den Chefposten des Investmantbankings angeboten und er hatte dieses Schlitzohr Reuter mitgenommen.

„Die Nächte hier bei dir sind immer gute Nächte, Markus. Ich glaube, unserem Dr. Reuter hat es ebenfalls gefallen."

Der Mann mit dem sorgfältig gestutzten Vollbart und den graumelierten Haaren nickte, kaute aber unverdrossen weiter.

Steigenberger hatte sofort zugestimmt, als Dr. Lohmann vorgeschlagen hatte, dass es von Anfang an besser wäre, sie würden bei dem geplanten Börsengang von ST&T den Rechtsbeistand der Dolus Bank einbeziehen.

Dr. Lohmann schob seinen Teller weg. „Von mir aus können wir beginnen. Mach deine Vorschläge, Markus."
Steigenberger nahm noch einen Schluck Kaffee.

„Das Geschäft mit Wohnungen ist für Investoren immer noch atraktiv, nur treten sich die Investoren langsam gegenseitig auf die Füße. Die Zeiten, in denen heruntergewirtschafteter Wohnraum billig erworben wird, oberflächliche Sanierungen durchgeführt und die Wohnungen dann zu überhöhten Mieten angeboten wurden, sind so langsam vorbei. Mieterbund und Mietervereine haben inzwischen ein wachsames Auge auf die Branche geworfen. Das große Geld ist mit Eigentumswohnungen und hochwertigen Wohnimmobilien zu machen."

„Da stimme ich dir vorbehaltlos zu, Markus", warf Lohmann ein und Dr. Reuter nickte zustimmend.

„Die ersten Bestandswohnanlagen mit etwa 150 Wohneinheiten hat ST&T bereits an Land gezogen. Das kann aber nur ein Anfang sein.."

„Woher willst du solche Anlagen in Zukunft noch kriegen, Markus?" Lohmann sah skeptisch drein.

„Es gibt immer wieder Angebote." Steigenberger nahm noch einen Schluck Kaffee.

"Viele große Industrieunternehmen, Banken, Staatsunternehmen, ja sogar die Kirche, der größte Grundbesitzer im Land, veräußern Immobilienbestände. Werkswohnungen und Eigenheimsiedlungen aus vergangenen Jahrzehnten sind heute keine Kapitalanlge mehr. Viele dieser Immobilien sind reine Zusatzgeschäfte für die Besitzer. Und jetzt kommt ST&T zum Zuge. Wir kaufen Bestände ab 100 Wohneinheiten auf, auch denkmalgeschützte Objekte, sanieren aufwändig und verkaufen teuer. Es gibt jetzt selbst hier im Osten eine Menge Leute mit viel Geld, die förmlich nach hochwertigem Wohneigentum gieren."

„Es gibt aber bereits mehrere Unternehmen dieser Art", warf Lohmann ein. „Die Konkurrenz auf dem Immobilienmarkt ist heftig."

„Mag sein, aber insgesamt steht der Markt mit Eigentumswohnungen und Häusern erst am Anfang," widersprach Steigenberger.

Hasso Reuter, der bis jetzt in den Bilanzen des Unternehmens ST&T gelesen hatte, sah auf und sagte: „Sieht nicht allzu rosig aus. Verfügbares Kapital ist kaum vorhanden. Wurde alles zur Auqirierung von kleineren und mittelgroßen Unternehmen verwendet. Wie wollen Sie die Kaufsummen für weitere Objekte aufbringen, Herr Steigenberger?"

Steigenberger sah Lohmann auffordernd an.

Lohmann räusperte sich. „Es sind Kreditlinien geplant. Unsere Bank ist bereit, Kredite in Millionhöhe zu vergeben und dann das Unternehmen an die Börse zu bringen."

Nur gut, dachte Steigenberger, dass die Gelder aus dem Autobahnbau wohlverwahrt in der Schweiz liegen. Da kommt keiner ran.

„Ich hätte da eine Idee, meine Herren, wie wir die lästige Konkurrenz ausschalten können und ST&T zum Marktführer machen könnten."

Hasso Reuter sah in die Runde.

„Schießen Sie los, Herr Reuter", sagte Lohmann.

„Die Sache ist ganz einfach, meine Herren. Nach dem Erwerb der Objekte durch ST&T werden die Grundstücke und die Gebäude rechtlich voneinander getrennt. Die Wohnungen und Häuser werden verkauft, Grund und Boden bleibt Eigentum von ST&T."

„Und was soll das bringen?" Lohmann sah Reuter

zweifelnd an.

„Da der Käufer nur die Immobilie erwirbt, braucht er für das Grundstück nichts zu bezahlen. Damit wird der Kaufpreis um etwa 20 Prozent niedriger für den Käufer ausfallen. Die Konkurrenz hat das Nachsehen."

Lohman stand auf und klopfte Reuter auf die Schulter. „Es geht doch nichts über einen guten Rechtsanwalt, der mit Tücke die Lücke im Gesetz erkennt."

„Ich glaube allerdings nicht, dass Leute eine Immobilie kaufen, ohne dass ihnen das Grundstück gehört", warf Steigenberger ein.

„Da haben Sie recht, Herr Steigenberger. Doch jetzt bieten wir die Erbpacht an. Der Käufer der Immobilie kann damit das Grundstück über 99 Jahre wie Eigentum nutzen."

„Ohne weitere Kosten?

„Nicht ganz. Eine jährliche Zinszahlung von 2 oder 3 Prozent des Grundstückwertes wird anfallen, dürfte aber den Käufer nur gering belasten."

„Was geschieht mit der Immobilie nach Ablauf der Erbpacht?", warf Steigenberger ein.

„Nach 99 Jahren geht die Immobilie in den Besitz des Grundstückseigentümer über. Der Grundstückseigentümer zahlt dann etwa zwei Drittel des Verkehrswertes oder es wird ein Anschlussvertrag für weitere 99 Jahre angeboten."

„Ohne Juristen und Soldaten ist das Vaterland verraten", lachte Lohmann. Er wandte sich an Steigenberger. „Mein lieber Markus, wir bereiten ab sofort den Börsengang vor. Deine Bookbildungsspanne von 6,20 bis 7,50 Euro ist akzeptabel. Du kannst damit bequem deine Verbindlichkeiten begleichen und kaufen, was du kriegen kannst. Unsere Bank wird als Konsortialführer den Börsengang begleiten und das Orderbuch führen."

Lohmann sah in seinen Kalender. „Wir treffen uns wieder in acht Tagen hier im Waldgasthof. Ich hoffe auf gutes, frisches Bedienungspersonal."

***

„Du fährst morgen nach Hamburg?" Alina sah Steigenberger voller Erwartung an.

„Wie kommst du darauf?" Er blätterte ungerührt in seinen Unterlagen und sah nicht auf

„Hab zufällig die Unterhaltung gestern Abend zwischen dir und deiner Frau mitbekommen."

Das verdammte Luder hatte wieder spioniert, dachte Steigenberger.

Er hatte mit Alina, die von seiner Frau als Visagistin und für besondere Dienstleistungen angestellt worden war, eine kurze Zeit ein intimes Verhältnis gehabt. Das dämliche Weib hatte sich eingebildet, er würde sich von Brigitte scheiden lassen und sie heiraten.

Von Brigitte scheiden lassen?

Da hätte er ja gleich freiwillig für 10 Jahre in den Knast gehen können. Das Thema Brigitte würde sich über kurz oder lang von selbst erledigen. Sie war inzwischen fast zu einem Pflegefall geworden. Ihr Alkoholkonsum hatte jedes Maß überschritten. Dazu kam noch die Kokserei, zu der er sie animiert hatte.

Die Frau war nur noch ein Klumpen vegetierendes Fleisch.

Die Sache mit Alina hatte er nur angefangen, weil es

bequem war, weil sie im Haus immer zur Verfügung stand, weil sie oral eine Meisterin ihres Faches war und weil diese kleine Maria angefangen hatte, zickig zu werden.

Es hatte nicht lange gedauert, und er war dahinter gekommen, dass zwischen Alina und Maria etwas lief und er der Dumme war. Maria war schneller in Marokko gelandet, als sie piep sagen konnte.

Und jetzt bildete sich Alina, diese dumme Kuh, ein, er würde sie mit nach Hamburg nehmen. Da kannst du lange warten. Er hatte bereits eine Verabredung mit einem Geschäftspartner in Hamburg-St.. Georg. Da gab es noch junges Gemüse, zwar nicht mehr ganz taufrisch, aber immer noch zart und nicht so abgeledert wie diese Alina.

„Nimmst du mich mit?"

Steigenberger sah von seinen Papieren auf. „Geht nicht, Brigitte kommt ohne dich nicht mehr zurecht und ich jage dort von einem Termin zum andern."

Was du jagst, kann ich mir lebhaft vorstellen, dachte Alina. „Ich muss hier mal raus, Markus." Für diese Worte und das Flehen in ihrer Stimme hätte sie sich am liebsten geohrfeigt.

„Geht nicht! Entschuldige bitte, ich muss noch arbeiten."

Das Weib nervte. Irgendwann musste diese Schlampe verschwinden. Am besten in Beton eingegossen und mit einer guten Schicht Autobahnbitumen abgedeckt.

Er musste mit seinem neuen Projektmanager reden. Klimpke war für alles zuständig, was am Autobahn-projekt nicht ganz sauber lief.

Außerdem war er für persönliche Dienste beim Chef verantwortlich. Schließlich bezog er von ST&T ein Monatsgehalt, dass er bei seiner Scheißpolente maximal in 3 Monaten verdient hätte.

Alina zog sich zurück. Das war der letzte Versuch gewesen, dieses Arschloch für ihre Zwecke einzufangen. Sie hatte seit langem geahnt, dass sie ihr Ziel, eines Tages Frau Steigenberger zu werden, nicht erreichen würde. Dann sollte dieser arrogante, perverse Schnösel bluten. Sie würde ihn auspressen wie eine Zitrone.

Nur gut, dass sie Kopien von Unterlagen gemacht hatte, die er im Safe seines Arbeitszimmer unter Verschluss hielt.

Wenn er sie gevögelt oder vielmehr, wenn sie ihm seinen Saft bis auf den letzten Tropfen aus den Knochen gesaugt hatte, hatte er danach meist zur Whiskyflasche gegriffen und sich die Kante gegeben.

Er begann dann von seiner Kindheit und Jugend zu erzählen und was er doch für unglaublicher Kerl gewesen war und wie weit er es gebracht hatte. Meist war er, nachdem er sich unten entleert und oben aufgefüllt hatte, in einen narkoseähnlichen Schlaf gefallen und sie hatte diese Situation zweimal genutzt.

Das Material war brisant. Es würde ihn entweder einen zweistelligen Millionenbetrag kosten oder gute 10 Jahre Knast einbringen. Schade nur, dass sie nicht an das Material im Keller kam.

Eines Abends hatte er zum Whisky noch gekokst und da war die Prahlsucht mit ihm durchgegangen. Er hatte sich als der Herr der Welt gefühlt und von Filmmaterial geschwafelt, mit der er eine Regierungskrise auslösen könnte.

Verdammter Scheißkerl!

Die Tür rutschte ihr beim Verlassen des Raumes aus der Hand.

Steigenberger sah auf und grinste. Typisch Weib, wenn es

nicht so lief, wie es sich diese Schnallen wünschten, spielten sie verrückt.

Er schloss den Hefter mit den Bilanzen der Firma, die er seit Jahren für sich privat führte. Sah nicht besonders gut aus.

Er hatte sich mit seinen Zukäufen und Firmenübernahmen erheblich ins Minus manövriert, dafür aber war er zum Marktführer geworden. Die von Lohmann versprochenen Kredite würden zwar nicht reichen, aber der Börsengang musste ganz einfach schnell über die Bühne gehen.

Die Bilanzen, die er diesen Dr. Reuter vorgelegt hatte, waren so manipuliert gewesen, dass ST&T zwar verschuldet, aber noch kreditwürdig war.

Er goss sich einen großen Whisky ein und nahm einen tiefen Schluck.

Morgen würde er nach Hamburg fahren und verschiedene Werften aufsuchen. Den Traum von einer Yacht träumte er, seit er kurz nach der Wiedervereinigung Urlaub in Portugal gemacht hatte. Er war jeden Abend zum Yachthafen in Albufeira geschlendert, und hatte die kleinen und großen Yachten, die dort festgemacht hatten, bewundert.

In der Abenddämmerung waren die Hecks der Boote diskret beleuchtet. Auf den kleinen Tischen standen Kübel mit Sektflaschen und Blumen. Superschöne, schlanke Frauen in langen Abendkleidern defilierten an Deck herum und die Herren in leichten Sommeranzügen standen rauchend und miteinander plaudernd an der Reling.

Auf anderen Yachten räkelten sich junge Schönheiten mit nackten Oberkörpern und schienen darauf zu warten, dass sie von den älteren Herren unter Deck gerufen wurden.

Diese Bilder hatten sich in seine Netzhaut eingebrannt und er träumte seitdem von einer Yacht. Und diesen Traum würde er jetzt verwirklichen.

***

Gegen 8.00 Uhr am nächsten Morgen schloss Markus Steigenberger die geschnitzte Eingangstür seiner Villa in Loschwitz und fuhr Richtung Flughafen. Zwei Stunden später betrat Marian Klimpke durch eben diese Tür das Haus.

Alina, nach der Abfuhr durch Steigenberger vor Wut kochend, hatte ihn noch am späten Abend angerufen. Sie wusste, dass Klimpke auf sie scharf war. Sie hatte ihn einmal im Keller der Villa rangelassen. Im Stehen. An die Wand gelehnt. Ein Bein auf eine Obstkiste gestellt. Sie hatte ihm einen Orgasmus vorgespielt und ihm ins Ohr gekeucht: „Mach weiter, mach weiter, ordentlich, du kannst es besser als Markus."

Männer waren solche Einfaltspinsel. Wenn den Kerlen der Schwanz stand, war der Verstand nicht etwa in der Hose, wie man behauptete, sondern die Hirnmasse verwandelte sich in Sperma – Hauptbestandteil Wasser. Sie wusste, dass es ein Leichtes sein würde, ihn für ihre Rache einzuspannen. Er war ebenso wie sie von Markus gedemütigt worden.

Sie empfing ihn in der Diele. Ihr pinkfarbener Stretch-Mini und die weiße, durchsichtige Bluse, verschlugen Klimpke die Sprache. Er spürte sofort, wie sein Blut in Wallung geriet.

Alina führte ihn zum Arbeitszimmer Steigenbergers. Das

61

Zimmer war zwar grundsätzlich, wenn der Hausherr nicht anwesend war, abgeschlossen, aber an einen Nachschlüssel zu kommen, war für Alina keine Problem gewesen.

Ihre Kontakte aus der ersten Zeit hier in Deutschland hatte sie nie einschlafen lassen. Besonders zu Grigori, der aus der gleichen Region um Perm stammte wie sie, war die Verbindung nie abgerissen.

Als sie das Glitzern in den Eisaugen Klimpkes sah, wusste sie, dass sie das gewagte Spiel gewinnen würde.

Sie setzte sich auf das Ecksofa und stellte eine Flasche Hennessy auf den Tisch.

Klimpke schüttelte den Kopf. "Besaufen kann ich mich zu Hause."

Alina wusste, dass er geschieden und wieder verheiratet war, aber die neue Ehe schien nicht besonders harmonisch zu laufen. Der Kerl war ständig auf der Suche.

„Einer kann nicht schaden, Marian." Sie goss ein, hob das Glas und sagte: „Auf dass alle unsere Vorhaben gelingen mögen.

Sie tranken, dann sagte Alina: „Steh auf und komm zu mir!"

Klimpke erhob sich gehorsam und stellte sich vor Alina.

Sie löste seinen Gürtel und zog den Reißverschluss seiner Hose nach unten.

Klimpke stieß einen Grunzlaut aus.

Alina blies ihren warmen Atem über ihn.

„Gut?", murmelte sie.

„Sehr gut, machen weiter!"

Alina begann ihren Kopf zu bewegen. Klimpke gab undefinierbare Geräusche von sich. Er riss ihre Bluse auf und krallte seine Hände um ihre Brüste. Als sein Atem zu pfeifen begann, schob sie ihn langsam von sich.

„Mach weiter, mach um Gottes Willen weiter, Alina!",
stöhnte er.

Alina stand auf und zog Klimpke mit zum Schreibtisch.
Sie schob im Gehen ihren Stretchrock über die Hüften.
Sie trug nichts darunter. Um ein Haar hätte sie einen
Lachanfall gekriegt.

Klimpke, mit runtergelassener Hose, watschelte hinter ihr
her wie Donald Duck. Sie streifte ihre Bluse ab und
lehnte sich rücklings provozierend über Steigenbergers
Schreibtisch. Wenn das kein Highlight für den kleinen
Wichser ist, fress ich einen Besen. Die Geliebte des
Chefs auf dessen Schreibtisch zu bumsen. Das ist doch
was. Der bescheuerte Kerl wusste ja schließlich nicht,
dass sie ausgemustert war.

Als Klimpkes Penisgewitter begann, stieß Alina
dumpfstöhnende Laute aus. Sie wusste, dass das Männer
in den Wahnsinn trieb. Und genau dort wollte sie ihn
haben. Sie zog den Kopf des Mannes zu sich herunter
und keuchte in sein Ohr: „Marian, ooooh Marian, so
schön war es noch nie."

Werd endlich fertig, du Vyperdych, dachte sie, als der
Mann mit verzerrter Visage und vor Geilheit stöhnend
auf sie fiel.

Sie schob ihn von sich runter, zog ihre Bluse an und
streifte ihren Rock nach unten. Klimpke zog seine Hose
hoch.

Sie setzten sich wieder und Alina goss noch einmal
Hennessy ein.

„War`s gut?"

Klimpke hatte noch leicht glasige Augen und aus seinem
linken Mundwinkel hing ein Speichelfaden.

„Mit dir mach ich`s am liebsten, Marian", log Alina

Sie sah, wie der Mann sich aufrichtete.

Armer Hitrovyebannyi, dachte Alina.

„Du könntest mir einen großen Gefallen tun, Marian." Sie klapperte bei diesen Worten mit ihren langen dunklen Wimpern.

„Jeden, Alina! Sag, was anliegt!"

„Ich will um jeden Preis hier raus. Die Alte löst sich langsam auf. Sie riecht schon nach Verwesung und der Chef ist ein Arschloch. Neulich wollte er mir sogar an die Wäsche." Sie sah das Aufblitzen in Klimpkes Augen.

Mach einen Mann eifersüchtig und er wird zum Mörder, dachte sie.

„Ich möchte in Dresden oder Leipzig ein Eroscenter aufmachen. Luxusklasse. Ein Wellnesscenter der ganz besonderen Art. Du könntest jederzeit ..."

Auf Eroscenter springt der Blödmann garantiert an. Mit einer Nobelboutique, von der sie seit Jahren träumte, würde sie Klimpke sicherlich nicht hinter' m Ofen vor, oder besser, aus seiner Hose locken können.

„Und dafür brauchst du Geld?"

„Viel Geld, Marian."

„Erpressung?"

„Nennen wir es gerechte Verteilung unrechtmäßig erworbenen Reichtums."

„Klingt gut, und wie kann ich dir dabei helfen?"

„Ich brauche Kopien von Rechnungen über Leistungen am Autobahnbau, die nie erbracht worden sind, aber abgerechnet wurden. Stichwort Flutlichtanlage."

Alina sah das kurze Erschrecken in Klimpkes Augen. Das hast du nicht erwartet, dass dieses geile Russenweib bereits so viel mitbekommen hat, du kleiner testosterongesteuerter Möchtegern.

„Was springt für mich dabei heraus?"

„Du wirst nicht zu kurz kommen." Alina ließ ihre langen Schenkel leicht auseinander gleiten. „Und 20 Prozent!"

„Welche Sicherheit habe ich?"

„Keine, du kannst dich nur auf mein Wort verlassen. Es wird nie etwas Schriftliches zwischen uns geben."

„Eine Gegenleistung, Alina."

„Sprich!"

„Hast du noch Kontakte zu den Leuten, mit denen du nach Deutschland gekommen bist?"

„Was willst du von denen?"

„Also hast du noch Verbindung! Die Leute müssen mir einen Gefallen tun. In absehbarer Zeit soll ein Gefangener aus der Dominikanischen Republik nach Deutschland überführt werden. Der Mann darf hier nie ankommen."

„Der Mann wird nie hier ankommen." Alina streckte Klimpke die Hand entgegen.

Der ergriff sie und zog Alina zu sich heran. Mit der freien Hand umklammerte er ihre Brust. Alina griff nach unten. Unglaublich, der Kerl hatte schon wieder einen Ständer.

Sie schob Klimpke von sich weg. „Wenn alles gut gelaufen ist Marian, dann ..."

Wenn alles so gelaufen sein würde, wie sie es sich gedacht hatte, würde sie dieses kleine Arschloch nicht mehr brauchen. Der einzige wunde Punkt in ihrem Plan war das Material im Keller, von denen ihr Markus im Suff erzählt hatte. Wenn sie da ran kommen würde, könnte sie sich wahrscheinlich eine oder auch mehrere Boutiquen auf der Königsstraße leisten. Leider lagen das Zeug in einem Panzerschrank im Keller der Villa.

***

Die Männer saßen in Kowalskis Büro und tranken Kaffee.

„Ich werde in der nächsten Zeit keine Aufträge annehmen können, Dietmar."

Der Inhaber der Privatdetektei Kowalski und Partner sah Asbach erschrocken an.

„Ist deine Suspendierung aufgehoben?"

„Nein, und ich denke, das wird sobald nicht passieren. Die von der KoK sind wahrscheinlich froh, dass sie jemand außerhalb der Schießgasse haben, der bei besonders diffizilen Angelegenheiten eingesetzt werden kann."

„Willst du dich ganz deinen Börsengeschäften widmen?"

„Mit Börse hat es was zu tun Dietmar, aber weniger mit mir als mit ..."

Es klopfte.

„Herein!", rief Kowalski.

Der Mann, der das Büro betrat, machte den Eindruck eines geprügelten Hundes. Er war sicher über einsachtzig groß, ging aber so nach vorn gebeugt, dass Asbach unwillkürlich an die Kohleträger dachte, die zu Zeiten der Ofenheizungen die schweren Kohlesäcke in die Keller trugen.

„Schlaffer, Willi."

Mein Gott, dachte Asbach, welch Einklang von Habitus und Namen.

Kowalski ergriff die dargebotene Hand, wies auf den Besucherstuhl und sagte: „Womit können wir dem Herrn behilflich sein?"

„Das ist eine lange Geschichte, meine Herren."

„Vielleicht können Sie sich kurz fassen, Herr Schlaffer."

Willi Schlaffer zog ein Schreiben aus seiner Jackentasche und reichte es Kowalski. Der warf einen kurzen Blick darauf. „Eine Gerichtsvorladung?"

„So ist es, Herr Kowalski. Man hat mir geraten, mich an Sie zu wenden."

„Erzählen Sie, Herr Schlaffer!"

„Ich bin ein Versager, meine Herren. Eine Null! Eine verkrachte Existenz! Ein Pleitekandidat allererster Ordnung."

Asbach sah Kowalski an und signalisierte: Lass den Mann reden!

„Ich war mehrere Jahre arbeitslos, meine Herren. Die Hoffnung auf eine Tätigkeit als Diplomingenieur in der Baubranche hatte ich aufgegeben. Leute wie mich gab es nach der Wende in hiesigen Gefilden wie Sand am Meer. Nach Jahren der Verhartzung war mir das Glück doch noch hold. Zumindest dachte ich das, als mir die Dame vom Arbeitsamt endlich einen sozialversicherten Job anbot."

Willi Schlaffer sah die beiden Männer ängstlich an. „Langweile ich Sie, meine Herren?"

„Sprechen Sie nur weiter, Herr Schlaffer", sagte Asbach.

„Ein Bestattungshelfer wurde gesucht. Ich stellte mich vor und wurde genommen. Was ich da so erlebt habe, meine Herren, schlägt dem Sarg den Boden aus. Ich ließ, trotz aller Unbilden in dieser für mich ungewohnten Tätigkeit alles über mich ergehen. War ja schließlich froh, noch zu irgendetwas nütze zu sein."

Willi Schlaffer holte tief Luft, bevor er fortfuhr. „Das Umpacken der Verblichenen von teuren Eichensärgen in so genannte Ikeamodelle oder das Herausnehmen wertvoller Schaumstoffkissen kurz vor der Einäscherung waren die reinsten Kavaliersdelikte. Der Konkurrenz-kampf in der Branche ist gnadenlos. Viertausend Bestattungsunternehmen und zweitausend Leichen pro

Tag. Särge für dreißig bis vierzig Euro aus osteuropäischen Ländern wurden nicht selten für dreihundert bis achthundert Euro den trauernden Hinterbliebenen berechnet. Sollte ich die schluchzende Witwe aufklären und meinen Job riskieren. Ich wäre sofort wieder bei der Agentur gelandet. Also machte ich die Augen zu."

Schlaffer sah seine Gegenüber an und sagte wieder: „Wenn ich Sie langweile, sagen Sie es."

„Fahren Sie ruhig fort, Herr Schlaffer. Ist für uns Neuland, die Branche."

Schlaffer räusperte sich die Kehle frei. „Dass meine Chefin eine guten Draht zu Alten-und Pflegeheimen unterhielt, konnte man ihr beim besten Willen nicht verdenken. Bei einer halben Leiche pro Tag musste man einfach rührig sein. Und dass sie das Konkurrenz-unternehmen ausgeschaltet hatte, wer wollte ihr das verübeln?

Sie war dahinter gekommen, dass ihr Rivale den Josephinischen Gemeindesarg wieder eingeführt hatte, der für kurze Zeit im Österreich des 18. Jahrhunderts verwendet worden war. Das Konkurrenzunternehmen hatte den Sarg, nachdem er in der Erde verschwunden war und die Trauergemeinde das Fell des Verstorbenen versoff, wieder angehoben und mittels eines einfache Mechanismus den Boden geöffnet."

Schlaffer versuchte ein Lachen, aber es wurde nur ein schiefes Grinsen.

„Danach wurde zugeschaufelt. Zehn Mal achthundert Euro für denselben Sarg war schon ein durchaus respektabler Profit. Dann, eines Tages, hatte ich ein Gespräch – rein zufällig, versteht sich – zwischen meiner Chefin und dem Leiter des Krematoriums mitbekommen.

Es ging um Zahngold, das beim Durchwühlen der Asche der Kremierten sichergestellt wurde. Sie wollten ab sofort nur noch die Hälfte des teuren Edelmetalls bei der Friedhofsleitung abgeben.

Da der Ertrag, den das Gold brachte, einem Hospiz übergeben wurde, waren die Beiden der Ansicht, dass das Geld bei der Gestaltung der Lebensqualität gesunder und lebenslustiger Menschen, die noch im Vollbesitz ihrer geistigen und körperlichen Kräfte seien, von größerem Nutzen sei. Eine gemeinsame Reise auf die Seychellen sollte das Bündnis besiegeln."

Schlaffer räusperte sich erneut. „Ich hörte dann Geräusche, die ich aus der Anfangszeit meiner ersten großen Liebe kannte. Meine Hand schob – gegen meinen ausdrücklichen Willen – die Tür zum Büro meiner Chefin einen weiteren Spalt auf. Was ich sah, verwirrte mich. Die nackten Schenkel meiner Chefin leuchteten mir weiß entgegen und vor ihr kniete der Chef der Muffelöfen. Ich war konsterniert. Am Tag! Und dann so etwas!"

Asbach konnte ein leichtes Schmunzeln nicht verbergen. Am Tag. Er sah zu Kowalski, der todernst sagte: „Am Tag! So was aber auch!"

Jeder halbwegs normale Mann wäre sich jetzt verscheißert vorgekommen, nicht aber Willi Schlaffer.

„Am Tag und dann so was, meine Herren, da hört wohl jeder Anstand auf. Trotzdem, das alles hatte ich über mich ergehen lassen. Ich hatte sogar allmählich wieder ein gewisses Maß an Vertrauen in die Zukunft aufgebaut. Als dann jedoch eines Tages ein sehr, sehr großer Mann bei uns landete und ich ihn für den Normalsarg passend machen sollte, weigerte ich mich und erhielt die Kündigung. Am nächsten Tag holte ich meine Sachen ab und wäre im Keller um ein Haar über eine frischbenutzte

Knochensäge gestolpert."

Asbach war das Grinsen im Hals stecken geblieben. Wenn er sich vorstellte, dass er mit seinen 186 Zentimetern …

„Wenn ich die Herren langweile?"

„Keineswegs", sagte Kowalski, „fahren Sie fort, Herr Schlaffer!"

„Mein Glück war, dass ich mich schon vor längerer Zeit für die Prüfung zum Bestattungsfachwirt bei der IHK angemeldet hatte. Ich wollte mich selbständig machen. Seriös und den Wünschen der Verstorbenen angepasst, sollte sich das Unternehmen wie Phönix aus der Asche des Kleinstadtmiefes in die Höhe einer modernen und individuell gestalteten Bestattungsform erheben. Der Kunde sollte die Möglichkeit haben, noch zu Lebzeiten die Form seines Erdmöbels selbst zu bestimmen. Ich entwarf den Sarg für den leidenschaftlichen Autofahrer mit Scheinwerfern und Kühlergrill, den Flaschensarg für den Trinker, für Politiker den Sarg in Form eines Quatschsacks, für Kaffeefahrtenveranstalter ... na ja. Ich war jedenfalls sehr kreativ."

Willi Schlaffer sah Asbach und Kowalski an. In seinen Augen blitzte für den Bruchteil einer Sekunde der Schalk auf.

„Sehr interessant, was Sie da erzählen. Reden Sie weiter."

Asbach sah den Mann freundlich und auffordernd an.

Schlaffer fuhr fort. „Die Prüfung bei der IHK hatte ich bestanden. Die Prüfungskommission war begeistert über meine Ausführungen zum Thema: 'Der materielle Wert des Menschen'. Ich hatte die Weltmarktpreise für Kohlenstoff, Wasserstoff, Stickstoff, Schwefel, Calcium, Phosphor und so weiter zu Grunde gelegt. Bei einer Masse von siebzig bis achtzig Kilo Durchschnittsgewicht war ich auf etwa vierzig Euro pro Stück gekommen. Ich war wirklich in einer guten Form und Verfassung.

Der Prüfungsvorsitzende, Dr. Brettschneider, war begeistert.

Ich hatte bestanden.

Meiner Selbständigkeit stand nichts mehr im Wege, außer, dass ich eine nicht unbeträchtliche Summe Geldes brauchte. Ich ging zur Bank. Kein Problem, wurde mir gesagt. Nur bei der Summe, die ich brauchte, seien natürlich Sicherheiten für die Bank nötig. Meine Großmutter akzeptierte mit ihrem Grundstück und ihrem Haus die Grundschuld und wenig später konnte ich über das Geld verfügen."

Schlaffer zog ein Taschentuch aus der Hose und schnäuzte sich geräuschvoll.

Mit feuchten Augen fuhr er fort. „Es lief alles schief. Die Hinterbliebenen der Verstorbenen lehnten meine kreativen Erdmöbel ab. Ich musste auf herkömmliche Särge umstellen. Mein Kapital schmolz wie Schnee in der Sonne. In weniger als einem viertel Jahr war ich erledigt.

Die Bank forderte ihr Geld.

Ich hatte keins mehr.

Damit war Haus und Hof meiner Großmutter jetzt Eigentum der Bank. Gott sei Dank, sie musste es nicht mehr erleben. Ihre Bestattung war die letzte, dafür aber auch die prunkvollste, die mein Unternehmen noch gestalten durfte.

Der Kampf war verloren.

Trotzdem bat ich meine Hausbank als letzten Versuch um einen Überbrückungskredit. Eine mir völlig unbekannte Bank schrieb mir, dass sie auf Grund der zur Zeit extrem schwierigen Finanzlage auf der Rückzahlung und so weiter und so weiter … Ich rief sofort meine Hausbank an. Mir wurde mitgeteilt, dass meine Verbindlichkeiten verkauft worden seien, damit die Bank neue Kredite vergeben könne."

Der gebrochene Mann griff erneut zum Taschentuch und wischte sich eine Träne aus dem Auge.

„Es kamen Mahnungen der neuen Bank. Ich bot an, für die Gewährung eines Zahlungsaufschubs für jeden Mitarbeiter der Bank einen Qualitätssarg zu äußerst günstigen Konditionen auf Abruf bereit zu halten. Als Antwort auf mein großzügiges Angebot erhielt ich das bedrohliches Schreiben eines Inkassobüros. Ich war am Ende und schmiss alles, was an Post in meinen Briefkasten lag, in den Papierkorb."

Willi Schlaffer schneuzte sich erneut.

„Dann bekam ich das Schreiben vom Gericht."

Asbach erhob sich und gab Kowalski ein Zeichen. „Sie entschuldigen uns bitte, Herr Schlaffer. Ich möchte meinem Kompagnon nur kurz mal unter vier Augen sprechen."

„Du musst den Fall übernehmen, Dietmar. Drohe der Bank mit den Medien. Die müssen sich auf Stundung einlassen. Der Schlaffe Willi ist schließlich Bauingenieur."

Asbach legte eine Pause ein und sah Kowalski an.

„Du meinst, der Mann könnte für uns ..."

„Genau das meine ich. Bring ihn im Autobahnamt unter. Lass deine Beziehungen spielen. Der Mann soll dort ein wachsames Aug auf alles haben, was mit Rechnungen zu tun hat. Vor allem, wenn sie von ST&T kommen."

„Ob der Mann dazu in der Lage ist, bezweifle ich. Der scheißt doch wahrscheinlich schon in die Hose, wenn ihn einer scharf anguckt."

„Setz ihn vorsichtig unter Druck. Entweder er arbeitet für

uns oder er wird seine Schulden nie los. Ist zwar nicht ganz die feine englische Art, aber ich muss diesen Steigenberger zur Strecke bringen."

„Werd mein Möglichstes tun, Arnt."

***

Der kleine, weiße Mercedesbus der Polizei fuhr vom Flughafen Klotzsche Richtung Stadtzentrum. Werner Lachmann versuchte, ein Gespräch mit dem Beamten anzufangen, der mit ihm im hinteren Teil des Fahrzeuges saß, doch dessen Gesichtszüge standen auf "Halt die Fresse, du Knacki".

War ja auch egal. Er war in Deutschland, und das allein zählte. Noch einige Wochen im Knast von Puerta Plata und die hätten ihn abgemurkst. Wäre der Holländer während der Revolte im Gefängnishof nicht dazwischen gegangen, hätte ihn der Rumäne, den sie mit Koks am Flughafen geschnappt hatten, die Kehle durchgeschnitten. Er konnte sein Glück, wieder in der Heimat zu sein, kaum fassen.

Der Hammerwegknast war gegen den in Puerta Plata das reinste Sanatorium. Er kannte den Hammerweg bereits, hatte einige Monate dort gesessen. Mann, was für eine Wellnessoase.

Saubere, luftige Zellen.

Er hatte damals das Glück einer Zweimannzelle genossen. Das Essen war einfach super gewesen, die Duschen blitzten vor Sauberkeit. Die Wärter trotz chronischen Personalmangels meist freundlich. Der Gefängnishof weiträumig, mit Bänken aus Stahl.

73

Ringsum vergitterte Fenster in grauen Betonblöcken.

Für den Neuling sicher eher ein bedrückender als ein aufbauender Anblick. Für jemand, der ein karibisches Gefängnis kennengelernt hatte, das Paradies auf Erden. Er freute sich jetzt schon auf die großzügig eingerichtete Sporthalle und den Sportplatz. Er hoffte, dass er wieder in der Tischlerei arbeiten konnte. Die Arbeit mit Holz hatte ihm gefallen, aber auch die Bäckerei oder die KFZ-Werkstatt waren angenehme Arbeitsplätze.

Er war ganz einfach dankbar.

Der Mann, der ihn im Gefängnis von Puerta Plata aufgesucht hatte, hatte Wort gehalten.

Er würde sich erkenntlich zeigen. Das Bild des Mannes, der sie beauftragt hatte, die Reise in die Dominikanische Republik zu machen, stand wie eine Fotografie vor seinem inneren Auge. Entweder die hatten ihn in ihrer Kartei, dann würde er den Mann sofort identifizieren können, oder sie würden ein sehr gutes Phantombild erstellen.

Der kleine, hellgraue Renault Clio war am Flughafen kurz nach dem weißen Mercedesbus gestartet. Die zwei Männer auf der Rückbank hielten ihre Kalaschnikows unter Decken verborgen auf den Knien. Der Fahrer mit Basecap und Sonnenbrille achtete darauf, dass stets mehrere Autos zwischen dem Polizeiwagen und dem Clio fuhren.

„Du zielst in Kopfhöhe, Sergej. Ich nehm die Mitte."

Die Ampel an der Kreuzung Königsbrücker Straße - Stauffenbergallee schaltete auf Rot. Der Mercedesbus stand unmittelbar vor der Ampel. Der Fahrer des Clio tippte nervös am Gaspedal.

„Erst, wenn ich das Kommando gebe," fauchte Grigorij.

„Jetzt!"

Der Clio scherte nach links aus, fuhr an vier Autos vorbei nach vorn zur Kreuzung und hielt genau neben dem weißen Mercedesbus.

Das Fenster des Clio war herabgelassen.

Die beiden Männer hoben ihre Kalschnikows an und feuerten. Die Kugeln rissen Löcher in das Blech des Mercedes. Noch bei Rot trat der Fahrer des Clio das Gaspedal durch, und schoss auf die Kreuzung. Ein schwarzer BMW schleuderte mit quietschenden Bremsen nach rechts und kollidierte mit einem entgegen-kommenden Auto.

Der Clio machte einen Schlenker und raste die Stauffenbergallee entlang Richtung Stadtzentrum.

***

Im Watzke auf der Hauptstraße war jetzt am späten Nachmittag nicht allzu viel los. Das Kaffeetrinken war vorbei und die Abendessenszeit hatte noch nicht begonnen. Maibach hatte einen Tisch am Fenster gewählt. Die Kellnerin brachte das Altpieschener Spezial und sie stießen an. Der Glockenschlag, der plötzlich in Asbachs Rücken erklang, hätte ihn um ein Haar sein Bier verschütten lassen. „Die können einen älteren Herrn ganz schön erschrecken."

„Warst du noch nie im Watzke?"

Asbach schüttelte den Kopf. „Mein Bier trinke ich im Hotel bei Eric, manchmal im Raskolnikoff, im Blumenau oder im Stilbruch. Aber eine derartige Glocke hat dort keiner."

„Die Johannes-Glocke hier hat ihre eigene Geschichte, mein lieber Arnt."

„Erzähle!"

„Die Glocke sollte eigentlich mit den Glocken Jeremia, Joshua, David, Philippus und Hanna in einem der Türme der Frauenkirche läuten. Beim Erstguss dieser Glocke ist was schief gelaufen. Irgendwas mit einem der zwölf Teiltöne, aus denen sich der Klang einer Glocke zusammensetzt, hat nicht gestimmt. Also hat man sie ganz einfch im Watzke aufgehangen. Damit ist sie zumindest ganz nah bei der Frauenkirche, die ja ihr eigentlicher Bestimmungsort hätte sein sollen und schlägt dir die Stunde."

„Und was hat die Stunde geschlagen, Hannes?"

„Feuer, mein Lieber, es hat gebrannt."

„Spann mich nicht auf die Folter!"

„Auf einem Parkplatz in der Heide ist ein Auto explodiert und verbrannt."

„Soll bei sehr alten Kisten manchmal passieren."

„War ein Clio, vermutlich derselbe Wagen, der auf der Stauffenbergallee einen Unfall verursacht hat und aus dem heraus ein Mann erschossen und eine Polizist schwer verletzt wurde."

„Die Schießerei Kreuzung Königsbrücker - Stauffenbergallee, die in den Nachrichten kam?"

„Genau die, mein lieber Arnt. Unser Mann aus der Dominikanischen Republik ist tot. Die Killer haben eiskalt neben dem Gefangenenwagen gehalten und sofort das Feuer eröffnet. Der Clio ist dann Richtung Zentrum gerast und irgendwo in Richtung Heide abgebogen. Die Männer haben auf einem Parkplatz das Auto gewechselt und sind Richtung Radeburg gefahren. Nach ungefähr fünf Minuten ist der Clio explodiert und ausgebrannt."

„Fernzündung übers Handy?"

„Zwei Heidewanderer haben jedenfalls gesehen, wie drei Männer den kleinen Wagen verlassen haben, und in eine große, dunkle Limousine gestiegen sind. Sie haben allerdings nicht weiter darauf geachtet. Als das große Auto schon eine Weile weg war, haben die beiden Männer einen sehr lauten Knall gehört und dann hat der Clio lichterloh gebrannt."

„Die ganze Reise also für die Katz?", murmelte Asbach.

„Vielleicht nicht ganz, Arnt. Wir gehen jetzt davon aus, dass hier zwei Ganovenstränge parallel laufen, ohne dass der eine vom anderen weiß. Es ist unwahrscheinlich, dass sich das Management von ST&T für die paar Kröten, die sich der Pirnaer Subunternehmer wahrscheinlich unter den Nagel gerissen hat, zu mehreren Morden hinreißen lässt. Da läuft noch ein kleiner Kahn im Kielwasser des Flaggschiffs."

„Noch dazu, wo ST&T an die Börse will. Da geb ich dir recht, Hannes."

„Hast du in der Richtung recherchiert, Arnt?"

„Allerdings, die könnten mit ihrem geplante Börsengang keinen besseren Zeitpunkt erwischen. Der erwartete Börseneinbruch nach der ersten Zinserhöhung der US-Notenbank hat nicht stattgefunden. Die Börsen haben die 25 Basispunkte weggesteckt, als wäre nichts gewesen. Volkswirte und Analysten gehen davon aus, dass der Leitzins bis Jahresende schrittweise bis auf zwei Prozent angehoben wird. Und die Börse geht davon aus, dass die Zinserhöhung in den USA darauf hin deudet, dass die amerikanische Wirtschaft wieder wächst. Da die Weltkonjunktur immer noch von den Amerikanern bestimmt wird, werden die Börsen also auch weltweit steigen."

„Ich dachte, die Chinesen hätten, was die Weltkonjunktur betrifft, ein Wörtchen mitzureden?"

„Ein Wörtchen ja, aber noch kein Wort. Wird sich in absehbarer Zeit allerdings ändern, wenn die ihren Staatskapitalkommunismus weiter so gut im Griff behalten. Der DAX jedenfalls tümpelt. Wahrscheinlich die notwendige Verschnaufpause nach dem rasanten Anstieg in letzter Zeit. Ganz optimistische Analysten und Börsengurus sehen den DAX in einigen Jahren bei weit über 10 000 Punkten."

„Das wäre für Gertrud das reinste Lebenselixier, Arnt. Die ist dir immer noch dankbar, dass du sie regelrecht gedrängt hast, ihre Aktien zu verkaufen, als es bergab ging. Sie konnte einen Teil ihrer Gewinne retten, als die Blase platzte. Ein Großteil ihrer Arbeitskollegen haben schwere Verluste hinnehmen müssen. Ist dann auf deinen Rat hin wieder eingestiegen.

„Was machen denn überhaupt deine Aktien?"

„Macht jetzt alles Gertrud. Ich habe einfach nicht die Nerven dazu. Mal geht's hoch, weil in Amerika die Arbeitslosenzahlen gesunken sind, dann geht`s wieder abwärts, weil in China das Bruttoinlandsprodukt zwei Zehntel schlechter ausgefallen ist als Analysten und andere Börsenhellseher erwartet hatten. Nee, Arnt, das ist nichts für mich."

„Frauen sollen ja auch ein besseres Händchen für Börsengeschäfte haben als Männer – behaupten jedenfalls die Frauen", lachte Asbach.

„Was auf dich sicher nicht zutrifft – weil du keine Vergleichsmöglichkeit hast."

„Frauen sind für Männer dasselbe wie die Kandare für das Pferd, mein lieber Hannes, Geld dagegen ist für den Mann, was die Weite der Prärie für den Mustang ist."

„Also, hast du recherchiert, du Mustang, oder müssen wir jemand Anderes ansetzen?"

„Der Börsengang soll unmittelbar bevorstehen. Nach Informationen meines Kompagnons – frag mich bitte nicht nach dessen Quellen – wird die Preisspanne so zwischen 6,20 und 7,50 Euro betragen. ST&T will so an die 12 Millionen Aktien auf den Markt bringen. Damit würde das Emissionsvolumen zwischen 74 und 90 Millionen betragen. Die Konsortialbanken sollen eine Berliner und eine Wiener Bank sein."

„Mit der Knete kann unser Freund Steigenberger ja wieder ordentlich auf dem Immobilienmarkt zuschlagen. Mit den Autobahnbetrügereien – man rechnet inzwischen mit einem zweistelligen Millionenbetrag – kann der Kerl ja gerade mal seinen hochfliegenden Lebensstandart finanzieren. Er soll vor kurzem in Hamburg eine Yacht für mehrere Millionen gekauft haben."

„Mein Kompagnon hat aus sicherer Quelle, dass ST&T bei einem Umsatz von rund 20 Millionen im vergangenen Jahr 12 Millionen Verluste beim Finanzamt geltend gemacht hat. Der Börsengang scheint mir ein hochspekulatives Geschäft zu sein. Kommt mir vor, wie der letzte Versuch, sich vor dem Konkurs zu retten."

„Dann würde der feine Herr aber ordentlich in der Scheiße sitzen, Arnt."

„Das glaubst sicher nur du, mein lieber Hannes. Diese ausgepufften Brüder manipulieren ihre Bilanzen so, dass die Kurse raketenhaft gen Himmel steigen und wenn dann wirklich – um in deiner Sprache fortzufahren – die Kacke am Dampfen ist, werden zu Höchstpreisen eigene Aktien verkauft, das Geld in der Schweiz oder den Bahamas oder sonst wo gebunkert und dann wird mit Gelassenheit abgewartet. Sollte es zu Verurteilungen vor

Gericht kommen, werden die 2 oder 3 Millionen Strafgeld aus der Portokasse bezahlt und das schöne Leben geht dann erst richtig los. Der Dumme und Angeschissene ist wie immer und überall auf der Welt der Kleinanleger, der für sein Alter Rücklagen bilden wollte und nun in die Röhre guckt."

„Und dann tönen die Medien, die Aktienkultur in Deutschland sei leider sehr schwach ausgeprägt", grinste Maibach.

„Was eigentlich niemand wundern sollte. Zwischen Pferderennen und Börse ist kaum noch ein Unterschied. Nur Insider können gewinnen. Ich denke, die Börse verkommt zur Zockerbude. Es werden Bilanzen gefälscht, falsche Ad-hoc-Meldungen in Umlauf gebracht, Insolvenzen werden verschleppt, Aktienkurse werden gepusht, Geschäftsumsätze werden frei erfunden. Die Großverdiener sind die Banken, während die kleinen Ersparnisse der Privatanleger sich in Luft auflösen."

„Warum agierst du dann an der Börse, Arnt?"

„Weil ich den Nervenkitzel liebe und weil ich grundsätzlich das Gegenteil von dem mache, was die Banken, die einschlägigen TV-Sender und die Börsenmagazine empfehlen."

„Du bleibst am Börsengang von ST&T dran?"

„Mit Sicherheit, Hannes. Die Rechnung mit diesem Steigenberger ist noch lange nicht beglichen."

***

Das Hotel, in dem sich Alina vorübergehend eingemietet

hatte, lag im Stadtzentrum. Wenn sie aus dem Fenster sah, konnte sie die Springbrunnen auf der Prager Straße sehen.

Seit einer Woche lebte sie hier.

Die Frau, für die sie gearbeitet hatte, war tot. Sie hatte sich mit Alkohol, Tabletten und Koks ins Jenseits befördert. Marcus Steigenberger, der Ehemann, hatte sie kurze Zeit nach dem Tod der Frau aus dem Haus geworfen.

Es hatte eine sehr unschöne Szene gegeben. Sie hatte ihn an sein Versprechen erinnert, sie, Alina, zu gegebener Zeit zu seiner Frau zu machen. Steigenberger war in einen Lachkrampf verfallen. „Dich zu meiner Frau machen?", hatte er gekeucht, als er wieder Luft bekam. „Du hast sie wohl nicht alle. So ein Nichts wie dich, so ein altes Fensterleder, hat nichts, ist nichts, kann nichts, kommt aus der Taiga und will Frau Steigenberger werden. Eher verwandelt sich Kuhscheiße in Gold, du dämlich Gans."

Sie hatte dagestanden und innerlich vor Wut gezittert. Mit einem Blick, der ein tödliches Versprechen war, hatte sie den Mann angesehen, und hatte auf dem Absatz kehrt gemacht. Sie war in ihr Zimmer gegangen, hatte ihre Sachen in einen Koffer geschmissen, ihr Geld geschnappt und das Haus verlassen.

Ein Glück, dachte Alina, dass sie regelmäßig mit der Geldkarte der Frau mehr abgehoben hatte, als die Beschaffung des Kokain gekostet hatte.

Die Frau hatte nie nachgerechnet. Ihr war es nur um den Stoff gegangen. Das Geld würde noch eine ganze Weile reichen. Irgendwann würde sie sich eine Wohnung mieten und als Begleitdame für gut situierte Geschäftsreisende arbeiten. Dass sie nahezu perfekt Englisch, Deutsch und

81

Russisch, sprach, würde ihren Preis nicht unwesentlich erhöhen.

Alina sah auf die Uhr.

Gegen 11.00 Uhr hatte Marian gesagt

Es war drei Viertel.

Sie ging ins Bad, griff die Tube mit der Gleitcreme und machte ihren Anus geschmeidig. Marian hatte mehrmals schon versucht, sie von hinten zu nehmen und dabei nicht in ihre Vagina, sondern anal in sie einzudringen.

Heute würde sie ihm dieses spezielle Vergnügen anbieten. Dafür musste er allerdings liefern. Alles, was er über die Betrügereien in der Immobolienbranche seines Chefs herausfinden konnte, musste er an sie weiterleiten. Dafür würde sie sich von ihm vögeln lassen, egal, welche Körperöffnung er gerade bevorzugen sollte.

Sie wusste, dass Klimpke seinen neuen Chef kaum weniger hasste als sie selbst. Viel zu oft hatte Steigenberger den Mann gedemütigt, nicht selten vor ihr. Dazu kam, dass Klimpke zwar ein primitiver Kerl, aber nicht ganz blöd war.

Der wusste genau wie sie, dass das Steigenbergersche Kartenhaus irgendwann zusammenfallen würde. Bis dahin musste er seine Schäfchen im Trockenen haben.

Ihr Hass auf Steigenberger, der sie wie die dreckigste Hafennutte behandelt hatte, war zum festen Bestandteil ihres Lebens geworden. Dafür sollte der Kerl büßen.

Sie würde ihn vernichten. Sie dachte an diesen Hauptkommissar Asbach, der ihr auf Anhieb damals bei seinem Besuch in der Villa sympathisch gewesen war. Vielleicht würde sie ihn für ihren Rachefeldzug benutzen.

Sie hatte seinen bewundernden Blick im Spiegel wahrgenommen, als er sie von hinten gemustert hatte. Wie ihr damals schien, war dieser Hauptkommissar hinter

Steigenberger her.

Kommt Zeit, kommen auch Ideen, dachte Alina.

Es klopfte. Sie öffnete die Tür. Sie sah sofort, dass Marian Klimpke das besondere Glitzern in seinen eiskalten Augen hatte. Das war nicht nur Geilheit, da war noch mehr.

„Hereinspaziert, junger Mann." Alina wies mit einer Handbewegung nach innen.

Klimpke ließ sich in einen Sessel fallen, griff die bereitstehende Flasche Courvoisier und schenkte ein.

Alina setzte sich ihm gegenüber. Ihr Rock war ziemlich hoch gerutscht und sie trug auch heute keine Unterwäsche. Klimpkes Blick saugte sich zwischen ihren Schenkeln fest.

„Prost!" Alina hob ihr Glas. „Was gibt's an der Autobahnfront Neues?"

„Du wirst verreisen, schöne Dame."

„Und wohin, wenn ich fragen darf?"

„Darfst du. Die Reise geht in die Dominikanische Republik, nach Samana."

„Spendiert ST&T jetzt seinen treuen Angestellten Erholungsreisen oder ist das eine Idee Steigenbergers, um eine lästige Person loszuwerden?"

„Weder noch", grinste Klimpke. „Du wirst dort nicht nur zwei Wochen Urlaub machen. Richte dich auf einen längeren Aufenthalt ein. Du wirst in meinem Auftrag fahren und nur Verbindung zu mir halten."

Die Verbindung kann ich mir gut vorstellen, dachte Alina. Dafür wirst du aber zahlen, du alter Bock. Sie rekelt sich in ihrem Sessel, so dass ihr Rock noch um einige Zentimeter nach oben rutschte.

„Du mietest dich in einem Hotel ein und gibst die Urlauberin, die von Deutschland die Nase voll hat. In

Samana existiert so etwas wie eine deutsche Kolonie. Du wirst also nicht auffallen."

„Und was soll ich dort? Soll ich einsamen Herren die Nächte versüßen und das Geld dafür an dich überweisen?"

„Mit Geld hat es allerdings zu tun. Du wirst, sobald du dort bist, dir ein Konto bei einer Bank einrichten. Von Deutschland aus werden mittlere und höhere Beträge auf dieses Konto überwiesen. Sobald ein bestimmter Betrag erreicht ist, buchst du einen Flug nach Dresden. Wir treffen uns dann hier im Hotel und du übergibst mir das Geld in bar."

„Ist das nicht sehr umständlich. Ich könnte es von diesem Samana an dich oder eine Kontaktperson überweisen."

„Das Geld soll keinerlei Spuren hinterlassen und das geht nur mit Bargeld."

„Was habe ich davon?" Alina sah Klimpke skeptisch an.

„5 Prozent!"

„15!"

„10!"

„In Ordnung, 10! Wieviel ungefähr? Das Leben dort wird nicht ganz billig sein."

„Du wirst pro Monat zwischen 3000 und 5000 Euro machen. Das müsste für' s Erste genügen. Du wirst dort sicher noch andere Verdienstquellen aufmachen."

Klimpke grinste anzüglich.

„Und wenn ich mit einem der größeren Beträge die Flocke mache?"

„Dann würdest du verschiedenen Leuten auf dem Weg ins Jenseits folgen. Wir finden jeden, der uns bescheißen will."

Also hast du auch bei dem Doppelmord da unten deine verdammten Wichsgriffel im Spiel gehabt, dachte Alina.

„Wann fahre ich?"

„Übermorgen und jetzt komm her."

Alina stand auf, ging auf Klimpke zu, der im Sessel sitzen blieb, und kniete vor ihm nieder. Sie wusste, dass diese Eröffnung für die Knallschote das Nonplusultra war. Ihr machte das schon lange nichts mehr aus. In der Zeit, als sie noch in Markus verliebt gewesen war, hatte sie es ihm oft auf diese Art gemacht und nicht selten war sie dabei selbst zum Höhepunkt gekommen. Das hier dagegen war der reinste mechanische Vollzug.

Während Klimpke sich im Sessel streckte und heftig zu atmen begann, dachte Alina an das Geld. Sie würde äußerst spartanisch leben. Sie wusste, wie man sich von Männern aushalten ließ. Und sie war sicher, dass es dort genau solche Trottel wie hier in Deutschland gab, denen sie Liebe vorspielen konnte, während sie die Idioten lediglich ihren Kanal befahren ließ.

Klimpke schob sie zurück. "Steh auf, leg dich auf's Bett!"

Für das Angebot, das er ihr gemacht hatte, sollte er sein spezielles Vergnügen haben.

Es war nicht sehr angenehm, aber sie dachte daran, dass sie irgendwann, wenn sich die Summe lohnen würde, von einer einheimischen Krankheit heimgesucht würde, so dass sie nicht fliegen konnte.

Sie würde die nächste Überweisung abwarten und dann Grigorij anrufen. Mit dem Ersparten und den überwiesenen Summen würde sie sich eine Boutique kaufen. Bargeld hinterlässt keine Spuren, hatte der Dämlack, der jetzt über ihr so richtig in Fahrt kam, gesagt.

Auch Grigorij würde keine Spuren hinterlassen.

Als es vorbei war ging sie ins Bad, duschte und hüllte sich in ihren Bademantel.

Klimpke saß im Sessel und goss sich einen weiteren Kognak ein. Dann zog er seine Brieftasche und legte mehrere große Geldscheine auf den Tisch.

„Der Flug ist bezahlt. Mit dem Geld hier mietest du dich in einem Mittelklassehotel ein und wartest auf die erste Überweisung. Alles klar?

„Alles klar, mein Herr", sagte Alina und dachte an ihre Boutique, von der sie geträumt hatte, seit sie in diesem Land lebte.

***

Asbach stieg von seinem neuen Büro in Kowalskis Detektei runter in den Keller. Das Gute an diesem Haus war, dass sie die einzigen Mieter waren. Das Schlechte daran war, dass es sehr alt war und den Geruch von modrigen Kartoffelsäcken im Treppenhaus gespeichert hatte.

War sowieso eigenartig mit den Gerüchen von Häusern. Früher, in seinem alten Leben mit Hannelore, als sie noch in diesem Block in Johannstadt gewohnt hatten, hatte er sofort gemerkt, dass er im falschen Flur stand, wenn er aus reiner Schusslichkeit einmal die verkehrte Haustür erwischt hatte.

Jedes Haus roch anders.

Das hier roch jedenfalls nach verfaulten Kartoffeln.

Das wirklich Sonderbare an Gerüchen war, dass sie oft mit Erinnerungen und Gefühlen verbunden waren oder welche weckten.

Er erinnerte sich an dieses lockere Mädchen auf einem Zeltplatz in der Sächsischen Schweiz, mit der er es das erste Mal gemacht hatte. Sie war ein kleines, spillriges Ding mit langen ,schwarzen Haaren gewesen.

Er hatte beobachtet, dass sie am Abend, manchmal auch mitten am Tag, mit einem Jungen ins Zelt kroch.

Am nächsten Tag war es dann ein anderer.

Er war neugierig geworden, hatte ihr Blicke zugeworfen, dann hatte er sich Mut angetrunken und sich am Lagerfeuer neben sie gesetzt. Als die Feuer verlöschten, hatte sie seine Hand ergriffen und ihn mit in ihr Zelt genommen.

Es war ein winziges Einmannzelt gewesen. Das gleiche Zelt stand direkt daneben und wurde von ihrer blonden Freundin bewohnt.

Sie hatte sich ungeniert vor ihm ausgezogen und ihm gezeigt, was er machen sollte.

Er musste danach vor Aufregung zur Toilette, die nichts weiter wie ein Plumpsklo war.

Der Geruch war infernalisch.

Das Komische war, wenn er jetzt, Jahrzehnte später, den Geruch von Fäkalien wahrnahm, dass er dann unwillkürliche an dieses Mädchen denken musste.

Asbach schaltete das Licht im Kellergang an und schloss die Lattentür ganz hinten auf. Zwei alte Räder, ein geflochtener großer Weidenkorb, eine alte Zinkbadewanne, zwei zerbrochene weiße Küchenstühle, eine uralte Tischtennisplatte und diverses anderes Gerümpel verstopfte den Raum.

Asbach trat an den großen, wurmstichigen Kleiderschrank, der an der hinteren Wand stand, öffnete die Türen und schob die Rückwand zur Seite.

Der dahinterliegende Raum war eine Art Speisekammer, klein und leer bis auf einen Stahltresor, der in der Wand verankert war.

Kowalski hatte den Tresor gekauft und den Keller präpariert, nachdem der Überfall auf ihn stattgefunden hatte und er im Krankenhaus gelandet war. Sie deponierten jetzt wichtige Unterlagen hier.

Asbach hatte sich angewöhnt, auch seine Börsenauszüge hier zu verwahren, obwohl er seine Steuern auf Kapitalerträge bei der Finanzbehörde auf den Cent genau angab. Er wusste, dass er damit zu den Dummen gehörte, die das machten, aber wenn man die Steuerfahnder auf den Hals haben sollte, war das schlimmer als den Geldeintreibern auf St. Pauli ausgeliefert zu sein.

Er schnappte sich den Ordner, den Kowalski über ST&T angelegt hatte und seinen Börsenordner, in dem er die Bankbelege der letzten Jahre aufbewahrte. Er verschloss den Keller und ging wieder nach oben.

Es wurde Zeit, dass er sein Aktiendepot unter die Lupe nahm. Danach würde er sich mit dem Börsengang von ST&T beschäftigen.

Kowalskis Kontakte zu bestimmten Institutionen, die für die Sicherheit im Lande zuständig waren, hatten bis jetzt jeden Sturm überstanden. Erstaunlich war nur, wie oft sich Ermittlungen dieser Behörden überschnitten. Wenn zwei gleiche oder ähnliche Informationen von unterschiedlichen Behörden kamen, wusste man mit Sicherheit, dass an der Sache etwas dran war. ST&T gehörte in diese Kategorie.

Asbach setzte die Kaffeemaschine in Gang und schlug den Ordner mit seinen persönlichen Börsenaktivitäten auf. Er hatte damals, nach dem Platzen der Dotcom-Blase und der langsamen Erholung am Markt, wieder ein neues Aktiendepot eingerichtet.

Er überprüfte jedes Jahr die Entwicklung dieser zehn Aktien, die in seinem Depot lagen. Zwei oder drei der

Werte, die am schlechtesten gelaufen waren, flogen raus und wurden durch Aktien mit einer guten Performance ersetzt. Aus den 100 000 Euro waren inzwischen 147 000 Euro geworden.

Die Auto-und die Halbleiteraktie hatten nichts gebracht. Raus damit!

Die Nachfolger standen schon seit längerem fest. Das Biotech-Unternehmen, das sich mit der Entwicklung von Antikörpern beschäftigte, war bis jetzt hervorragend gelaufen, ebenso der Anbieter von Küchenprodukten für Groß-und Gewerbeküchen hatte eine Performence hingelegt, die dich sehen lassen konnte. Also rein ins Depot.

Asbach goss sich einen Kaffee ein und lehnte sich zurück. Dieser Steigenberger und sein Baukonzern hätten keinen besseren Zeitpunkt für einen Börsengang wählen können.

Der Aufschwung war spektakulär.

Die Aktien liefen wie an der Schnur gezogen nach oben, der Ölpreis gab nach, die Konsumlust der Amis hielt ungebrochen an und bei Intel, einem der amerikanischen Wachstumstreiber, stiegen Umsatz und Gewinn.

Für die nächsten drei oder vier Jahre würde die Rally weiterlaufen. Die große Geldverbrennung an der Börse fand erfahrungsgemäß so aller fünf bis sieben Jahre statt.

Asbach nahm noch einen Schluck Kaffee.

Trotz der guten Aussichten würde der Börsengang von ST&T nicht annähernd die Ausgaben decken. Der Mann musste größenwahnsinnig geworden sein. Der letzte Immobilienzukauf in Leipzig hatte über 100 Millionen gekostet. Wieso die Banken derart hohe Kredite ohne jede Sicherheit vergaben, war Asbach schleierhaft. Die rissen sich förmlich darum, in das Sanierungs-und

Restaurierungsgeschäft des Baukonzerns mit einzusteigen.

Preiswert bekannte, oft denkmalgeschützte, aber heruntergewirtschaftete Immobilien kaufen, sanieren und restaurieren, und dann teuer wieder verkaufen.

Die Zahlen, die vor Asbach lagen, zeigten allerdings, dass die Mieteinnahmen immer häufiger unter den Erwartungen zurückblieben. Die Immobilienpreise verfielen allmählich. Der Kaufrausch von Wohneigentum, der nach der Wiedervereinigung eingesetzt hatte, flaute ab.

Das ganze Geschäft von ST&T konnte nur so lange funktionieren, wie die Kredite liefen. So lange, wie die Banken ohne Prüfung der Grundlagen Geld zur Verfügung stellten, würde Steigenbergr den Vorzeigeunternehmer spielen können.

Asbach wusste, dass, sollten die ersten Zweifel an der Kreditwürdigkeit des Unternehmens auftauchen, das Imperium platzen würde wie eine Seifenblase. Eine Ad-hoc-Meldung im Internet würde genügen, Zweifel zu säen.

Er schloss den Ordner und lehnte sich zurück. Was sollten dann diese Betrügereien beim Autobahnbau? Wahrscheinlich war es das Taschengeld für den ausufernden Lebensstil des Mannes.

Aus Kowalskis Aufzeichnungen ging hervor, dass Steigenberger vor kurzem eine ziemlich teure Yacht in Hamburg gekauft und nach Sylt hatte bringen lassen. Zur gleichen Zeit hatte er Kontakte zu einer noch relativ jungen Witwe einer renommierten Kaffeerösterei aufgenommen. Allein der Name dieser Dame würde seine Kreditwürdigkeit mindestens verdoppeln.

Es klopfte und Kowalski trat ein.

„Börse?"

„Schon erledigt."

Kowalski reichte Asbach die Kopie einer Rechnung.

Asbach warf einen Blick darauf und sagte: „Oh, fünfstellig!"

„Bezahlt, aber nie geliefert, die Anlage. Bestellt von ST&T, damit an einem bestimmten Autobahnabschnitt auch nachts gearbeitet werden kann."

„Ganz hübsches Taschengeld", grinste Asbach.

„Steuergelder, Arnt, Steuergelder. Die Drecksäcke fressen Beluga-Kaviar zum Frühstück, saufen Dom Perignon am Nachmittag, ficken teure Nutten am Abend und hecken nachts Betrügereien aus, um an weitere Steuergelder ranzukommen, die du, ich und sämtliche ehrlichen kleinen Leute Jahr für Jahr aufbringen. Und, was das schlimmste ist, die Sesselfurzer in den Ämtern der Stadt sind entweder blind, blöd oder korrupt. Ich könnte den Brüdern den ..."

„Du bist ja geladen wie eine schussbereite Schrotflinte."

„Bin ich, Arnt. Wenn ich daran denke, dass arme Schweine hier im Lande zur Tafel gehen müssen, weil das Geld nicht mal zum Fressen reicht und diese gewissenlosen Gangster betrügen und bescheißen uns nach Strich und Faden, brennen bei mir die Sicherungen durch."

„Komm wieder runter, Dietmar. Was macht eigentlich unser Schlaffer, Willi im Autobahnamt?"

„Der hat bereits einen eigenen Schreibtisch und eine eigenes Zimmer. Die haben dort schnell gemerkt, dass der Mann mehr vom Bau versteht, als viele der dortigen Mitarbeiter. Schlaffer ist überzeugt, dass da noch und noch gemauschelt wird. Ich habe ihn gebeten, sich die Flutlichtanlage vor Ort anzusehen. Die Anlage existiert nur als Rechnung. Wohin das Geld überwiesen wurde, konnte er nicht feststellen."

„Was mich mehr interessiert, Dietmar, sind die Hintergründe für den Doppelmord in der Dominikanischen Republik. Das es um Geld ging, relativ viel Geld, ist klar, aber warum das Pärchen ermordet wurde, dafür fehlt mir das Motiv."

„Für solche Verbrechen, mein lieber Arnt, gibt es nur ein Motiv. Das Pärchen hat mit Sicherheit versucht, sich eine größere Summe unter den Nagel zu reißen.

„Ich frage mich schon die ganze Zeit, warum ST&T Gelder dorthin transferiert. Es handelt sich ja wahrscheinlich nicht um Millionenbeträge, sondern an den Umsätzen des Bauunternehmens gemessen, um Peanuts."

„Ich denke, du solltest noch einmal nach Samana fahren und dort recherchieren, Arnt. Meinem Gefühl nach läuft der Autobahnbetrug als Nebengeschäft von ST&T und außer diesem Steigenberger füllen sich noch andere Leute die Taschen.

Asbachs Telefon klingelte.

„Büro Kowalski und Partner."

„Es ist was Schreckliches passiert, Arnt, Mäuschen ist tot."

„Was? Hast du nicht auf ihn aufgepasst?"

„Er ist vergiftet worden, kannst du kommen?"

„Bin sofort da, Leona."

Asbach wandte sich Kowalski zu. „Muss weg, Dietmar, wir reden morgen weiter."

Der riesige Hund lag in der Küche. Vor seiner Schnauze Erbrochenes. Leona saß tränenüberströmt auf dem Fußboden und streichelte den Kopf des toten Tieres. Asbach zog sie behutsam hoch, geleitete sie ins Atelier, holte aus der Küche die Wodkaflasche und zwei Gläser.

„Was war los, Leona?"

„Ich war höchstens eine Stunde weg, Arnt. Als ich zurückkam war das Erste, was ich beim Öffnen der Tür wahrnahm, ein fremder Geruch in der Diele, das heißt, so ganz fremd war er mir nun auch wieder nicht."

„Unser gemeinsamer Freund?"

„Der typische Geruch von Tabac. Ich kenne nur eine Person, die dieses Rasierwasser benutzt."

„Klimpke? Dann hätte der dich trotz deiner Maskerade gefunden?"

„Es sieht ganz so aus."

„Ich verstehe bloß nicht, dass Mäuschen den Kerl unbehelligt reingelassen hat?"

„Mäuschen lässt jeden rein nur nicht wieder raus."

„Du weißt, dass du ab jetzt gefährlich lebst, Leona?"

„Hab ich schon immer, Arnt und seit ich dich kenne ...". Leona legte ihren Kopf an Asbachs Schulter und ihre Tränen liefen.

„Ich weiß, was du für mich riskiert hast Mädchen." Er fuhr ihr tröstend mit der Hand übers Haar. „Ich verspreche dir, ich werd auf dich aufpassen."

Leona löste sich von ihm und sah zu ihm auf. „Der verdammte Kerl vermutet garantiert, dass ich damals mit dem Diktaphon geblufft habe, als ich sein Geständnis aufgenommen habe. Aber ganz sicher ist der sich nicht. Und genau das wird ihn davon abhalten, mir direkt zu Nahe zu kommen. Er wird versuchen, mir das Leben in dieser Stadt zu vermiesen oder unerträglich zu machen. Kannst du den Kerl nicht aus dem Verkehr ziehen?"

„Wäre kein Problem, Leona, aber wir wollen nicht den Schwanz des Ganovenunternehmens, sondern den Kopf. Und den kann uns nur dieser Klimpke liefern. Ich fliege übrigens übermorgen in die Dominikanische, wenn du willst, kannst du mitkommen."

Asbach war bei dem Angebot nicht ganz wohl, aber irgendwie war er es ihr schuldig. Leona hatte damals, als sie den Ganoven kampfunfähig gemacht und ihn dadurch rehabilitiert hatte, wesentlich mehr riskiert.

„Ist das dein Ernst?"

„Ist es."

Leona stellte sich auf die Zehenspitzen und gab Asbach einen Kuss.

„Keine falschen Hoffnungen, Mädel!"

Das werden wir ja sehen, dachte Leona.

***

Die drei Männer saßen in der Hotelsuite Steigenbergers im Hotel Hohe Düne in Warnemünde, tranken Johnnie Walker King George, rauchten leichte, aromatische Zigarren und blätterten in Hochglanzjournalen des Rostocker Eros-Centers.

Dr. Hasso Reuter tippte auf eine dunkelhäutige Dame in weißen Strapsen. „Die kannst du für mich bestellen, Markus. Sieht verdammt gut aus. Hab noch nie eine Brasilianerin gehabt."

Fehlt bloß noch, dass dir der Geilgeifer aus dem Maul rinnt, dachte Steigenberger.

„Und du Guido?" Er sah Lohmann an.

„Die Ungarin, steh seit eh und je auf Paprika, vor allem, wenn die Schote schön glatt und prall ist."

Steigenberger griff zum Telefon, wählte und bestellte. „Gegen 21.00 Uhr am Yachthafen. Danke."

„Und du armer Kerl musst heute mit deiner

Kaffeerösterin vorlieb nehmen?" Lohmann sah Steigenberger mitleidig an.

„Der Geruch von frisch geröstetem Kaffee hat mich schon immer angemacht, Guido. Wenn dann der Geruch des ganz großen Geldes noch dazukommt, dann ..."

„Und nicht bloß der des Geldes", mischte sich Hasso Reuter ein, „allein der Name der Dame wird deine Kreditsumme um ein Vielfaches nach oben treiben, da kannst du Gift drauf nehmen, Markus."

„Na dann Prost!" Steigenberger hob sein Glas. „Wenn ihr nachher mit den Damen auf der Yacht seid, benehmt euch. Also keine Klagen vom Hafenmeister wie letztes Mal."

„Keine Sorge Markus", lachte Lohmann, „Wir ziehen heute nur Puderzucker durch die Nase."

„Jetzt mal zum Geschäft." Steigenberger blickte Hasso Reuter an. „Ist dir was eingefallen, wie wir die Kreditsummen erhöhen können? Das, was wir bis jetzt gemacht haben, ist nichts weiter wie Kolonialwarenladengeramsche."

Reuter warf sich in Positur. Er hatte eine ebenso geniale wie einfache Idee gehabt. Die Gier nach Mammon in den Banken war so groß, dass die Herren in den obersten Etagen der Banken keinerlei Skrupel mehr hatten, unsaubere, anrüchige und zum Teil kriminelle Geschäfte in die Wege zu leiten.

Da wurde gelogen und betrogen, Zinsen und Devisen wurden manipuliert, im Goldhandel gab es illegale Absprachen. Reuter hatte in letzter Zeit das Gefühl, dass die italienische Cosa Nostra im Vergleich zu den heutigen Banken und, speziell zur Dolus Bank, mehr einer Gummipärchenbande in einer Kita glich als einer mafiösen Verbrecherorganisation.

Wenn die Bombe platzt – und sie würde platzen – musste man sein Heu im Trockenen haben. Die Dummen würden dann wieder die Kleinanleger und die hilflosen, der Staatswillkür machtlos ausgelieferten Steuerzahler sein. Sei`s drum. Mitmachen und später die Hände in Unschuld waschen.

„Wird das heute noch was, Hasso?" Lohmann sah Reuter auffordernd an.

„Die Sache ist ganz einfach. Das letzte Objekt, das wir in Leipzig saniert haben, war diese dreistöckige denkmalgeschützte Anlage mit 350 Wohneinheiten. Frage: Wie hoch wäre der Beleihungswert des Objekts gewesen, wenn die Anlage fünfstöckig gewesen wäre?"

Steigenberger und Lohmann sahen Reuter mit offenen Mündern an.

„Du meinst", begann Steigenberger, aber Reuter unterbrach ihn sofort. „Die Banker wollen Geld machen, Geld, Geld, Geld. Denen ist scheißegal, ob da einige tausend Quadratmter Nutzfläche fehlen. Die interessiert einzig und allein ihr Bonus.

Wir können die Nutzflächen nach unseren Vorstellungen und Bedürfnissen manipulieren, das interessiert keine Sau. Die sind viel zu bequem und gierig, um das nachzuprüfen. Einen Finanzgutachter für die Bankkredite hab ich außerdem bereits an der Hand. Der Mann hat vor einiger Zeit ein Finanzgutachten erstellt, dass ihm bei einem gnädig gestimmten Richter wenigsten drei Jahre eingebracht hätte. Hat nicht damit gerechnet, dass ihm jemand auf die Schliche kommt."

„Das neue Projekt am Stadtrand liegt bei 11.000 Quadratmetern." Steigenberger kratzte sich am Ohr.

„Erhöhen auf 16.000?", warf Lohmann ein.

„Unsinn, wenn schon, denn schon, 25.000 schlage ich

96

vor."

„Das wäre mehr als das Doppelte an Kredit, was die Bank ausspucken müsste?" Steigenberger sah Reuter skeptisch an.

„Die spucken, Markus, worauf du einen lassen kannst. Du bist für die einer der ganz großen Vorzeigeunternehmer in den neuen Bundesländern."

„Außerdem steht der Börsengang von ST&T unmittelbar bevor", warf Lohmann ein. „Wir haben den 20. Juni festgelegt. Das wird dein Renommee in der hiesigen Finanzwelt weiter aufpolieren, Markus. Am Graumarkt ist die Aktie bereits weit überzeichnet, liegt inzwischen bei über 12 Euro."

„Dann werden also am 20. die Sektkorken knallen?" Hasso Reuter sah Steigenberger an.

„Waldgasthof, wenn euch das passt? Und jetzt ab mit euch zu den Damen!"

Steigenberger riss alle Fenster auf. Irmtraud hasste den Geruch nach kaltem Zigarrenrauch. Er goss sich noch einen Whisky ein und setzte sich auf den Balkon.

Klar, wäre er heute Nacht lieber auf der Yacht gewesen. Eine Prise Koks, dazu Champagner und dann diese gepflegten, intelligenten jungen Weiber. Manche von denen finanzierten ihr Studium damit, andere, die aus Russland oder den Balkanstaaten kamen und sehr gut Deutsch konnten, schickten Geld nach Hause. Und dann gab es noch die, denen es Spaß machte und die rechtzeitig, bevor sich die Orangenhaut bilden konnte, ihre unterbezahlten Jobs als Friseusen oder Kassiererinnen im Supermarkt an den Nagel gehangen hatten und sich lieber für ein üppiges Honorar nageln ließen. Steigenberger bevorzugte die, die noch sehr jung aussahen, mädchenhafte, schlanke Körper hatten und sich den Habitus eines Schulmädchens zulegten. Seltsamerweise waren das auch die, die bei den Spielen echte Orgasmen bekamen.

Er gähnte und sah auf die Uhr. Morgen sollte er ausgeschlafen sein. Er würde mit Irmtraud einen kleinen Törn mit seiner Yacht machen. Irmtraud liebte das Meer. Er hatte sie bei bei einem Yachtclubfest auf Sylt kennengelernt. Sie hatte dort ein Jahr nach dem Tod ihres Ehemanns zum ersten Mal die Trauerkleidung abgelegt. Er wurde ihr vorgestellt, holte sie zum Tanz, presste sie an sich und bekam eine Erektion. Als sie es spürte, wurde sie knallrot und ging auf Distanz. Weitere Tänze mit ihm lehnte sie ab.

Am Nachmittag des nächsten Tages rief sie ihn im Hotel an. Sie machten von da an regelmäßige Strandspaziergänge. Am letzten Tag vor seiner Abreise nahm sie ihn mit in ihre Hotelsuite. Sie lag stocksteif im Bett. Als er ihn ihr in die Hand drückte, stöhnte sie auf und ließ ihn sofort wieder los. Er streichelt ihre Brüste, ihren Bauch, ihre Schenkel, legte seine Hand auf, wollte seinen Finger in sie schieben, aber sie war wie zugenäht.

„Es geht nicht, Markus, lass mir Zeit."

Er ließ ihr Zeit und recherchierte. Sie war jetzt, nach dem Tod ihres 25 Jahre älteren Ehemanns die Alleinerbin einer der größten Kaffeeröstereien Hamburgs. Genau das, was er brauchte. Einen Namen! Einen Namen, der seine Reputation hob und ihm gleichzeitig den Zutritt zum so genannten Geldadel verschaffte.

Er hatte sie nach Warnemünde eingeladen und von seiner Yacht erzählt. Morgen würde sie anreisen. Sie würden auf's Meer rausfahren, ohne Segel. Mit dem Motor konnte er bereits umgehen, die Segelei musste er erst noch lernen. Sie würden am Abend im Hotel speisen, er würde sie mit erlesenen Cocktails und Champagner locker machen und im Bett würde er ihr den Vibrator auflegen.

Er ahnte, dass er wieder Schwierigkeiten haben könnte. Irmtraud hatte nicht das Geringste von einem jungen Mädchen an sich, sie war eher derb gebaut und der Alterungsprozess hatte bereits begonnen. Die großen Brüste hatte ihre Straffheit längst verloren. Für eine Frau Mitte vierzig nicht ungewöhnlich.

Gut, dass er damals aus einer Laune heraus, diesen Vibrator für fast 3000 Euro gekauft hatte. Zu der Zeit, als er es noch ab und zu mit dieser Alina gemacht hatte, hatte er das Ding an ihr ausprobiert. Es war gigantisch gewesen. Alina war abgegangen wie eine dreistufige Rakete. Ihr Orgasmus steigerte sich in eine Raserei hinein, die er nicht für möglich gehalten hatte. Sie schrie, wand sich auf dem Bett, ballte die Hände zu Fäusten, bäumte sich auf, wurde stocksteif und geriet gleich darauf wieder in Raserei. Er wollte ihr das Gerät wegnehmen, aber sie hielt es mit aller Kraft zwischen ihren Schenkeln fest.

Warum sollte das bei einer Frau, die in ihrem Leben wahrscheinlich noch nie einen Orgasmus gehabt hatte, nicht funktionieren?

***

Marian Klimpke, der Expolizist und jetzige Projektmanager von ST&T fuhr in Richtung der Baustelle. Hier musste dringend wieder Ordnung geschaffen werden. Seit über zwei Monaten war kein Geld mehr geflossen. Die

Abmachung mit dem Besitzer des Steinbruchs war in Sack und Tüten. Die würden an ihn privat für jede Tonne gelieferten Schotters einen Obulus zahlen. Dafür hatte er dem Mann eine Mindestabnahme und das alleinige Lieferrecht zugesichert.

Jetzt hieß es nur noch, den Subunternehmer Kleinschmidt zu überzeugen.

Er würde ihn von der Baustelle abholen und mit ihm in das nahe gelegene Schlosshotel einrücken. Es war alles vorbereitet. Sie würden vorzüglich speisen und gut, aber mäßig trinken und mit den vorbereiteten Damen flirten. Er hatte zwei ihm bekannte Luxusnutten bestellt und mit ihnen abgesprochen, dass sie sich nach dem Abendessen im Restaurant einfinden sollten.

Sie würden sich an einen Tisch in ihrer Nähe setzen und Klimpke würde sie zu einem Drink einladen. Dann ab auf die Zimmer. Die versteckte Minikamera in Kleinschmidts Zimmer konnte er per Handy einschalten und auf dem Nachttisch lagen kleine Kokspäckchen. Würde vielleicht alles nicht nötig sein, aber der gerissene Mann baut vor. Seine Recherchen über Kleinschmidt hatten ergeben, dass der Mann gern den Macho spielte, Geld ausgab, um als Großunternehmer vor der Familie zu posieren und heimlich eine Geliebte unterhielt, die 20 Jahre jünger war.

Nach außen spielte er den treusorgenden Familienmensch.

Klimpke hielt an der Baustellenausfahrt. „Steigen Sie ein, Herr Kleinschmidt."

Kleinschmidt schnallte sich an und Klimpke startete den Audi. Sie fuhren Richtung Chemnitz.

„Wie läuft die Arbeit?" Klimpke warf einen Blick auf seinem Beifahrer.

„Seit einigen Tagen läuft alles wie am Schnürchen. Der Schotter wird ohne Unterbrechung angefahren."

„Was macht die Familie?"

„Danke der Nachfrage. Mein Sohn studiert in England und die Tochter ist für ein Jahr in Amerika."

„Das kostet", warf Klimpke ein.

„Das können Sie annehmen. Die lieben Kinder halten das allerdings für selbstverständlich. Haben keine Ahnung, auf was die Eltern ihnen zuliebe alles verzichten müssen."

Dein Verzicht, mein Lieber, dachte Klimpke, hält sich aber bestimmt in Grenzen. Auf jeden Fall würde der Mann zu einem lukrativen Nebenverdienst nicht nein sagen.

„Da kann man jeden Cent gut gebrauchen, der sich nebenbei verdienen lässt", klopfte Klimpke das Gebüsch ab.

Kleinschmidt sah interessiert auf. „Wie wahr, wie wahr."

Der Mann würde garantiert anspringen.

Sie fuhren schweigend weiter. Nach einer viertel Stunde hielten sie vor dem Schlosshotel. Klimpke ging zur Rezeption, erhielt die Zimmerschlüssel und gab einen an Kleinschmidt weiter. „20.00 Uhr im Restaurant, wäre ihnen das recht, Herr Kleinschmidt?"

„In Ordnung."

Klimpke duschte ausgiebig, warf dann eine der blauen Pillen ein, die er immer vorsichtshalber dabei hatte. Es hatte Situationen gegeben, wo er einen Haufen Geld bezahlte hatte und dann nicht in Fahrt gekommen war. Das würde ihm so schnell nicht wieder passieren. Die Dinger wirkten bei ihm so richtig nach anderthalb bis zwei Stunden. Er fuhr noch einmal mit dem Trockenrasierer über seine ausgeprägte Kinnpartie, dieselte sich unter den Achseln ein und verließ sein Zimmer.

Kleinschmidt saß bereits an dem vorbestellten Tisch und hatte ein Radeberger vor sich. Nachdem Klimpke Platz genommen hatte, reichte der Ober jedem eine Speisekarte.

Klimpke blätterte. „Wie wärs mit Tartar vom Kalb und einem Hummersüppchen als Vorspeise?"

„Klingt nicht schlecht", stimmte Kleinschmidt zu.

„Als Hauptgang Filet vom Alpenrind an Rotweinsoße?"

„Einverstanden."

„Als Dessert Kokos-Törtchen mie Exoticsalat und dazu einen Shiraz Trockenauslese?"

„Ich schließe mich an."

„Vor dem Essen bitte ein Radeberger für mich, Herr Ober."

Nachdem der Ober verschwunden war, lenkte Klimpke das Gespräch wieder auf das Baugeschehen. Das Stück Autobahn, an dem jetzt gearbeitet wurde, sollte im Herbst fertiggestellt sein. Also war Tempo angesagt. Es würde kaum kontrolliert werden, was wie fertig wurde.

„Sie sagten, dass sie am Tage so etwa 25 Dreißigtonner Schotter anfahren lassen?"

„An manchen Tagen sind es bis zu dreißig LKWs", erwiderte Kleinschmidt.

„Könnte man statt des sehr teuren Schotters auch billigen Kies einsetzen?"

Kleinschmidt wiegte bedenklich den Kopf. „Möglich wäre das schon. Aber es verstieße gewaltig gegen die Vorschriften."

Die Vorspeisen und der Wein kamen.

Klimpke hob sein Glas. „Auf gute und nutzbringende Zusammenarbeit, Herr Kleinschmidt."

„Prost! Herr Klimpke."

Die Männer begannen zu essen.

„Werden die einzelnen Bauabschnitte vom Autobahnamt regelmäßig kontrolliert", fragte Klimpke kauend.

„Äußerst selten. Zu Beginn der Arbeiten war öfter einer der Sesselfurzer vom Amt vor Ort, aber in den letzten Monaten hat sich kaum noch einer blicken lassen. Nur vor etwa 3 oder 4 Wochen tauchte auf der Baustelle unangemeldet einer auf. Stellte sich als Mitarbeiter des Bauamtes vor. Schlaffer oder Kaffer hieß der Kerl, wollte etwas über die Flutlichtanlage wissen. Der Bauleiter hat ihm gesagt, dass die Anlage vor kurzem abgebaut und irgenwo anders wieder installiert worden sei."

Bei dem Wort Flutlichtanlage verschluckte sich Klimpke und hustete.

„Sonst hat sich in letzter Zeit keine Sau blicken lassen", fuhr Kleinschmidt fort.

Das war der zweite Hinweis seines Informanten aus dem Präsidium, dass entweder diese dämlich KoK oder dieser noch dämlichere Asbach ihm auf der Spur waren. Dieser Schlaffer musst ausgeschaltet werden.

Die beiden Luxusnutten nahmen zwei Tische entfernt von ihnen Platz Sie setzten sich so, dass Kleinschmidt sie im Blick hatte. Klimpke sah, wie der Mann sich beim Anblick der Damen beinahe am Dessert verschluckt hätte.

„Also könnte man", nahm Klimpke den Faden wieder auf, "den Schotter durch billigen Kies oder Erde ersetzen?"

„Wäre denkbar." Kleinschmitt bekleckerte sich am Kinn und griff zur Serviette.

„Der Schotter könnte am Tage an-und nachts wieder abgefahren werden?"

„Dürfte bei dem Betrieb auf der Baustelle, wo oft die einzelnen Gewerke wenig oder nichts voneinander wissen, nicht auffallen."

„Nehmen wir einmal an, am Tag würden 30 LKWs zu je 30 Tonnen angefahren, macht knappe 1000 Tonnen. In der Nacht darauf werden die Ladungen wieder abgefahren und der teure Schotter durch Billigkies ersetzt."

„Weiter!" Kleinschmitt sog tief die Luft ein.

Der Kerl wittert das große Geschäft, dachte Klimpke.

„Die Ladungen werden am nächste Bauabschnitt wieder angefahren."

„Und wieder abgerechnet."

„Und wieder abgefahren!" Klimpke grinste Kleinschmidt an.

„Riecht angenehm sechsstellig. Würde aber noch mindesten 10 LKWs anmieten müssen."

„Mieten Sie, Herr Kleinschmidt."

„Die Kosten für die Fahrer und die Baggerleute wären erheblich", Herr Klimpke.

„Bei einer Insolvenz des Unternehmens springen bekanntlich die Sozialkassen ein."

„Und was macht der Unternehmer?" Kleinschmidt wurde zusehends unkonzentriert. Die Blonde der beiden Lustschnecken hatte Blickkontakt zu ihm aufgenommen.

„Kein Problem, Herr Kleinschmidt, Ihre Frau eröffnet ein neues Bauunternehmen und Sie arbeiten weiter für uns wie bisher."

„Wieviel?"

„Fünf Prozent!"

„Zwanzig, das Risiko ist verdammt hoch."

„Es gibt kein Risiko, zehn Prozent!"

Kleinschmidt streckte seine rechte Hand Klimpke

entgegen und der schlug ein.

„Herr Ober, eine Flasche Baron Rothschild, bitte!" Klimpke stand auf und ging an den Tisch der beiden Gewerblerinnen. „Dürfte ich die Damen zu einem Glas Champus an unseren Tisch einladen?"

Die Damen erhoben sich und setzten sich an den Tisch der beiden Herren.

**

„Hauptkommissar Asbach?"

Asbach sah auf. Die Dame in dem leichten, geblümten Sommerkleid und dem großen Sonnenhut war vor seinem Tisch stehen geblieben. War das nicht diese Hausdame aus der Steigenbergerschen Villa mit dem leichten russischen Akzent?

„Macht die Familie Steigenberger Urlaub auf Santa Bárbara de Samaná?"

„Nein, bin allein hier, Frau Steigenberger ist verstorben und ich habe gekündigt."

Klang da Erbitterung mit? „Dann machen Sie also Urlaub hier in der Dominikanischen Republik?"

„So ist es. Darf ich mich setzen?"

„Nehmen Sie Platz, es ist immer schön, wenn man jemand aus der Heimat trifft."

„Wie wahr, wie wahr, vor allem dann, wenn derjenige zu den Leuten zählt, die man sowieso gern mal privat getroffen hätte."

Asbach verschluckte sich an seinem Kaffee. So unverblümt hatte ihm, außer Leona, noch keine Frau Avancen gemacht. „Möchten Sie etwas trinken?"

„Gern, einen Espresso vielleicht?"

Asbach winkte dem Kellner und bestellte.

„Ihre Frau ist wohl noch am Strand?"

„Bin ohne Begleitung hier." Er sah das kurze Aufblitzen in ihren Augen . Ein Signal aus seinem Bauch hatte ihn davon abgehalten, Leona zu erwähnen.

„Und Sie, Frau …?" Ihm fiel verdammt noch mal ihr Vorname nicht mehr ein.

„Alina, Herr Hauptkommissar. Ist das nicht ein wunderschönes Stück Erde, diese Halbinsel Samana?"

„Wenn es diese entsetzliche Armut unter der hiesigen Bevölkerung nicht gäbe, könnte man sich so den Garten Eden vorstellen."

„Und wenn man genau hinsieht, vor allem nachts", erwiderte Alina, „scheint es eher der Garten der Lüste zu sein, wie ihn Hieronymus Bosch gesehen hat. Trotz aller Abstriche, es ist wunderschön hier. Allein die sogenannte Bacardi-Insel Cayo Levantado, ein Traum. Auch der Nationalpark mit seinen über 50 Höhlen soll sehenswert sein. Ich mache morgen einen Halbtagesausflug mit dem Schnellboot dahin. Danach flieg ich mit der Abendmaschine für zwei oder drei Tage nach Deutschland zurück. Hätten Sie nicht Lust, mich morgen in den Park zu begleiten?"

Warum eigentlich nicht, dachte Asbach. Vielleicht führt über diese Frau eine Spur nach Deutschland, der man folgen konnte.

„Wann soll ich Sie an welchem Hotel abholen?", fragte Asbach.

„Am EL PARADISO, vielleicht so gegen 10.00 Uhr, wenn Ihnen das recht wäre?"

„Kein Problem."

„O.k. und jetzt entschuldigen Sie mich bitte, muss noch

zur Bank."

Asbach schlenderte am weißen, feinsandigen Strand entlang. Irgendwo würde er Leona finden. Sie saß oft stundenlang am Meer und machte Skizzen.
Mein Traum hat sich hier erfüllt, hatte sie gesagt, als er sich gewundert hatte, dass sie wie besessen malte.
Es würde nicht leicht werden, ihr seinen morgigen Ausflug mit einer anderen Frau zu erklären. Leona war hochgradig eifersüchtig, wenn sie mitbekam, dass andere Frauen sich für ihn interessierten. Bei einem Tanzabend im Hotel hatte sie einer jungen Blondine, die unverhohlenes Interesse an ihm gezeigt hatte, ein volles Glas Rotwein über den schneeweißen Rock gegossen. Sie war ganz einfach aufgestanden, war am Tisch der Frau vorbeigegangen und gestolpert. Dabei hatte er ihr unmissverständlich vor der Abreise klargemacht, dass es zwischen ihnen keinerlei Annäherungsversuch geben würde, dass er sie nur mitgenommen hatte, um sie vorübergehend aus der Gefahrenzone zu bringen.
Leona hatte genickt, was sie gedacht hatte, konnte er nur vermuten. In der zweiten Nacht im Hotel hatte sie gegen Morgen an seine Tür geklopft. Sie war eiskalt gewesen. Wahrscheinlich hatte sie längere Zeit unter der eiskalten Dusche gestanden. Er hatte sie in den Arm genommen, sie dann in eine Decke gehüllt, in einen Sessel gesetzt und ihr einen großen Whisky eingeschenkt.
Sie hatten den Rest der Nacht geredet, oder besser, er hatte geredet. Sein Hauptargument gegen eine Liaison zwischen ihnen war nach wie vor der erhebliche Altersunterschied. Leona hatte zu allem genickt, hatte ihren Whisky getrunken, war irgendwann aufgestanden, hatte ihn auf den Mund geküsst und gesagt: „Das ist mir

alles scheißegal, Arnt. Ich liebe dich und werde dich immer lieben, egal, ob du das willst oder nicht." Dann war sie wortlos in ihr Zimmer gegangen.

Das mulmige Gefühl in seinem Bauch verstärkte sich, als er Leona im Schatten der Palmen sitzen sah. Sie starrte gedankenverloren auf das türkisfarbene Meer.

„Hallo, was sieht die Dame auf dem weiten, endlosen Meer?"

Leona erhob sich aus ihrem Anglerstuhl und ließ den Skizzenblock in den Sand fallen. „Ein Boot mit schneeweißen Segeln und am Ruder einen schönen, braungebrannten Mann, den ich irgendwoher kenne."

„Und der Mann ist ganz allein?"

„Keineswegs, auf dem Achterdeck liegt eine wunderschöne, junge Frau auf den Planken in der Sonne."

„Hat die wunderschöne, junge Frau denn keine Angst, dass ihre zarte Haut von der mitleidlosen Sonne verbrannt werden könnte?"

„Die Seele der traumhaft schönen Frau wurde in letzter Zeit schon sooft von ihrer persönlichen, mitleidlosen Sonne verbrannt, dass ihr ein Sonnenbrand auf der Haut sicher wie eine Liebkosung vorkommen würde."

„Und wohin soll die Reise der Yacht gehen?"

„Das weiß nur der schöne Mann am Ruder."

Asbach atmete tief ein und wieder aus. „Da wir geraden vom Reisen sprechen, ich mache morgen eine Ausflug in den Nationalpark."

„Wir?"

„Ich!"

„Allein?"

„In Damenbegleitung?"

„Wie viele Jahre bekommt man für einen Mord aus

Eifersucht, Herr Hauptkommissar?" Leona war unter ihrer gebräunten Haut blass geworden und Asbach spürte, dass die Frage alles Andere als ein Scherz war.

„Setz dich!" Asbach ergriff ihren Arm, zog sie mit nach unten in den Sand, nahm ihre Hand in seine und hielt sie fest. „Hör mir jetzt gut zu, Leona! Die Dame, mit der ich morgen in den Nationalpark fahre, fliegt am Abend für einige Tage nach Deutschland und du wirst mitfliegen und ..."

„Ich sehe schon die Schlagzeilen in den Zeitungen: MORD IN DER BORDTOILETTE! Oder ich schmeiß das Weib aus dem Flugzeug."

„Wirst du nicht. Die Frau war im Hause Steigenberger angestellt und ich gehe davon aus, dass sie diesen Klimpke kennt. Wenn dass, was wir an Betrügereien beim Bau der Autobahn vermuten, stimmt, könnte diese Alina das Bindeglied zu einer Person in Deutschland sein. Vielleicht ist sie der Ersatz für das ermordete Paar in diesem Hotelbungalow. Wir glauben, dass die ergaunerten Gelder von Deutschland über mehrere Ecken hierher überwiesen werden. Dann bringt ein Gewährsmann oder, wie möglicherweise jetzt, eine Gewährsfrau, das Geld zurück nach Deutschland. Bargeld hinterlässt bekanntlich keine Spuren. "

„Soll ich das Weib beschatten?"

„Ein Versuch wäre es wert. Ich möchte wissen, mit wem die Frau in Dresden Kontakt aufnimmt."

„Du vermutest Klimpke?"

„Allerdings."

„Und wie soll ich wissen, wer die Schlampe ist?"

„Kriegst du am Flughafen übers Handy von mir. Ich buche heute noch deinen Flug. Du bleibst der Dame an den Hacken kleben und fotografierst. Wechsle unter

Umständen dein Aussehen. Sollte irgendwas schiefgehen, ruf meinen Partner an." Asbach gab ihr die Telefonnummer Kowalskis.

„Hast du keine Freund mehr in der Schießgasse?"

„Doch, aber ich habe da so meine Bedenken. Und noch etwas, du betrittst unter keinen Umständen deine Wohnung. Du quartierst dich in meinem Zimmer bei Eric ein, ich ruf ihn an und sag ihm Bescheid."

„Was hast du eigentlich heute Vormittag gemacht?"

„War in dem Hotel, wo dieses Paar aus Pirna eingecheckt hatte und an der Stelle, wo der Bungalow gestanden hat."

„Und?"

„Die Kellner erinnern sich gut an die Beiden. Der Mann habe großzügig Trinkgeld in Dollar gegeben und die Frau sei sehr nett und sehr attraktiv gewesen."

„Sonst nichts?"

„War noch dort, wo der Bungalow gestanden hat und hab mit der Schuhspitze im Sand gestochert, aber außer einigen verkohlten Holzresten ist dort nichts mehr."

„Wann soll ich zurückfliegen?"

„Du bleibst bei Eric ‚bis ich zurück bin."

Asbach war bereits gegen halb Zehn an der Rezeption des EL PARADISO. Seine Vermutung bestätigte sich. Alina bat ihn hochzukommen, da sie noch nicht ganz fertig sei.

„Zimmernummer 69!" Asbach ließ eine Banknote in die Hand des Mannes am Empfangstresen gleiten. Man konnte nie wissen?

Die Tür war nur angelehnt. Asbach trat ein. Alina schaute nur mit einem leichten Negligee begleitet, aus dem Badezimmer.

„Bin gleich so weit, Herr Asbach. Wenn Sie was trinken möchten, bedienen sie sich aus der Kühlschrankbar."

Asbach sah sich um. Großer, lichtdurchfluteter Wohnraum, kleines Schlafgemach, Bad und kleiner Flur. Für eine ehemalige Hausdame ziemlich teuer.

Er machte einen Schritt Richtung Schlafzimmer, sah sich noch einmal um und trat ein. Eine große Reisetasche aus braunem Leder stand auf einem Stuhl. Er hustete und zog den Reißverschluss auf. Bündel von Banknoten, großen Banknoten unter Reiz-und Nachtwäsche. Er hustete erneut, zog den Reißverschluss wieder zu und ging zurück ins Wohnzimmer.

Alina kam aus dem Bad, blieb vor ihm stehen und sah ihn an. Ihr Blick war mehr als eindeutig. Durch den zarten Stoff zeichneten sich ihre vollen Brüste mit den großen, dunklen Brustwarzen ab. Ihr Unterleib war leicht nach vorn geschoben ,und durch den dünnen Stoff nahm er das schwarze Dreieck zwischen ihren Schenkeln war.

„Wir könnten ein späteres Boot nehmen." Ihre Stimme war vor Erregung heiser. Alina nahm sein Hand und legte sie auf ihre Brust. Asbach spürte ein Kribbeln in der Lendengegend. Ein neuer Hustenanfall zwang ihn, seine Hand wieder an sich zu nehmen. Alina ging zum Kühlschrank, öffnete eine Flasche Wasser, goss ein Glas voll und reichte es ihm.

„Vielleicht ist der böse Husten heute Nachmittag weg." Sie lächelte ihn so an, dass er wusste, dass sie ihr Vorhaben keinesfalls aufgegeben hatte.

„Plagt mich schon zwei Tage, der Husten", krächzte Asbach.

***

Willi Schlaffer hatte seit Tagen ein ungutes Gefühl in der Magengegend. Er war einer der ganz wenigen Angestellten im Amt, der Stichproben beim Bau der neuen Autobahn machte.

Abteilungsleiter Winterberg, unter Kollegen nur wegen seines überdimensionalen Zinkens Geier genannt, hatte nur abgewunken, als er ihm von der nicht vorhandenen Flutlichtanlage berichtet hatte.

„Ist längst an einem anderen Bauabschnitt installiert. Machen Sie sich über solche Kleinigkeiten kein Gedanken, Kollege Schlaffer."

Was Willi Schlaffer nicht wissen konnte, war, dass sich Geier nach diesem Gespräch mit dem Projektmanager des Bauunternehmens getroffen hatte. Ein Geldbündel hatte den Besitzer gewechselt und der Projektmanager mit dem Aussehen eines bekannten französischen Schauspielers hatte vorgeschlagen, diesen lästigen, neuen Bauingenieur zu befördern und zwar möglichst an das andere Ende der Republik.

„Dürfte nicht ganz einfach zu realisieren sein", hatte der Geier geantwortet, „allein dass der Mann bei uns installiert wurde, bedeutet, dass irgendwo weit oben ein besonderes Interesse daran bestanden haben muss."

Das, was der gewissenhafte Bauingenieur Willi Schlaffer in den letzten Wochen an einem der größeren Bauabschnitte entdeckt hatte, war unglaublich. Dagegen war das mit der Flutlichtanlage Peanuts.

Das Entwässerungssystem beim Bau einer neuen Autobahn spielte für die Sicherheit der Benutzer eine lebenswichtige Rolle. Die Arbeiten waren von ST&T ausgeführt worden. Laut Rechnungslegung war nur sehr hochwertiges und kostenintensives Material eingesetzt worden. Die Rechnungen über Schachtabdeckungen,

Entwässerungsrinnen, Straßenabläufe, Schlitzrinnen, Kabelschachtabdeckungen, Brückenabläufe und und und waren utopisch hoch. Die in Wirklichkeit von Billiganbietern bezogenen Materialien waren mehr als preiswert und von sehr minderer Qualität. Der Betrug ging in die Hunderttausende.

Willi Schlaffer saß in seinem Büro, hatte den Kopf in die Hände gestützt und dachte nach. Er konnte sich mit den Betrügern einigen und selbst ordentlich abkassieren.

Fiel aus.

Die einzige Verfehlung in seinem Leben hatte darin bestanden, dass er seiner Mutter einmal 5 Mark geklaut hatte, damit er mit seinen Kumpels ein Ruderboot am Carolasee mieten konnte. Der Gedanke daran bereitete ihm heute noch Gewissensbisse.

Die andere Möglichkeit war, Vogel Strauß spielen, Kopf in den Sand.

Geier weiterhin Bericht erstatten, fiel aus.

Blieb Kowalski.

Und genau das würde er tun. Er verstaute die Kopien der Rechnungen, die er gemacht hatte, in seiner Tasche und verließ sein Büro. Inzwischen war es dunkel geworden. Das ungute Gefühl in ihm verstärkte sich, als er zu seinem Clio ging. Sein sechster Sinn signalisierte Gefahr. Er wurde das Gefühl nicht los, beschattet zu werden. Er startete den Wagen und fuhr stadtauswärts Richtung Bodenbacher Straße, stellte den Wagen am Straßenrand einer Seitenstraße, wo er immer parkte, ab und ging zur Haustür. Auf dem Fußweg kamen ihm zwei Männer, die anscheinend betrunken waren, entgegen.

Der eine der Männer trat an ihn heran, fuchtelte mit einer Zigarette herum und fragte: „Hast du Feuer?"

Komischer Akzent, dachte Willi Schlaffer und schüttelte

den Kopf.

Dann ging alles sehr schnell. Der zweite Mann trat von hinten an ihn heran und legte ihm eine große, kräftige Hand auf den Mund. Dann bugsierten ihn die zwei Männer zu seinem Clio, zogen ihm den Autoschlüssel aus der Jacke, fesselten ihm die Hände mit einem Kabelbinder auf den Rücken, verklebten ihm den Mund mit Paketklebeband, stießen ihn auf den Rücksitz, und fixierten seine Beine ebenfalls mit einem Kabelbinder.

Der eine Mann ging zu einem großen, dunklen Wagen und fuhr los, der andere Mann setzte sich an das Steuer des Clio und fuhr hinter dem großen Wagen her Richtung Schillerplatz.

Willi ahnte, wohin die Kerle mit ihm fuhren. Nach dem Blauen Wunder bog der vordere Wagen nach links in die Grundstraße ein und der Clio folgte. Willi Schlaffer war klar, dass die beiden Kerle ihn in der Dresdner Heide kaltmachen würden.

Ihm brach der Schweiß aus und seine Blase entleerte sich unkontrolliert. Er warf sich gegen die Tür des Clio. Der Fahrer vor ihm lachte. Er legte sich auf den Rücksitz und trat mit den Füßen gegen die Scheibe.

Der Fahrer bremste abrupt und er flog gegen den Vordersitz. Sie waren inzwischen auf einer breiten Straße mitten im Waldgebiet.

Der vordere Wagen hielt.

Der Clio fuhr dicht auf und hielt ebenfalls. Der Mann aus dem großen, dunklen Auto stieg aus und kam mit einer Flasche in der Hand auf den Clio zu. Die Männer zerrten den widerstrebenden, gefesselten Mann aus dem Wagen, lehnten ihn an einen Baumstamm und rissen das Paketklebeband von seinem Mund.

Willi setzt zu einem Schrei an, aber bevor der aus seiner

Kehle kam, drückte ihn einer der Männer den Flaschenhals zwischen die Zähne. Willi schluckte den beißenden Schnaps, dreht dann den Kopf weg und spuckte einem der Männer den Schnaps, der noch in seinem Mund war, ins Gesicht. Der Mann gab ihm eine böse Ohrfeige und knurrte: „Trink oder ich schlag dir die Zähne aus."

Willi wusste, dass die Kerle ihn umbringen würden. Das mobilisierte seinen Selbsterhaltungstrieb. Als der Kerl ihm die Kiefer auseinander presste, drehte Willi blitzartig den Kopf und biss zu.

Der Mann stieß eine schrillen Schmerzensschrei aus und Blut tropfte von seiner Hand.

Der andere Mann lachte schadenfroh und versetzte dann Willi einen Schlag ins Gesicht, dass es kurzzeitig dunkel vor seinen Augen wurde.

Als er wieder zu sich kam, saß einer der Männer hinter ihm, presste seine Kiefer auseinander und der zweite Mann schob ihm den Flaschenhals in den Mund. Willi stemmte sein Füße in den Boden, bäumte sich mit aller Kraft auf und rammte den Mann hinter ihm seinen Hinterkopf mit aller Gewalt ins Gesicht.

Es knirschte, der Kerl schrie auf und ließ seinen Kopf los. Der Mann mit der Flasche vor ihm knallte ihm den Flaschenhals so an den Mund, dass die Lippe aufplatzte und die vorderen Zähne mit einem hässlich Geräusch abbrachen.

Er schluckte um nicht zu ersticken und spürte die Benommenheit, die von ihm Besitz ergriff. Seine Widerstandskraft erlahmte in dem Maße, wie seine Trunkenheit zunahm. Als die Flasche nahezu leer war, packte ihn die Männer, zerrten ihn zum Clio und setzten ihn ans Steuer.

115

Der Mann mit der gebrochenen Nase goss aus einem Kanister Benzin ins Innere des Wagens. Willi Schlaffer kam noch einmal zu Bewußtsein und versuchte, aus dem Auto zu klettern. Der blutverschmierte Mann griff seinen Kopf und drehte ihn mit einer ruckartigen Bewegung nach links. Es knirschte und dann wurde es dunkel um Willi Schlaffer.

Die Männer stiegen in den großen Wagen, wendeten und fuhren dicht an den Clio heran. Als sie den kleinen Wagen mit der Stoßstange berührten, gab der Fahrer Gas. Der Clio fuhr eine Weile geradeaus und gewann an Geschwindigkeit. Der große Wagen bremste und hielt an. Dann gabe es einen Knall. Der Clio war gegen eine Kiefer geprallt. Der Mann mit der gebrochenen Nase stieg aus dem Auto, ging zu dem Kleinwagen und warf ein brennendes Gasfeuerzeug in den Fußraum.

***

Die Männer saßen in Kowalskis Büro. Hauptkommissar Maibach aus dem Polizeipräsidium auf der Schießgasse drehte seine leere Kaffeetasse in den Händen.

„Es läuft, so wie wir vermutet haben", sagte Asbach, „die durch Betrug ergaunerten Gelder werden über mehrere Geldinstitute im In-und Ausland in die Dominikanische Republik transveriert. Von dort bringt sie ein Bote wieder nach Deutschland und übergibt sie dem Projektmanager von ST&T. Bargeld hinterlässt bekanntlich keine Spuren. Mit einem Teil des Geldes werden Beamte, Politiker, Bauunternehmer und möglicherweise auch Polizisten geschmiert."

„Und der Rest geht an den Chef von ST&T", warf Maibach ein. „Der entlohnt dann diesen Obergauner von Projektmanager, obwohl der ihn schon vorher beschissen hat."

„Was wir leider alles nicht beweisen können", sagte Kowalski. „Diese Leona, die du auf die Geldbotin angesetzt hast, hat lediglich gesehen, dass diese Alina mit dem Geld das Hotel an der Prager Straße betreten hat und dass nach zwei Stunden dieser ehemalige Polizist und jetzige Projektmanager von ST&T Klimpke das Hotel verlassen hat."

„Selbst wenn wir das beweisen könnten", warf Asbach ein, „hätten wir nur den Hering am Haken. Wir wollen aber den ganz großen Fisch fangen. Die Autobahnbetrügereien stinken zwar zum Himmel, weil hier die Steuergelder der kleinen Leute veruntreut werden, aber gegen das, was sich inzwischen auf dem Immobilienmarkt abspielt, sind die Autobahnbetrügereien der reinste Kinderkram."

„Kinderkram, mein lieber Arnt, hört aber dort auf, wo ein mysteriöser Todesfall ins Spiel kommt, vor allem dann, wenn es sich, wie du ganz treffend formuliert hast, sehr wahrscheinlich um einen Unfallmord handelt." Maibach sah Asbach herausfordernd an. „War dieses arme Schwein Schlaffer nicht ein Protegè von euch?"

„Allerdings", schaltete sich Kowalski ein, „und es tut mir furchtbar leid um den Mann, und das nicht nur, weil wir einen unersetzlichen Informanten verloren haben. Schlaffer war ein guter, höflicher und rechtschaffener Mensch und die sind leider in vielen Ämtern im Aussterben begriffen. Schade, dass durch den Brand und den Einsatz der Löschtrupps nahezu alle Spuren vernichtet wurden."

„Dazu kommt", ergänzte Maibach, „dass der Clio noch fast vollgetankt war, so dass auch noch ein halber Hektar Wald vernichtet wurde. Das Einzige, was die Gerichtsmedizin feststellen konnte, war, dass Schlaffer das Genick gebrochen war. Ob das bei dem Aufprall geschehen war oder ob jemand Hand angelegt hat, ist nicht mehr festzustellen."

„Hat die Spurensicherung nicht in der Nähe des Autos zwei abgebrochene Schneidezähne von Schlaffer gefunden?", warf Asbach ein.

„Haben die tatsächlich", erwiderte Maibach. „Wenn diese Zahnstücken im Fußraum des Autos gelegen hätten, könnte man annehmen, dass sie bei dem Aufprall abgebrochen wären, aber wie sollen die ..."

„Das sicherste Zeichen für Mord", unterbrach ihn Asbach, „ist die Tatsache, dass Schlaffer volltrunken mit dem Auto durch die Dresdner Heide gebrettert sein soll. Die Gerichtsmedizin hat über 3 Promille festgestellt.

Ein Ding der Unmöglichkeit.

Der Mann war die Rechtschaffenheit in Person. Ich habe mit seinen beiden erwachsenen Söhnen gesprochen. Ihr Vater hat niemals Alkohol zu sich genommen, wenn er mit dem Auto unterwegs war. Hat auch sonst kaum getrunken, vor allem nie Schnaps, hat es nicht vertragen. Ich vermute, dass ihm jemand den hochprozentigen Alkohol mit Gewalt eingeflößt hat. Dabei sind die Schneidezähne abgebrochen und er hat sie aus dem Auto heraus auf den Weg gespuckt. Der Mann muss an etwas dran gewesen sein, was bestimmte Leute um jeden, ich betone, um jeden Preis verhindern mussten."

Maibach spürte, dass Asbach sehr erregt war. Für einen Vollblutkriminalisten gab es nichts Schlimmeres als das Wissen, dass ein Unfall in Wirklichkeit ein Mord gewesen sein muss und es nicht beweisen zu können. „Erinnert mich irgendwie an den Unfallmord dieser Bettina Bachmann?"

„Allerdings." Asbach hatte damals alles versucht, diese höchst mysteriöse Sache aufzuklären. Die ältere Dame, die er nach längerer Suche gefunden hatte, konnte sich an nichts Konkretes erinnern. Ja, sie habe einen Arm gesehen, der die junge Frau gestoßen habe, aber eine dazugehörige Person konnte sie nicht beschreiben. Es war zum Verzweifeln gewesen. Und jetzt wieder so ein verdammter Unfallmord, der wahrscheinlich nie aufgeklärt werden würde. Es war zum junge Hunde kriegen. Manchmal half der Zufall, aber sich darauf zu verlassen, war noch nie Asbachs Ding gewesen.

„Wie ist eigentlich der Börsengang von ST&T verlaufen, Arnt?", lenkte Maibach das Gespräch in eine andere Richtung.

„Unglaublich, die Aktie war völlig überzeichnet. Hat schon auf dem Graumarkt weit über dem Emissionspreis gelegen. Am zweiten Handelstag ist der Kurs förmlich explodiert, liegt jetzt so zwischen 14 und 15 Euro. ST&T dürfte damit so etwa 1,2 Milliarden gemacht haben."

„Wovon nach der Tilgung von Verbindlichkeiten kaum noch etwas übrig sein dürfte", grinste Kowalski.

„Das Renommee des Baukonzerns dürfte aber dadurch kaum gelitten haben", konterte Asbach.

„Womit du absolut recht haben dürftest. Zu dem Solidität vorgaukelnden Börsengang kommt noch die Liaison mit einer Dame aus der Hautevolee Hamburgs. Diese High Society Lady ist die relativ junge Witwe des vor gut einem Jahr verstorbenen Besitzers einer der ganz großen Kaffeeröstereien der Hansestadt."

„Was dem Image von ST&T sicher nicht abträglich sein

dürfte", ergänzte Maibach.

„Trotzdem steht das Unternehmen auf tönernen Füßen."
Kowalski goss Kaffee nach und fuhr dann fort. „Das
Konsortium Steigenberger kann nur so lange auf dem
Immobilienmarkt agieren, wie die in das Betrugssystem
involvierten Banken die Kredite sprudeln lassen. Wird
der Geldhahn zugedreht, bricht das ganze Unternehmen
wie ein Kartenhaus bei Windstärke eins zusammen."

„Und wie können wir diese leichte Brise erzeugen?"
Maibach sah Kowalski fragend an.

„Frag unseren Börsenprofi Arnt."

„Nadelstichtaktik. Sobald ST&T beginnt, sich zu
überfressen, stechen wir zu. Eine kurze Anfrage in der
Presse, zum Beispiel in der EURO am Sonntag oder im
Aktionär, wo vorsichtig Zweifel geäußert werden, oder
kleine Forumsbeitrage im Internet, beginnend mit `na ja`
und `aber` sollten genügen, um die Banker hellhörig zu
machen. Allein eine einzige unvorsichtige Äußerung
eines bekannten Aufsichtsrates einer großen deutschen
Bank während eines Interviews bei Bloomberg hat einen
der größten Medienkonzerne Deutschlands in die
Insolvenz getrieben."

„Schade, dass es die Bank nicht gleich mit erwischt hat",
sagte Kowalski.

„Was nicht ist, kann ja noch werden", ergänzte Maibach.

„Vergesst aber nicht, wer die Zeche bei einer Bankenkrise
bezahlt, ihr zwei Antikapitalisten." Asbach grinste
Maibach an. „Und denk an das Portfolio deiner Frau,
Hannes."

***

120

Auf der Fahrt zum Hotel wurde Asbach das mulmige Gefühl nicht los, das seit zwei Tagen in seinem Inneren rumorte. Leona hatte angekündigt, dass sie für einige Zeit in die Dominikanische Republik übersiedeln wolle. Sie könne dort malen und einen ihrer Träume aus vergangenen Tagen verwirklichen.

Morgen wollte sie fliegen.

Sie hatte ihre Wohnung aufgegeben, die wenigen Möbel, ihre Staffelei und die fertigen und halbfertigen Bilder auf dem Dachboden des Hotels verstaut und wollte heute Abend im Hotel ihren Abschied feiern. Irgendwas kam Asbach an der Sache spanisch vor.

Seit dem Tod ihres Hundes hatte sie sich verändert. Dazu kam wahrscheinlich noch der Anblick des verhassten Expolizisten Klimpke, als der das Hotel auf der Prager Straße verließ.

Irgendwas stimmte nicht mit Leona.

Sie war in sich gekehrt, oft abwesend und ihre herzerfrischende Munterkeit war einer Verschlossenheit gewichen, die Asbach nachdenklich stimmte. Dann wieder drehte sie plötzlich ohne ersichtlichen Anlass so auf, dass man glauben konnte, sie habe getrunken oder gekokst. Da stimmte etwas nicht, davon war Asbach überzeugt. Er hatte große Bedenken, die junge Frau allein reisen zu lassen, aber sie bestand darauf.

Er stellte das Auto im Hof des Hotels ab, ging ins Restaurant, begrüßte Eric und nahm ein Bier.

„Schweren Tag gehabt?", fragte Eric.

„Man hat`s nicht leicht, wenn man im vierten Stock wohnt und mit Gewichten handelt, mein Lieber ."

„Wobei das Gewicht, das auf deiner Seele lastet, nur wenig über hundert Pfund betragen dürfte, denke ich."

„Na dann Prost auf die hundert Pfund!" Asbach hob sein

Glas und trank es in einem Zug leer. „Wann soll die Fete starten?"

„Gegen 21.00 Uhr hat Leona gesagt."

Asbach zog die Schuhe aus und warf sich auf's Bett. Leona, Leona, Leona. Es war zum Verrücktwerden, das Weib saß wie eine Krankheit in seinem Blut und seinem Hirn. Allein der Gedanke an ihre warmen; spitzen Brüste führte bei ihm zu dem bekannten Kribbeln und Summen unterhalb des Bauchnabels.

Wenn es nur sexuelle Gier ist, dann schlag zu, Alter. Wenn es Liebe sein sollte, dann fahr so schnell du kannst zu den Indianern am Amazonas und stell dich tot.

Wie sollte Mann wissen, was es war?

Half wahrscheinlich nur, es auszuprobieren. Das Dumme allerdings daran war, dass es dann meist zu spät für einen Rückzug war. Wenn die Liebesfalle zuschnappt und es war die falsche Falle, entkommst du nur noch unter größeren Verlusten. Der Fuchs beißt sich notfalls die eigene Pfote ab, aber die Seele aus dem Leib zu reißen, dürfte erheblich schmerzhafter sein.

Asbach erhob sich wieder. Er hatte in letzter Zeit seine Gedanken nicht mehr unter Kontrolle. Ein schwer zu bändigendes Verlangen nach Liebe, vor allem der körperlichen Liebe, hatte von ihm Besitz ergriffen.

Er kannte dieses Gefühl aus seiner Jugendzeit, wenn sich der Frühling ankündigte, die Luft lind und lau war und der Himmel in der Abenddämmerung in einem tiefen Blau erstrahlte. Er hatte sich dann immer gewünscht, fliegen zu können. Das Beste wird sein, du alter Esel gehst mal in einen ordentlichen Puff und bringst deine Säfte wieder in Ordnung. Oder nimm dir besser dein Aktienportfolio vor, das beruhigt.

Er fuhr seinen Computer hoch, öffnete sein Depot und nahm seine Aktienliste, die er alle halben Jahre überprüfte, zur Hand.

Sah nicht schlecht aus.

Nach dem Platzen der letzten Blase hatte er gewartet, bis sich der Markt wieder beruhigt hatte und war dann wieder voll eingestiegen. Nach seiner Beobachtung des Börsengeschehens wiederholten sich die Börsencrashs im Schnitt so aller 5 bis 7 Jahre. Der nächste Crash würde also noch eine Weile auf sich warten lassen.. Bis dahin war mit Sicherheit Geld zu verdienen. Seine Adidas-Aktie zum Beispiel hatte sich innerhalb von 3 Jahren fast verdoppelt. Bayer, Continental, E.ON, Infineon und MAN hatten eine ähnliche Performance hingelegt. Er würde Continental nachkaufen, denn ein Mensch ohne Auto war heutzutage ein Krüppel.

Auch seine Fonds konnten sich sehen lassen.

Wichtig war einzig und alleine, den Ausstieg nicht zu verpassen. Wenn Börseneuphorie ausbrach, war Verkaufen angesagt. Die Börsengreenhorns machten genau das Gegenteil und verloren. Klar, konnte man auf lange Sicht anlegen. Die Börse stieg auf lange Sicht immer.

Aber das war ihm zu langweilig. Wer Anfang der 90er Jahre, als der DAX bei 2500 Punkten lag, Aktien wie Adidas, Bayer, E.ON oder zum Beispiel Conti gekauft hätte, wäre jetzt ein reicher Mann. Der DAX hatte gewaltig zugelegt. Aber welcher Ossi hatte damals überhaupt gewusst, dass man außer mit den Händen auch mit Geld arbeiten konnte, dass man aus Geld viel Geld machen konnte ,ohne sich zu bewegen.

Die wenigsten ehrlichen Leute in hiesigen Landen hätten allerdings auch keine Aktien kaufen können, da sie nicht über das nötige Kleingeld verfügten.

Alles in allem war sein jetziges Depot bereits wieder auf über 100 000 Euro angewachsen.

Die Frage war nur, was sollte er mit dem Geld anfangen. Seine Bedürfnisse waren eher bescheiden. Der einzige Luxus, den er sich gegönnt hatte, war sein BMW Cabrio für nahezu 150 000 Mäuse. Ansonsten war Geld etwas, das das Leben erleichterte, einen Sicherheit vorgaukelte, aber keinesfalls die ziehenden Sehnsüchte nach einer warmen, zärtlichen Hand, die einem liebevoll übers Haar strich, erfüllen konnte. Gekaufte Hände waren immer kalt.

Asbach fuhr den Computer herunter, ging ins Bad und machte sich schön für das Abschiedsessen mit Leona.

***

War eine verdammt lange Nacht geworden. Merkwürdig, dass es Leona nicht noch einmal versucht hatte. Er wusste nicht, ob er ihr hätte widerstehen können. Sie hatte ihn lediglich zum Abschied einen langen Kuss gegeben, ihn an sich gedrückt und war in ihrem Zimmer verschwunden.

Das Telefon auf seinem Schreibtisch klingelte.

„Asbach."

„Maibach."

„Was gibt`s, Hannes?"

„Pack deine Utensilien bei Kowalski zusammen und begib dich auf schnellstem Weg zur Schießgasse in dein Büro."

„Habt ihr Personalmangel?"

„Haben wir immer, aber deine Suspendierung ist

aufgehoben, also mach dich auf die Socken, Herr Hauptkommissar!"

„Woher wollt ihr wissen, ob mir daran überhaupt noch was liegt. Mir geht es nämlich ausgezeichnet als Privatschnüffler."

„Erzähl das deiner Großmutter, falls die noch lebt und sich nicht aus Kummer über den Lügenbolzen von Enkel aufgehangen hat. Einmal Kripo, immer Kripo, alter Sack."

„Das `alter` nimmst du zurück."

„Nehm ich, aber morgen trittst du hier wieder an!"

„Werd`s mir überlegen."

„Fang damit gar nicht erst an. Das Überlegen überlass den Politikern, die überlegen so lange, bis das, was sie gerade überlegen, sich von selbst erledigt hat. Dann überlegen sie, was sie sich Neues überlegen könnten und ...""

„Das reicht aber, du alter Zyniker."

„Mach`s gut bis morgen, Schnüffelnase."

Asbach erhob sich und ging rüber in Kowalskis Büro

Der sah auf, als Asbach eintrat. „Lust auf einen Kaffee, Arnt?"

„Auch, wollte dich aber heute Abend zu einem Abschiedsessen einladen."

„Willst du verreisen?"

„Die Reise könnte dauern, Dietmar."

„Sag nicht, du gehst zurück ins Präsidium."

„So ist es."

Kowalski stand auf und streckte Asbach die Hand entgegen. „Dann gratuliere ich dir von ganzem Herzen, wenn auch mit zwei weinenden Augen."

„Das erste weinende Auge, bitte?"

„Das du aussteigst. Hat richtig Spaß gemacht, mit dir zu

arbeiten, Arnt."

„Das zweite?"

„Wollte dir gerade einen Fall von Insolvenzbetrug übergeben."

„Das machst du doch mit links."

„Wäre kein Problem, wenn da nicht noch ein Auftrag einer großen Versicherung auf meinem Tisch liegen würde."

„Was haben die denn auf dem Herzen?"

„Die Autobumserei nimmt überhand, kostet die Versicherungen pro Jahr bis zu zwei Milliarden."

„Erzähle!"

„Nimmst du einen Kaffee?"

„Gieß ein und schieß los!"

„Also, meist junge Kerle, entweder arbeitslos oder zu faul zum Arbeiten, kurven mit ihren Schrottkarren durch die Stadt und suchen nach Opfern. Bevorzugt werden ältere Herren. Der Senior, fährt meist mit Hut, will in die Spur des Betrügers wechseln, plötzlich tritt der auf's Gaspedal. Bums!"

„Wer auffährt hat Schuld." Asbach nahm einen Schluck Kaffee.

„Ist ja nicht generell so, aber der Bumser redet dem älteren Herrn das so ein, dass der es letzten Endes glaubt. Die Polizei, die im Moment des Unfalls nicht vor Ort war, bestätigt die Version des Betrügers. Der kassiert von der Versicherung so einige Tausender für Reparaturkosten. Meist beult er die alte Karre selbst aus oder kauft auf anrüchigen Märkten eine neue alte Karre für ein paar Hunderter und macht weiter."

„Ein ziemlich einträgliches Geschäft", Asbach kratzte sich am Kinn, „aber die Masche muss doch mit der Zeit auffallen."

„Wenn es darum geht, ohne großen Aufwand und vor allem ohne Arbeit an Geld zu kommen, sind bestimmte Menschen außerordentlich erfinderisch", fuhr Kowalski fort. „Das nächste Opfer wird an einem Fußgängerüberweg geprellt. Du wartest, bis der hinter dir relativ nah an dir dran ist, dann gehst du abrupt auf die Klötzer. Bums!"

„Du kannst aber nicht ohne Grund plötzlich bremsen", warf Asbach ein.

„Du hast ja nicht ohne Grund gebremst. Die Großmutter auf dem Fußweg hat urplötzlich die Straße überqueren wollen."

„Hat die Großmutter," ergänzte Asbach, „nicht im Traum vorgehabt, aber man kann das ja behaupten. Wer will das Gegenteil beweisen?"

„Und schon hast du wieder so ein oder zwei Tausender in der Tasche", grinste Kowalski. Du kannst dir nicht vorstellen, wie viel kriminelle Energie diese Ganoven aufbringen. An der Kreuzung dem Anderen winken und dann selbst losfahren. Hab niemals Handzeichen gegeben. Beweis das mal."

„Aber meistens wird doch ein Gutachter zugezogen, also können die Schäden ja nicht immer so sehr hoch sein", entgegnete Asbach.

„Der Gutachter muss auch leben, mein lieber Arnt. Je höher der Schaden, umso höher kann der Gutachter seine Gebühren abrechnen. Die polizeilich erfassten Betrugsfälle in Deutschland haben sich von 1990 bis heute fast verdreifacht, liegen jetzt bei knapp einer Million jährlich. Da kann einem schon ..."

„Mein lieber Dietmar, Betrug ist keine Erfindung der Jetztzeit. Sagt dir der Name Franz Tausend etwas?"

Kowalski schüttelte den Kopf.

„Franz Tausend lebte Anfang des vergangenen Jahrhunderts, war Drogist und allenfalls in der Lage, destilliertes Wasser herzustellen.

Der Mann behauptete, Gold könne organisch wachsen, genauso, wie Tiere und Pflanzen. Habgierige Gönner richteten dem Mann ein Labor ein.

Der Goldrausch brach aus.

Jeder wollte dabei sein und eine Stück, möglichst ein großes, vom Goldkuchen abhaben. Die Leute drängten dem Manne regelrecht ihr Geld auf, so dass er bald über ein riesiges Vermögen verfügte. Was jedoch macht ein geborener Habenichts mit Geld, mit viel Geld, mit sehr viel Geld. Franz Tausend kaufte eine Burg in den Bergen, mehrere Schlösser und Villen in den Großstädten des Landes."

Asbach holte Luft und fuhr fort: „Eines Tages war das Geld alle und Gold nur in winzigen Klümpchen zu sehen. Was also macht der clevere Franz Tausend? Er gibt Goldgutscheine aus. Er ist der Zeit voraus. Heute nennt man diese Scheine Derivate oder Optionsscheine."

„Der Mann gefällt mir", warf Kowalski ein.

„Mir nicht, denn es hat jede Menge kleine Leute mit erwischt."

„Erzähl weiter."

„Der Mann hat Ludendorff und sogar Kaiser Wilhelm II., der aus dem Exil in Holland eine Million Reichsmark spendete, übers Ohr gehauen. Wahrscheinlich wollte Wilhelm mit viel Gold wieder an die Macht zu kommen."

„Unglaublich!"

„Hat sogar mit dem Chef der Rentenbank in Berlin gesprochen, wie man am sichersten riesige Goldmengen sicher verwahren könne."

„Wäre der richtige Mann für die Dolus Bank gewesen.

„Die Blase platzte, wie früher oder später alle Blasen platzen, wenn der Druck zu groß wird. Franz Tausend wurde von einem Münchner Gericht zu vier Jahren Haft verurteilt."

„Das war`s dann für den armen Goldmacher?"

„Keineswegs, die Nationalsozialisten richteten für Franz Tausend ein Laboratorium in Berlin ein und hofften."

„Vergebens, wie ich annehme?"

„Kein Gold, kein Leben. Heinrich Himmler steckte den Mann ins Schwäbisch Haller Gefängnis, wo er im Alter von 58 Jahren starb."

„Hätte der Mann heute gelebt und mit seiner kriminellen Energie in einer Bank gearbeitet, wäre er höchstwahrscheinlich mit einer Abfindung von zehn Millionen frühzeitig pensioniert worden."

„Aber wahrscheinlich nur in unserem Land, mein Lieber. Die Amis,zum Beispiel, sind da wesentlich rigider. Denk an die Madoff-Affäre. Der Mann war einer der angesehensten Börsenmakler, Wertpapierhändler und Vorsitzender der Technologiebörse NASDAQ. In Wirklichkeit war der Mann einer der größten Anlagebetrüger seiner Zeit. Schadenssumme zwischen 60 und 70 Milliarden US-Dollar. Madoff wurde in den USA zu 150 Jahren Haft verurteilt."

„Oh mein Gott, was hätten sich da die obersten Oberbanker unserer größten Bank eingehandelt?"

„Mit sechs bis siebentausend Gerichtsverfahren vielleicht so an die 1500 Jahre."

„Das kann doch kein Mensch absitzen."

„Keine Sorge, muss auch niemand bei uns. Du musst nur im tiefste Brustton der Überzeugung sagen, dass du von nichts gewusst hast, dass es sich um Verleumdung und ehrenrührige Unterstellungen handelt. Sollte es doch zu einer Verurteilung kommen, kannst du immer noch einem Vergleich mit den Geschädigten zustimmen. Was das dann kostet, zahlst du locker aus der Portokasse. Auf alle Fälle laufen die, die die großen Geldhäuser hier im Lande bis an den äußersten Rand des Ruins gebracht haben, immer noch frei und mehr als wohlhabend herum. Oder hast du von diesen Finazhasardeuren schon einmal einen auf der Suche nach Pfandflaschen die Mülleimer der Stadt durchwühlen sehen?"

„Wenn es wirklich ernst werden sollte", warf Kowalski ein, „hat der Staat ja noch den Steuerzahler."

„So ist es. Übrigens kannst du den eigentlichen des Wert des Geldes an den Leuten erkennen, die damit überhäuft werden."

„Du denkst dabei aber nicht an gewisse Prominente aus dem Fernsehen."

„Doch, genau an die denke ich, mein Lieber, und es ist immer wieder frappierend, zu sehen, wie man mit Dummheit zu Geld kommen kann."

„Und mit richtiger Blödheit kannst du sogar zu viel Geld kommen. Du musst deine Dämlichkeit nur gut verpacken. Behaupte zum Beispiel, du hättest eine Rasiercreme erfunden, bei deren Auftragen die Barthaare nach innen wachsen. Mann braucht sich nicht mehr zu rasieren, kann die Borsten innen abkauen und ist immer glatt wie ein abgelutschter Lolly. Dann lässt du einen Werbespot drehen, in dem deine Frau vor Glück und Dummheit schreit: `Ach was bist du wieder glatt heute, der reinste Kinderpopo`."

„Das würde allerdings voraussetzen, dass der durchschnittliche IQ der Herde immer weiter nach unten manipuliert werden müsste."

„Was hast du eigentlich gedacht, woran unsere Medien

seit vielen Jahren arbeiten? Die bemühen sich doch redlich, den IQ des Durchschnittsbürgers auf 10 zu senken."

„Wie kommst du auf zehn?"

„Weil Schafe mit einem IQ von elf bereits anfangen zu meckern."

Die Männer sahen sich grinsend an.

„Du wirst mir echt fehlen, Arnt."

„Du mir auch. Also 20.00 Uhr Watzke?"

***

Marian Klimpke saß in seinem Arbeitszimmer und rechnete. Die Rate für das Haus in Radebeul, das er gleich nach seiner neuen Anstellung bei ST&T gekauft hatte plus die Abzahlung für das Mercedes-Cabrio fraßen nahezu sein Gehalt auf.

Dazu kamen die Alimente für zwei Kinder und das Geld für die Edelnutten, die er sich ab und zu ins Haus kommen ließ. Gab am Ende einen ansehnlichen Minusbetrag.

Irgendwann, da war er sicher, würde das Steigenbergersche Imperium zusammenbrechen wie eine alte marode Scheune bei Gewitter und er würde dastehen wie Max in der Sonne.

Er musste intensiver und rücksichtsloser vorsorgen. Dieser raffgierige Kleinschmidt, den er als Subunternehmer beim Bau der Autobahn untergebracht hatte, wollte plötzlich mit 25 Prozent beteiligt werden.

War ja clever, der Bursche, hatte einen ganzen Wald durch ein weiteres Subunternehmen roden lassen und hatte das Ausgraben und Sprengen der Wurzelstöcke gleich mit auf die Rechnung gesetzt. Wirklich clever, der Bursche, wenn man bedachte, dass es in diesem Bauabschnitt nie einen Wald gegeben hatte.

Aber 25 Prozent, nie und nimmer.

Wenn er der Forderung nachgab, würde die nächste bei 50 Prozent liegen. Er würde den Mann so in die Schranken weisen, dass dem ein für allemal solche Forderungen zu stellen vergehen würde.

Gut, dass er damals bei ihrem ersten Treffen in diesem Hotelzimmer eine Kamera installiert hatte. Die Bilder waren ausgezeichnet. Kleinschmidt, die Nutte auf ihm reitend, mit vor Geilheit verzerrtem Gesicht.

Er würde ihm drei oder vier der Bilder auf den Schreibtisch legen und ihm ankündigen, den Rest der Bilder an seine Frau zu schicken.

Kleinschmidt war seit über zwanzig Jahren mit derselben Frau verheiratet, hatte zwei Kinder, die beide noch studierten und galt in der Familie und im Freundeskreis als vorbildlicher Ehemann, Vater und hilfsbereiter Zeitgenosse.

Ein solches Renommee würde der Mann mit Sicherheit nicht auf's Spiel setzen.

Ein ganz anderes Problem war, dass sich ein Zeuge auf der Schießgasse gemeldet hatte, der behauptete, dass der Mann, der in der Heide verbrannt war, von zwei Männern umgebracht worden wäre. Nur gut, dass er noch alte Verbindungen zum Präsidium hatte. Sollte der Zeuge die beiden Männer identifizieren können, was er bei der bereits herrschenden Dunkelheit für sehr unwahr-scheinlich hielt, könnte das für ihn gefährlich werden. Die beiden Ganoven würden, ohne zu zögern, ihren Auftraggeber preisgeben, wenn sie dafür einen Deal mit dem Staatsanwalt aushandeln konnten.

Leider war weder der Name noch ein anderer Anhaltspunkt über den Zeugen in Erfahrung zu bringen. Dieses Arschloch Maibach gab die Identität des Zeugen nicht preis.

Erpressung war hier leider erfolglos.

Dieser Hauptkommissar hatte keine Leichen im Keller. Dazu kam noch, dass dieser Bluthund Asbach wieder auf der Schießgasse saß. Wenn der sich in etwas verbiss, wurde es gefährlich.

Klimpke wusste, dass er mit diesem Kommissar einen Gegner auf Lebenszeit an der Backe hatte. Die Sache mit dem Geld aus der Asservatenkammer würde der Kerl bestimmt nicht vergessen haben.

Außerdem gab es eine schwer einzuschätzende Verbindung zwischen diesem Hauptkommissar und dieser Leona.

Er war sich bis heute nicht sicher, ob dieses ausgebuffte Weibstück damals die Aufnahme mit seinem Geständnis tatsächlich irgendwo so deponiert hatte, dass er geliefert wäre, wenn er ihr zu Nahe kommen sollte.

Immerhin hatte er den vertrauensseligen, gutmütigen und verfressenen Köter ins Jenseits befördert.

Es war als Test gedacht.

Wie würde die kleine Schlampe reagieren?

Womit er nicht gerechnet hatte, war, dass sie spurlos verschwinden würde. Das war beunruhigend. Solange du den Feind im Blickfeld hast, kannst du im Notfall reagieren. Wenn du nicht weißt, wo er steckt, wird`s gefährlich.

Egal, das Weib würde garantiert irgendwann wieder auftauchen und dann würde man weitersehen. Jetzt galt es eine Strategie zu entwickeln, wie man noch wesentlich mehr Geld aus dem Autobahnprojekt herausholen und die an den Chef abzuführende Summe verringern konnte.

Die Idee, auf die ihn sein Gewährsmann im Autobahnamt gebracht hatte, war auf jeden Fall das Geld wert, das der Kerl dafür haben wollte. „Muss ja schließlich auch den Mann bei der DEGES in Leipzig schmieren", hatte er gesagt.

Die DEGES oder Deutsche Einheit Fernplanungs-und-bau GmbH war eine Projektmanagementgesellschaft, die unter Anderem die Leistung externer Bauunternehmen überwachte. Also würde er in Zukunft verstärkt mit Kick-Back-Rechnungen arbeiten, wo eine nicht unbeträchtliche Summe an ihn zurückfließen würde. Steigenberger würde davon nichts mitbekommen. Ein Grund zum Feiern. Klimpke wählte die Nummer von Paola.

***

„Konnte unser Computerexperte die gelöschten Daten wieder zum Leben erwecken, Hannes?"

Maibach schüttelte den Kopf. „Leider nicht, aber bei der Durchsuchung von Schlaffers Büro ist unseren Leuten eine CD in die Hände gefallen, die in der Brotbüchse Schlaffers unter einem alten Leberwurstbrot lag."

„Und?"

„Der hat gründlich gearbeitet, kann ich dir sagen. War wahrscheinlich mehr vor Ort als in seinem Büro."

„Was ihm mit höchster Wahrscheinlichkeit das Genick gebrochen hat, im wahrsten Sinn des Wortes."

„Davon bin ich überzeugt, die Kollegen von der

Mordkommission werden die Schweinehunde kriegen."

„Bei dir hat sich ein Zeuge gemeldet?

„Allerdings, nur leider erst einige Tage nach dem Brand in der Heide. Hat behauptet, dass er dafür persönliche Gründe gehabt hätte."

„Hast du ihm das abgenommen?"

„Allerdings. Der Mann ist Beamter und hat eine Affäre mit einer Kollegin. Die haben es in der Heide gemacht und haben zuerst nicht aus ihrem Gebüsch heraus auf die Autos geachtet. Erst als es dort laut wurde, ist der Mann in die Nähe des Weges geschlichen und hat gesehen, wie zwei Männer einen anderen Mann gehindert haben, zu fliehen, und dann das kleinere Auto mit dem Mann darin in Brand gesteckt haben."

„Der Mann hat sich strafbar gemacht, Hannes und ..."

„Er wird nur mit mir sprechen, mit niemand sonst und nicht hier im Präsidium. Ein Glück, dass die Kompetenzen unserer Sonderkommission stark erweitert wurden. Der Herr Minister hat endlich erkannt, dass wir mit den herkömmlichen Polizeimethoden und Einschränkungen gegen die organisierte Kriminalität auf verlorenem Posten stehen. Der Mann wird nur mit mir reden."

„Das verstößt gegen jegliche polizeiliche ..."

„Jetzt brauchst du noch das Wort Dienstvorschrift, Verfassung und Demokratie benutzen, Arnt, und ich krieg einen überproportionalen Lachanfall. Das ganze Ganovengesindel, das sich inzwischen in unserem Land tummelt, weiß inzwischen ganz genau, dass Deutschland das Eldorado für jede Art von Verbrechern in Europa ist. Hier kannst du Autos klauen, in Wohnungen einbrechen, in Läden auf Teufel komm raus klauen, mit Drogen handeln und wenn du erwischt wirst, lässt dich der

Richter spätestens am nächste Tag wieder laufen."

„Trotzdem, Hannes, der Mann hat sich strafbar gemacht."

„Ich hab ihm mein Wort gegeben. Der Mann ist verheiratet, seine Frau hat Blutkrebs und wird voraussichtlich daran sterben. Der wird unter keinen Umständen, ich betone, unter keinen Umständen, als Zeuge in Erscheinung treten."

„Wie sollen wir da die zwei Kerle jemals kriegen?"

„Ist nicht unsere Aufgabe, Arnt, dafür sind die Kollegen von nebenan zuständig. Ich gebe alle Informationen an die weiter. Unsere Aufgabe besteht darin, diesen Filz von organisierter Kriminalität, der sich zwischen ST&T und einigen Großbanken gebildet hat, auseinanderzureißen. Die Schweinereien bei diesem Autobahnprojekt hängen sicher damit drin, aber sind für uns nicht das ganz große Ziel."

„Hast wahrscheinlich recht, Hannes, die letzten vier Morde hängen garantiert mit dem Autobahnbau zusammen, haben aber mit den ganz großen Betrügereien des Baukonzerns wahrscheinlich nur mittelbar zu tun, aber was ist mit der Leberwurst-CD?"

„Da ist eine Rechnungskopie über 225.000 Euro für die Installierung von Pumpaggregaten zur Entwässerung eines größeren Bauabschnitts drauf. Hab die Strecke überprüfen lassen. Nirgendwo ein Tropfen Grundwasser. Außerdem findet sich noch eine Rechnung über viele tausend Tonnen Kalk, die bei der Trockenlegung feuchter Böden gebraucht werden. Das Gelände dort ist trocken wie die Wüste Gobi. Hier wird in einem Maße der Steuerzahler beschissen, wie wir Provinzler uns das hätten nie vorstellen können."

„Und trotzdem ist das Peanuts gegen das, was bei ST&T im Hintergrund läuft. Kowalskis Informanten sprechen von Geschäften, bei denen es um Milliardenbetrug gehen soll. Nur gibt es bis jetzt keinerlei Beweise, weder gegen das Bauunternehmen noch die darin verwickelten Banken."

„Was macht eigentlich die Aktie?"

„Die steigt und steigt, die Leute sind davon überzeugt, dass der Bauboom anhält und das Geschäft mit teuren Wohnimmobilien noch lange gut gehen wird."

„Wird es?"

„Jede Spekulationsblase platzt irgendwann einmal, denk an die Dotcom-Blase 2000. Der Buchwert des Steigenbergerunternehmens, so Kowalski, besteht aus völlig überbewerteten Immobilien. Buchwerte sind bewertungsabhängig und können überzeichnet sein, was hier der Fall zu sein scheint. Der Baukonzern hat keine Anteile oder Beteiligungen an anderen Unternehmen, kaum Sach- oder Finanzanlagen. Er lebte nur davon, dass die Kredite sprudeln. Wird der Geldhahn zugedreht, kollabiert das Unternehmen innerhalb weniger Wochen. Noch befindet sich die Aktie im Steigflug, liegt inzwischen bei knapp 20 Euro. Die Mieteinnahmen dagegen sollen nicht den Erwartungen entsprechen. Es wird von großangelegten Betrügereien bei der Finanzierung durch die Banken gesprochen. Die ersten Handwerker und Subunternehmer, die bei der Sanierung der meist denkmalgeschützten Immobilien gearbeitet haben, sollen mitunter Monate auf die Begleichung ihrer Rechnungen gewartet haben."

„Also steht das Unternehmen auf sehr wackligen Füßen, Arnt?"

„Wovon du ausgehen kannst, unsere Stunde rückt näher, Hannes, und dann gibt es für den Schweinehund kein Entkommen mehr."

„Wenn ich bedenke, was der Kerl alles auf dem Kerbholz hat, könnte ich sofort zuschlagen."

„Mit Gelassenheit, mein lieber Hannes, schaffst du mehr als mit brachialer Gewalt. Der Kerl entkommt uns diesmal nicht und wird für alle Schweinereien, die er begangen hat, büßen. Nur wäre es schön, wenn wir einige der betrügerischen Banker mit denen der Kerl zusammenarbeitet gleich mit einlochen könnten."

„Und was wird mit den feinen Herren, die Stammgäste im Lolita waren? Hast du die schon abgeschrieben, Arnt?"

„Die wird uns der große Baumagnat auf einem silbernen Tablett liefern, wenn wir zugeschlagen haben, mein lieber Hannes. Es gibt mit Sicherheit Beweismaterial für deren pädophile Schweinereien, denn dieser Steigenberger hat sich garantiert rundum abgesichert. Die Brüder können dann im Knast von ihren schmutzigen Erinnerungen leben."

„Dein Wunsch auf Justizias Waage und von da in ihr Schwert, Arnt!"

„Wenn das Schwert hernieder fährt, ist das einen Asbach-Uralt wert", mein lieber Hannes. Der Hauptkommissar erhob sich und griff den schwarzen Ordner mit der Beschriftung `Promille`.

***

Asbach ließ das Auto im Präsidium. Das Wetter lockte zum Spazierengehen. Der April hatte so begonnen, wie es sich für diesen Monat gehörte. Eiskalter Regen, Sturmböen, Schneegestöber, blasse, gläserne Sonne, nasse Kälte und dann hatte er gedreht.

Plötzlich schien morgens die Sonne von einem strahlend blauen Himmel, die Temperaturen stiegen auf 20 Grad. Überall zeigten sich grüne Spitzen an Bäumen und Büschen, die Luft roch nach Frühling und die jungen Frauen stellten wieder aus.

Er musste etwas gegen die Unruhe in seinem Inneren tun. Nachts, allein in seinem Bett, wachte er manchmal auf und spürte Leonas Hände auf seinem Körper. Er hatte das unbestimmte Gefühl, dass er etwas verloren hatte, was er so schnell nicht wieder finden würde.

So ein Scheiß, in dem Alter solltest du langsam zur Vernunft kommen, Arnt. Wenn er an Gestern dachte, stieg ihm die Schamröte ins Gesicht.

Auf der Weißen Gasse hatte er plötzlich Leona gesehen. Die zierliche Figur, das Haar, der Gang! Er hatte große Schritte gemacht, sein Herz hatte gehämmert wie ein Presslufthammer. Als er dicht hinter der Frau war, hatte er ihre Schulter berührt. Die junge Frau, die von vorn nicht die geringste Ähnlichkeit mit Leona hatte, war abrupt stehengeblieben, hatte sich umgedreht, ihn von oben bis unten gemustert, gegrinst und gesagt: „Musst es aber verdammt nötig haben, Alter. Freitag bis Sonntag von 17.00 bis 24.00 Uhr, Leipziger Straße. Halbe Stunde 80 Mäuse."

Er hatte „Entschuldigung, Verwechslung" gemurmelt, war in die nächste Kneipe gestolpert und hatte ein Radeberger und einen doppelten Doppelkorn bestellt.

Er musste den Kopf wieder frei kriegen.

Da war ein Fußmarsch immer noch das Beste. Er wandte sich nach links und schlenderte die Rampische Straße entlang. Hier hatte man fast 70 Jahre nach Kriegsende noch 14 Leichen in Kellern entdeckt, Erwachsene und

Kinder. Die Rampische Straße war am 13. Februar 1945 durch die Bombenangriffe der Royal Air Force und der United States Air Force dem Erdboden gleichgemacht worden. Niemand konnte genau sagen, wie viele Menschen noch unter der Erde in verschütteten Kellern lagen.

Die Erfindung des Flugzeugs war Segen und Fluch der Menschheit.

Asbach konnte sich nichts Schlimmeres vorstellen, als hilflos und voller Todesangst in den Himmel zu starren, das Brummen der näher kommenden Flugzeuge zu hören und dann bei lebendigen Leibe zu verbrennen oder in Stücke gerissen zu werden. Am schlimmsten war, sich das Entsetzen der Kinder vorzustellen, ihre angstgeweiteten Augen und ihre kleinen Hände, die sich hilfesuchend an die Mutter klammerten.

Man sollte jeden, wirklich jeden Menschen, der die Befehle für dieses heimtückische Morden gab und genauso die, die sie ausführten, an die Wand stellen und erschießen.

Reiß dich zusammen Alter und verdirb dir nicht diesen schönen Tag. Er bog an der Kurfürstenschänke nach rechts ab. Am Neumarkt saßen die Touristen bereits wieder vor den Restaurants im Freien, tranken Bier, aßen und schwatzten und genossen das Frühlingserwachen. Eine Gruppe Japaner stand vor der Frauenkirche und fotografierte und Droschkenkutscher warteten auf zahlungskräftige Kundschaft.

Er bog in die Münzgasse ein, aß in der Tapasbar zwei Tapas und trank ein Glas Rotwein. Oben auf der Brühlschen Terrasse bot ein Maler seine Miniaturen an, eine große Dame im Rokokokostüm erklärte zwei jungen Frauen den Weg in die Neustadt. Das Leben war zurückgekehrt. Asbach lehnte sich an das Geländer. Der Anblick, der sich ihm bot, war immer wieder faszinierend. Unter ihm die Elbe, ein Schaufelraddampfer hatte am Terrassenufer festgemacht und auf der anderen Seite das Königsufer.

Du wohnst in einer der schönsten Städte dieser Welt, mein lieber Arnt, genieße es. Trübsal blasen kannst du dann, wenn dir die eine Schwester die Ente und die andere die Schnabeltasse bringt. Vergiss endlich, was du verpasst hast.

Der Schaufelraddampfer Rathen legte gerade vom Terrassenufer ab. Asbach erinnerte sich, wie er als Junge bei Ausflügen mit dem Dampfer die ganze Fahrt vor dem Maschinenraum gestanden hatte.

Die gleichförmigen Bewegungen der großen, wie Gold glänzenden Messingteile, und der Geruch nach heißem Maschinenöl hatten ihn so fasziniert, dass er von der vorbeiziehenden traumhaft schönen Landschaft nichts sah.

Der Maschinist, ein älterer, freundlicher Mann, hatte ihm was von Kolbenstangen, Kurbelwellen und Exzentern erzählt. Für ihn stand damals fest, dass er Maschinist auf einem Schaufelraddampfer werden würde. Plötzlich tauchte ein Bild vor seinem inneren Auge auf. Er saß mit Leona auf einer der Holzbänke an der Reling, sie schauten auf den Fluss, hielte sich bei den Händen und er roch wieder das heiße Maschinenöl.

„Hör auf zu spinnen, du alter Sack!" Neben ihm lachte eine Frau leise, sah ihn an und sagte: „Dieser Anblick verleitet wirklich sehr zum Träumen."

„Träume sind nichts als Schäume, meine Dame."

„Wer uns die Träume stiehlt, gibt uns den Tod, sagt Konfuzius," erwiderte die Frau.

„Dann sollten Sie auf nichts verzichten, wenn Sie träumen, sagt Balzac", gab Asbach zurück.

Der Mann, der mit zwei Eiswaffeln neben der Dame auftauchte, sah ihn verwundert an. „Hab gerade mit ihrer Frau geträumt", lachte Asbach und setzte seinen Weg zur großen Treppe fort. Er überquerte die Augustusbrücke, bewunderte wie immer das goldene Reiterstandbild des Sächsischen Kurfürsten. August der Starke saß als römischer Caesar auf seinem Lipizzanerhengst und blickte gen Polen.

Ihm fiel wieder das kleine Gedicht ein, das im Tal der Ahnungslosen eines Tages die Runde machte: „Lieber August steig hernieder und regier dein Sachsen wieder, lass in diesen schlechten Zeiten lieber unser'n Erich reiten".

Asbach musste schmunzeln. Ihm fielen da so einige Leute aus der jetzigen Politik ein, die auch er hätte lieber reiten als regieren lassen.

Albertplatz! Der typische Platz im Wandel der Zeiten oder besser, im Wandel von Politik und Gesellschaft. Nach Abriss des Schwarzen Tores wurde der Platz 1829 zum Bautzner Platz.

Neutral und unpolitisch.

Dann, zu Ehren König Alberts wurde daraus der Albertplatz. Ein bemerkenswerter König. Asbach hatte sich in seiner Jugendzeit ausgiebig mit der Geschichte Sachsens beschäftigt. Albert avancierte im Krieg gegen Dänemark vom Hauptmann zum Generalmajor und zum Kommandeur der gesamten Infanterie. Als er 1873 König von Sachsen wurde, widmete er sich der Aussöhnung mit Preußen und der Sicherung des Friedens. Erstaunlich auch sein Bemühen um die Verbesserung der Armenpflege in Sachsen. Er weihte den Neubau der

Fürstenschule Sankt Afra in Meißen und später die Fürstenschule St. Augustin in Grimma ein und stiftete 1892 die Carola-Medaille für Personen, die sich für hilfreiche Nächstenliebe besondere Verdienste erworben hatten

Ein bemerkenswerter Monarch, das konnte man mit Fug und Recht sagen. Der Mann hatte Spuren hinterlassen: Das Albertinum, die Albertbrücke, den Albertplatz, die Albertstraße und den Alberthafen.

Die Frage war, würde es in hundert Jahren in dieser Stadt einen Ulbrichthafen, eine Honeckerbrücke, ein Schröderdenkmal oder einen Merkelplatz geben?

Wohl eher nicht.

Nach Ende des zweiten Weltkriegs wurde aus dem Albertplatz der Platz der Roten Armee. Dieser Name hielt sich nicht lange, umso länger hielten sich dafür die Russen im Land. Zu Ehren der Zwangsvereinigung von SPD und KPD zur SED im April 1946 wurde der Platz für einige Jahrzehnte zum Platz der Einheit, um endlich, nachdem das Volk lautstark „WIR SIND DAS VOLK" auf den Straßen gerufen hatte, wieder zum Alberplatz zu werden.

Wenn das Volk auf die Straße geht, und „WIR SIND DAS VOLK" ruft, sollten die Regierenden ihr Regieren auch in Zukunft ernsthaft überdenken, denn sie könnten über Nacht wieder zu den Regierten gehören.

Was soll`s, Alter, du gehst jetzt einen ordentlichen trinken, denn der Albertplatz wird nie und nimmer eines Tages Asbachplatz heißen. Geh einen trinken und ersäuf vor allem die Gedanken an eine gewisse junge Frau.

Er bog von der Alaunstraße in die Böhmische Straße ein, Stilbruch!

Er setzte sich an einen Tisch in Wandnähe und konnte so

den Raum überblicken. Die Surrealisten ließen grüßen. Er saß gern in diesem Lokal, wo aus Säulen Arme und Beine ragten, an der Decke ein komplett gedeckter Tisch hing und die Uhren rückwärts gingen. Er bestellte Aufprall bei 87 mpH, eine Flasche Wasser und einen großen Glenfiddich. Das Essen war hervorragend, der Lachs zartrosa und noch leicht glasig und die schwarzen Bandnudeln al dente.

Er trank nach dem Essen noch zwei Glenfiddich, zahlte und spazierte die Böhmische Straße weiter bis zum Raskolnikoff.

Hanna hatte er hier kennengelernt, die Frau, die wie Julia Roberts aussah, als Journalistin gearbeitet und in die er sich verliebt hatte. Sehr wahrscheinlich war sie erpresst worden. Wenn er davon ausging, ertrug sich die Misere besser.

Entweder du lieferst weiter Informationen oder du wirst enttarnt. Asbach war sicher, dass immer noch hohe Stasileute in Wirtschaft und Politik an den Hebeln der Macht saßen. Die vollständige Enttarung würde noch Jahre oder Jahrzehnte dauern. Er hatte nie wieder etwas von Hanna gehört. Was er nur leicht bedauerte. Ohne Leonas Recherchen hätte er wahrscheinlich nie erfahren, dass sie IM gewesen war.

Leona, verdammt.

`Hast du Kummer mit den deinen, trinke einen, ist der Kummer dann vorbei, trinke zwei`, fiel ihm ein Spruch seines Großvaters ein.

Er trank drei und machte sich auf den Weg zum Hotel.

Als er die Kreuzung an der Rothenburger Straße überquerte, scherte ein Auto aus der Parkreihe aus und steuerte auf die Kreuzung zu. Als Asbach etwa die Mitte der Straße erreicht hatte, trat der Fahrer des dunklen

PKW das Gaspedal bis zum Anschlag durch. Asbach setzte zu einem Hechtsrpung an. Der vordere Kotflügel streifte noch sein linkes Bein und riss ihm den Schuh vom Fuß. Asbach krachte in die Lücke zwischen zwei geparkte Autos.

***

Leona hatte einige Tage die Frau beschattet, die als Geldbotin für diesen Klimpke arbeitete. Die Frau ging jeden Abend zum Hafen von Samana, in der Hochseejachten vor Anker lagen und bunte Fischerboote am Kai tümpelten. Ihre Besuche galten einer großen, schneeweißen Jacht. Im Laufe des Abends betraten weitere perfekt gestylte Damen das Deck. Die Männer trafen später ein. Sektkorken knallten, Gläser klirrten und das aufgesetzte, perlende Lachen der Damen erfüllte die Nacht. Ab und zu verschwand ein Paar unter Deck.
Leona war klar, dass es sich hier um ein Edelbordell auf dem Wasser handeln musste. Also warf der Kurierdienst nach Deutschland nicht genug ab oder diese Alina war pekuniär und sexuell unersättlich.
Man würde sehen.

Es war gegen 16.00 Uhr, als Leona das Cafè de Paris ansteuerte. Sie sah sich unschlüssig um und ging dann auf einen Tisch zu, an dem diese Frau saß, die sie seit Tagen beobachtete.
„Ist bei ihnen noch frei?"
Alina sah von ihrer Lektüre auf und lächelte. „Nehmen Sie Platz. Man freut sich immer, wenn man jemand aus

der Heimat trifft."

„Sie sind auch aus Deutschland?"

„Hier ist jeder Zweite oder Dritte aus Deutschland," sagte die Frau

„Der Rest kommt wahrscheinlich aus England, dem Benehmen nach scheint es jedenfalls so."

„Wobei die deutschen Touristen in bestimmten Gegenden dieser Welt auch nicht immer gern gesehen waren", entgegnete die Frau. „Aber im schlechten Benehmen haben die Briten die Deutschen längst überholt."

Wie zur Bestätigung setzte sich ein völlig von der Sonne verbrannter junger, blonder Mann mit einem riesigen Kofferradio an den Nebentisch und drehte voll auf. Ein Kellner kam und sagte etwas auf Englisch. Der rotgesichtige Engländer drehte die Lautstärke herunter und bestellte ein Bier, dann drehte er wieder auf. Der Kellner, der sich gerade einige Schritte entfernt hatte, ging zurück und sagte etwas in sehr scharfem Ton zu dem Engländer. Gleichzeitig wies er mit dem Daumen Richtung Strand. Der junge Mann machte das Radio aus und murmelte: „Dego".

„Sie könnten recht haben", sagte Leona. Der Kellner brachte dem Engländer das Bier und verbeugte sich vor Leona. „Was darf ich Ihnen bringen, Senorita?"

„Ein Hörnchen und einen Cappuccino, por favor."

Der Kellner verbeugt sich erneut, lachte Leona an und sagte: „Ihr Wunsch ist mir Befehl, Senorita."

„Bei dem Kellner könnten Sie jetzt Seezunge bestellen, er würde sie für Sie selbst fangen und zubereiten. Die Dominikaner haben es gern, wenn die Touristen sich bemühen, eine wenig Spanisch zu sprechen. Sie werten das als Achtung ihrer Arbeit und ihrer Persönlichkeit."

Alina nahm einen Schluck von ihrem korallenroten

Fruchtsaftgetränk und sah Leona an. „Machen Sie Urlaub hier?"

„Ich male."

„Sie sind Malerin?" Alina sah ihr Gegenüber neugierig an.

„Das wäre vielleicht etwas hoch gegriffen. Ich versuche, diese traumhaft schöne Landschaft auf die Leinwand zu bannen."

„Kann man davon leben?"

„Geht so."

„Wenn Sie wollen", Alina zögerte kurz, fuhr dann aber fort, „können sie hier einiges dazuverdienen."

„Wie darf ich das verstehen?"

„Es gibt da eine Jacht, auf der gebildete und schöne junge Frauen gut verdienen können."

„Prostitution?"

„So würde ich das nicht nennen. Dienstleistung wäre treffender. Es kommen viele gutsituierte Männer mit bestimmten Wünschen auf die Jacht, denen am heimischen Herd nur Schonkost vorgesetzt wird und die ihre Bedürfnisse nach etwas scharf Gewürzten befriedigen wollen. Wenn die Dame ablehnt, ist das kein Problem. Wenn die Dame einverstanden ist, wird sie reichlich entlohnt."

Was kriegst du für jede Schnalle, die du mitbringst, dachte Leona?

„Wenn Sie Lust haben …?"

„Werd`s mir überlegen."

„Ich bin morgen um die gleiche Zeit wieder hier."

***

Leona saß am schneeweißen Strand und sah auf das türkisfarbene Meer. Seit dem Gespräch mit dieser Alina war eine reichliche Woche vergangen. Sie hatte zugesagt, und war am vergangenen Mittwoch mit auf die Jacht gegangen, hatte sich auf ganz jugendlich getrimmt und war von mehreren Herren in den sogenannte besten Jahren mit den Augen regelrecht ausgezogen und verschlungen worden.

Es war ein angenehmer Abend gewesen, man hatte über die europäische Politik, über Kunst und Literatur geplaudert, hatte sich hin und wieder angefasst und nach Mitternacht getanzt.

Der Herr, der Leona mehrmals zum Tanz aufgefordert hatte, bat sie nach dem dritten Tanz, ihn in eine der Kabinen zu begleiten. Der Mann war gut gekleidet, gepflegt, sehr höflich und zuvorkommend.

Leona war leicht beschwipst durch den Champagner gewesen.

In der Kajüte hatte der Mann seine Brieftasche gezogen, 500 Euro auf den Tisch gelegt, Leona angesehen und gesagt: „Französisch?"

Sie hatte den Kopf geschüttelt.

Der Mann hatte noch einmal 500 Euro auf den Tisch gelegt.

„Tut mir leid, mein Herr, ich kann nicht", hatte sie gesagt.

„2000?"

„Ist keine Frage des Geldes, tut mir wirklich leid." Dass im entscheidenden Augenblick das Gesicht des Hauptkommissar vor ihrem inneren Auge aufgetaucht war, musste sie diesem Herrn ja nicht auf die Nase binden.

„Ist schon in Ordnung, Sie müssen sich nicht

148

entschuldigen."

Sie waren wieder nach oben gegangen. Leona hatte nur noch Wasser getrunken. Alina hatte ihr auf der Toilette Koks angeboten. Sie hatte abgelehnt. Die Erinnerung an Marokko waren in ihr wieder hochgekommen.

Die Männer, meist Geschäftsleute und Industrieelle aus Deutschland hatten mit den jungen und schönen Frauen getanzt und ab und zu war ein Pärchen in den Kajüten verschwunden.

Die Gespräche der Männer hatten sich im Wesentlichen um die Verlagerung von Arbeitsplätzen in die Entwicklungsländer gedreht. Begriffe wie IT-Offshoring, Portfolioanalyse, Offshorttauglichkeit, Nearshoring und Farshoring waren durch den Raum geschwirrt und Leona hatte keine Ahnung gehabt, wovon die Männer redeten, bis der Mann, mit dem sie in der Kajüte gewesen war, das Wort ergriffen hatte.

„Sicher,", hatte der Mann gesagt, „sei die Einbindung der Entwicklungsländer in die Weltwirtschaft und damit die Bekämpfung von Armut und Elend in diesen Ländern wichtig. Verwerflich dagegen sei die rücksichtslose Ausbeutung der Bevölkerung, wenn man nur die Vorteile der Niedriglöhne im Auge habe. Man müsse auch Verantwortung für die Menschen übernehmen. Es genüge nicht, die Kosten durch Verlagerung der Produktion in Osteuropäische Länder, Afrika oder nach Asien um mehr als 90 Prozent zu senken." Einige der Herren hatten genickt, einige hatten sich nur angesehen und Leona war sich sicher, dass sie in Gedanken den Zeigefinger an die Schläfe gelegt hatten.

Gegen Morgen hatte sie der Mann, mit dem sie in der Kajüte gewesen war, gefragt, ob sie sich vielleicht noch einmal an einem neutralen Ort treffen könnten.

Leona hatte abgelehnt. Sie wusste, dass sie dafür noch viel Zeit benötigen würde. Arnt befand sich in ihrem Blut und in ihrem Gehirn. Wenn sie nachts in ihrem Bett lag, wünschte sie sich seine Hände auf ihrer Brust, ihrem Bauch und zwischen ihren Schenkeln. Ihr wurde dabei so heiß, dass sie Hand an sich legte und während des Orgasmus seinen Namen rief. Sie wusste, dass sie zwei Dinge eines Tages zu Ende bringen musste. Das Erste war die gnadenlose Rache an Klimpke. Das Zweite war dann ein letzter Versuch, den Mann, den sie liebte, für sich zu gewinnen.

Plötzlich fielen die ersten Tropfen. Sie hatte nicht bemerkt, dass sich der Himmel bezogen hatte. Sie packte ihre Malutensilien in die wasserdichte Tasche und verließ den Strand.

***

„Mein Gott, wie siehst du denn aus?" Maibach sah Asbach sprachlos an. „Hast du dich geprügelt?"

„Hab mich mit dem Kotflügel eines Autos angelegt und verloren", grinste Asbach, obwohl dabei die rechte Hälfte seines Gesicht schmerzte. Der Riss, der von der Augenbraue über die Wange bis fast zum Kinn reichte, spannte. Der feine Schorf, der sich übers Wochenende gebildet hatte, riss beim Sprechen und vor allem beim Lachen immer wieder auf.

„Warst du beim Arzt?"

„Wegen der Schramme? Das verwächst sich."

„Warst du besoffen?

„Nüchtern wäre untertrieben, aber der Kotflügel muss

150

hackedicht gewesen sein, hat voll auf mich zugehalten. Der Fahrer hat, als ich mitten auf der Straße war, Vollgas gegeben. Das Schlimmste ist allerdings, das mein neuer Salamander-Slipper überfahren wurde."

„Sehe ich da einen Zusammenhang mit deinem Besuch des Autobahnabschnitts, wo angeblich die Flutlichtanlage stehen sollte?"

„Manchmal, mein lieber Hannes, denke ich, du kannst hellsehen im Dunkeln. Aber im Ernst, der Versuch, mich mittels Gips ruhig zu stellen, deutet darauf hin, dass mein Besuch am Abschnitt 13 die Leute nervös gemacht hat."

„Vielleicht sollten wir den Chef einweihen und zuschlagen?"

„Mein lieber Hannes, hast du eine Ahnung, wie viel Leute im Bereich der Generalstaatsanwaltschaft arbeiten – ich unterstelle mal, dass dort tatsächlich alle arbeiten – dazu kommen noch sechs Staatsanwaltschaften, die ihre Dienstsitze in den sechs Landgerichten haben. Was der Unterschied zwischen einer Quarktasche und einer Plaudertasche ist, muss ich dir wohl nicht erklären?"

„Du meinst, es könnte wieder so schief gehen wie im Lolita?"

„Genau das meine ich. Lass also Hartmann im Moment noch außen vor. Wir haben kaum Beweismaterial gegen die Baumafia. Das würde zu keinem Prozess reichen und wenn doch, würden die Brüder mit Sicherheit freigesprochen, bei den Anwälten, die die sich leisten können."

„Also warten wir weiter auf das erste Kriseln an der Börse?"

„Genau das werden wir machen, Hannes. Kowalski hat von einem seiner Leute Informationen erhalten, dass der Steigenberger-Clan jetzt nicht mehr mit Millionen agiert, sondern dass die Kreditsummen der Banken jetzt die

Milliardengrenze erreichen. Steigenberger und einige skrupellose Bänker haben ein System aufgebaut, dass einem Kartenhaus gleicht. Sobald eine Karte fällt, bricht das gesamte Haus zusammen. Das Konsortium bedient mit den neuen Krediten fast nur noch Verbindlichkeiten. Die Mieteinnahmen bleiben weit hinter den Prognosen zurück und werden für die Bankenaufsicht manipuliert."

„Und was macht die Aktie?"

„Die steigt. Ist inzwischen auf über 50 Euro geklettert. Die geben eine Ad hoc-Mitteilung nach der Anderen heraus, um den Kurs zu pushen. Alles getürkt und von Mittelsmännern an die Öffentlichkeit lanciert.

Der Buchwert des Unternehmens besteht wahrscheinlich nur noch aus der IT-Infrastruktur. Die Abschreibungen sind weit höher als die Zuschreibungen. Die Spekulation auf die Dummheit und die Gier der Anleger geht also wieder mal auf. Dabei müssten die Börsianer nach dem Fiasko mit der Telekomaktie doch inzwischen so einiges gelernt haben. Aber wenn Gewinne winken, verlieren die Leute über Nacht den Verstand."

„Bist du inzwischen in der Mordsache Schlaffer weiter gekommen, Arnt?"

„Leider, nein. Die Ermittler von nebenan haben noch keine Spur aufnehmen können und ich möchte nicht, dass die mitkriegen, dass wir parallel zu ihnen ebenfalls an der Sache dran sind.

Gibt nur böses Blut.

Wenn der oder die Killer sich tot stellen, sieht es nicht gut aus, Hannes."

„In unserem Fall," erwiderte Maibach, „handelt es sich laut meinem Informanten um zwei Killer, da ist die Wahrscheinlichkeit, dass einer einen Fehler macht, ziemlich sicher. Das kann Dummheit, Prahlsucht,

152

Erpressung oder Alkohol sein, aber irgendwann kriegen wir die Kerle."

„Ich denke, wir überlassen das doch besser den Kollegen von der Mordkommission, Hannes,, die sind zuständig, auch wenn ich mich, was Schlaffer betrifft, irgendwie persönlich betroffen fühle. Es tut nicht gut, den Kollegen ins Handwerk zu pfuschen. Immerhin haben die jetzt eine Spur, die sie verfolgen, nämlich den vom Finger Schlaffers verschwundenen goldenen Siegelring. Ich denke, die kriegen die Kerle. Was meinst du?"

„Ich werde mich an die 95 Prozent halten und beten."

„Es soll mal einer eine Gurke angebetet haben, auf dass sie sich in eine Jungfrau verwandle."

„Und, hat es geklappt?"

„Er hat ganz fest daran geglaubt."

„Und!"

„Die Gurke hat sein Gebet erhört und die Verwandlung vollzogen."

„Wie schön."

„Hat der Mann auch gedacht, bis er merkte, dass das, was er angebetet hatte, keine schöne und glatte Gurke, sondern ein ganz junges, aber schon leicht stachliges Kaktusgewächs war."

„Also werden wir so beten, als helfe keine Ermittlung und so ermitteln, als helfe kein Beten."

„Genau das werden wir tun, Hannes. Ich kümmere mich intensiv um alle Machenschaften des Steigenbergerkonsortiums im Immobilienbereich und du setzt alle verfügbaren Leute bei den Autobahnbetrügereien ein."

„Pass auf dich auf, Arnt, und denk daran: Vorsicht ist die Mutter der Porzellankiste!"

„Ich weiß, mein lieber Hannes, dass der Elefant, der im Sumpf Lärm macht, erledigt ist."

***

Leonas Handy meldete sich.

„Wie geht`s? Alles in Ordnung?"

Ihr Herz begann zu hämmern wie ein Presslufthammer. Es war die zweite Nachricht von ihm, seit sie hier war. Inzwischen war mehr als ein viertel Jahr vergangen. Sie war hier in Samana zur Ruhe gekommen. Die Unrast und das Gefühl, das Leben zu verpassen, waren nach einigen Wochen hier auf dieser wunderschönen Halbinsel nach und nach verschwunden. Eine Gelassenheit hatte hier von ihr Besitz ergriffen, als hätte sie ihren Platz im Leben gefunden. Leona war klar, dass das nur ein vorübergehender Zustand war. Lag wahrscheinlich daran, dass sie hier beim Malen ihre Träume verwirklichen konnte. Sie hatte 5 ihrer Bilder an die Galerie in der Neustadt geschickt und prompt 2000 Euro überwiesen bekommen. Sie wusste, dass sie nie ein Paul Gauguin oder ein Vincent van Gogh werden würde, aber ihre Bilder hatten etwas von Beiden und die warmen Farben gefielen den Leuten im kalten Deutschland.

Sie tippte drei Worte in ihr Handy: Ich liebe dich! L.

Das würde diesen verdammt sturen Kerl beschäftigen. Er sollte Tag und Nacht an sie denken. Sie würde ab sofort jeden zweiten Tag eine Botschaft an ihn senden. Leona wusste genau, dass Arnt mehr für sie empfand, als er zugeben wollte. Diese dämlichen neunzehn Jahre Altersunterschied. Sie lebten jetzt und heute und nicht in der Zukunft. Leona war klar, dass dieser Mann auch im Alter nichts von seiner Attraktivität einbüßen würde. Sie wäre wahrscheinlich früher verwelkt als dieser Mann.

War sowieso ungerecht, dass der größte Teil der Frauen Falten bekam und unansehnlich wurde, während viele Männer im Alter meist besser aussahen als in ihrer Jugend.

Und ich krieg dich doch, dachte Leona, packte ihre Malutensilien aus und setzte sich in den Schatten ihrer Lieblingspalme.

Sie skizzierte das Meer und eine Herde von Buckelwalen, die jedes Jahr von Mitte Januar bis Mitte März in die Bucht von Samana zur Paarung und zum Kalben kamen. Es war unglaublich, die Jungen kamen mit einer durchschnittlichen Länge von 4 Metern zur Welt und wogen 1 Tonne. So ein Neugeborenes schluckte bis zu 200 Liter Muttermilch und nahm pro Tag zwischen 40 und 50 Kilo zu.

Sie hatte das alles bei einem Bootsausflug, den Alina organisiert hatte, erfahren.

Der verwitterte Seemann, ein ehemaliger Kapitän, der aussah wie der Schauspieler aus dem Film `Der alte Mann und das Meer`, wusste alles über die Buckelwale. Sie erreichten eine Länge bis zu 15 Metern und ein Gewicht bis zu 50 Tonnen. Ihr Gesang zur Paarungszeit konnte eine Lautstärke von 190 Dezibel erreichen und aus 600 unterschiedlichen Lauten bestehen. Ein Presslufthammer brachte es auf schlappe 100 dB. Waren schon bemerkenswerte Tiere.

Noch bemerkenswerter war allerdings diese Alina. Sie hatte sich nach anfänglicher Zurückhaltung regelrecht an sie, Leona, geklammert, hatte Ausflüge organisiert zu den Wasserfällen von Limòn, nach Las Galeras, wo die herrliche Landschaft als Kulisse für einen James-Band-Filme gedient haben sollte. Sie waren mit einem Mietauto nach Las Terrenos gefahren, hatten die bunten Häuser der

Hauptstraße bewundert, waren zum Strand geschlendert und hatten in einem Restaurant am Meer Fischroulade mit Estragonsoße gegessen und waren dann zurück nach Samana gefahren.

Für den Abend hatten sie sich im Le Tre Caravelle verabredet.

Nach der zweiten Flasche Wein waren sie in einer Nachtbar gelandet, hatten miteinander getanzt und Leona hatte das Gefühl gehabt, dass Alina mehr von ihr wollte. War es Neugier gewesen oder das Bedürfnis nach Zärtlichkeit? Sie wusste es nicht. Sie waren jedenfalls nackt in Alinas Hotelbett gelandet. Alina hatte sie auf den Mund geküsst, war dann mit ihren heißen Lippen über ihren Körper gewandert. Als Alina an ihren Brutwarzen zu saugen begann, hatte sie wieder dieses verrückte Kribbeln im Unterleib verspürt, dass bei ihr höchste Erregung signalisierte.

Alina musste es gespürt haben.

Sie war weiter nach unten gerutscht. Leona wusste, dass sie es dazu nicht kommen lassen durfte. War noch nie ihr Ding gewesen, es mit einer Frau zu machen. Sie hatte behutsam Alinas Kopf wieder nach oben gezogen und geflüstert: "Geht nicht."

Seit dieser Nacht hatte Alina sie regelrecht umworben, hatte ihr Wünsche von den Augen abgelesen und ihr teuren Schmuck geschenkt. Die Frau hatte sich in sie verliebt

„Das wird nichts mit uns beiden", hatte Leona eines Tages gesagt.

Alina hatte sie angesehen und ihr einen flachen Schlüssel in die Hand gedrückt. „Hebe den gut auf, ist der Schlüssel für ein Bankschließfach bei der Banco Leòn. Du hast dein Konto ja auch dort und kommst in den

Tresorraum. Sollte mir etwas zustoßen, nimm alles, was im Schließfach ist, und verschwinde von hier."

Leona hatte nach diesem Gespräch nicht locker gelassen und eines Nachts, als beide betrunken waren, hatte Alina ihre geheimsten Gedanken vor Leona ausgebreitet. Dass die Frau der Geldkurier für diesen Klimpke war, hatte sie ja schon gewusst. Dass Alina bereits mehrere hunderttausend Euro nicht abgeliefert hatte und nicht im entferntesten daran dachte, es zu tun, war neu.

Und brandgefährlich!

„Der Kerl soll das Geld selbst abholen", hatte Alina in dieser Nacht gesagt. „Einen weiteren Mord kann der sich hier nicht leisten, auch keinen Auftragsmord. Der Doppelmord hat genug Staub aufgewirbelt. Ich werde ihm ein Angebot machen."

Leona hatte Hass in den Augen der jungen Frau gesehen.

„Er bekommt das Geld und ich Material über seinen Chef, den Boss von ST&T. Ich kann erst wieder ruhig schlafen, wenn dieser Schweinehund Steigenberger wohlverwahrt hinter Gittern sitzt."

Sieh an, hatte Leona gedacht, wie sich das trifft. Alina will den Mann vernichten, der sie schamlos betrogen und hinters Licht geführt hat und ich will seinen Handlanger.

Sie schmiedeten in dieser Nacht einen Plan, der ihnen beiden den Seelenfrieden zurückbringen sollte.

***

„Was gibt's Neues an der Immobilienfront, Arnt?"

Maibach sah Asbach fragend an.

„Unser Mann hat wieder einen Großauftrag an Land

157

gezogen. Ein Autobahnabschnitt in Richtung ´Alte Bundesländer´ soll vierspurig ausgebaut werden. Steigenberger muss seine Beziehung zum Autobahnamt genutzt haben. Er hat ein Dumpingangebot gemacht, damit alle weiteren Bewerber aus dem Feld geschlagen und den Zuschlag erhalten.

Wenn er damit Geld verdienen will, muss er auf Teufel komm raus betrügen und sehr, sehr krumme Dinger drehen oder besser, drehen lassen.

Seine Einnahmen aus den Immobiliengeschäften bröckeln. Der Kaufrausch an sehr hochwertigem Wohnraum stockt und die Mieteinnahmen waren jenseits aller Realität geplant. Da der Mann den Hals nicht voll kriegen kann, hat er sich zu dem Autobahnprojekt gleichzeitig noch eine neue, große denkmalgeschützte Immobilie in Hamburg an Land gezogen."

„Hat sich der Kerl nicht mit der Witwe einer renommierten Kaffeerösterei aus der Hansestadt zusammengetan?" Maibach setzte seine Kaffeetasse ab.

„Genau, der gute Name dieser Witwe hat den Deal begünstigt oder erst möglich gemacht."

„Was macht die Aktie von ST&T, Arnt?"

„Hatte einen gehörigen Rücksetzer in letzter Zeit, läuft aber wieder ungebremst nach oben. Die Bank hat ein Aktienrückkaufprogramm gestartet, nachdem ein Gerücht in Umlauf war, dass ST&T nicht in den M-Dax aufrücken sollte.

Kurz danach tauchten Ad hoc-Meldungen im Internet auf, dass ST&T auf Grund eines sehr hohen Überschusses an liquiden Mitteln im kommenden Jahr eine Dividende von 5,5 % ausschütten würde. Daraufhin schoss die Aktie auf 65 Euro hoch."

„Die Dividendenjäger haben zugeschlagen?"

158

„Und werden sich in absehbarer Zeit wie erschlagen vorkommen. Es ist nämlich was dran an dem Gerücht, dass der Baukonzern sich übernommen hat. Hab die letzte Immobilie überprüft. Das haut dich vom Sockel. Die haben bei der Kreditbeantragung mehr als 10 000 Quadratmeter Wohnfläche dazu geschwindelt."

„Und sind damit durchgekommen?"

„Allerdings, die Bank ist so besessen vom Geldmachen, dass die bei jedem krummen Geschäft dabei ist.. Der Oberbanker soll seine gesamte Mannschaft vergattert haben, mindesten 10+X Milliarden Gewinn pro Jahr zu erwirtschaften. Dafür gibt es hohe Boni.

Die manipulieren seitdem alles.

Wenn das stimmt, was Kowalski über den Verfassungsschutz und andere seiner Quellen zusammengetragen hat, steht die Bank über kurz oder lang vor einem möglichen Exotus. Allein die Immobilienkrise in den USA, an der die Bank wesentlichen Anteil haben soll, wird wahrscheinlich zu einer Bankimplosion führen. Dazu kommt Hilfeleistung bei Steuerhinterziehung, Bilanzmanipulation, Geldwäsche, Goldpreisabsprachen und weiß der Teufel, was da noch alles anliegt."

„Und die Politik schaut dabei zu." Maibach schüttelte sich.

„Sollte wirklich was schiefgehen, hat der Finanzminister ja noch die Wolle seiner 80 Millionen Schafe, die er regelmäßig schert und kann damit im Notfall die Banken bedienen."

„Es ist, gelinde ausgedrückt, zum Kotzen, wenn sich alles nur noch ums Geld dreht." Maibach trommelt mit den Fingern auf seiner Schreibtischplatte herum. Für Asbach das untrügliche Zeichen, dass der Hauptkommissar geladen war.

„Geld, Geld, Geld! Diese Scheißkapitalisten würden ihre Großmutter an den Teufel verkaufen, wenn sie dafür sein Feuer benutzen dürften, um Gold machen zu können."

„Die Sozialisten, mein lieber Hannes", grinste Asbach, „würden ihre Großmutter verschenken, wenn der Teufel dafür `Brüder zur Sonne zur Freiheit` singen würde und müssten dann wieder den Kapitalisten anpumpen, um die Großmutter auslösen zu können."

„Apropos Auslösen oder besser Einlösen, Arnt. Die Kollegen von der Mordkommission haben den Ring."

„Was, und das sagst du so nebenbei?"

„Geht uns erst dann was an, mein lieber Arnt, wenn es in Richtung organisierte Kriminalität läuft, und dort sind wir noch nicht, ich betone, noch nicht."

„Wie sind die an den Ring gekommen?"

„Ein Kerl, besoffen und mit russischem Akzent, hat den Ring auf der Wilsdruffer Straße bei einem Juwelier einlösen wollen. Die Juweliere der Stadt waren alle informiert. Der Ladenbesitzer ist nach hinten gegangen, angeblich um eine Lupe zu holen und hat bei uns angerufen. Der Kerl hat Lunte gerochen und ist getürmt. Unsere Leute haben ihn an der Zwinglistraße aus der Bahn geholt."

„Und?"

„Sitzt seit einer Woche in U-Haft."

„Ergebnis?"

„Nichts, der Mann hat bei seiner ersten Vernehmung nur einen Satz gesagt: „Wenn ich rede, bin ich tot!" Seitdem schweigt der wie ein Grab.

***

Markus Steigenberger stand am geöffneten Fenster

seiner Villa am weißen Hirsch und atmete tief durch. Gott sei Dank! Irmtraud war auf dem Weg nach Hamburg. Er hatte sie zum Flughafen nach Klotzsche gefahren und gewartet, bis der Flieger vom Boden abhob.

Da hatte er zum ersten Mal „Gott sei Dank" gesagt.

Die Frau war total verklemmt gewesen.

Sie wollte dann, auf den Geschmack gekommen, zwanzig Jahre versäumter sexueller Erfüllung in wenigen Wochen nachholen.

Die vergangenen zwei Nächte gehörten zu den anstrengendsten seines Lebens.

Sehr anstrengend.

Aber gewinnbringend.

Irmtraud hatte für zwei Millionen ST&T- Aktien gekauft und ihre Freunde in Hamburg dazu überredet, Gleiches zu tun. Da sie verschiedene Fernsehmoderatoren persönlich kannte, war es ein Leichtes für sie gewesen, die Aktie in den Börsennachrichten erwähnen zu lassen. Die Aktie war daraufhin um über 20 Euro nach oben gesprungen und er hatte über verschiedene Strohmänner ein großes Aktienpaket verkauft, ohne das Insiderverkäufe gemeldet werden mussten.

Die Liaison mit dieser Frau zahlte sich jedenfalls aus. Und das nicht nur an der Börse. Sein Ansehen in Banken- und Finanzkreisen hatte sich seitdem erheblich verbessert.

Er bekam nahezu jeden Kredit, den er haben wollte. Und allein dafür lohnte sich die Schinderei mit Irmtraud im Bett.

Markus Steigenberger goss sich einen Whisky ein, ließ sich in einen Sessel fallen und grinste vor sich hin. Morgen würde er sich schadlos halten. Sein treu ergebender Hausmeister im Waldgasthof würde mit

Sicherheit zwei oder drei hübsche, sehr junge und gierige Mädchen von jenseits der Grenze im Haus haben und mit denen würde es auf jeden Fall wieder Spaß machen, auch ohne Viagra.

Leider stand für heute noch Unangenehmes im Programm.

Klimpke.

Er musste dem Mann auf die Finger klopfen. Der Kerl war so gierig nach Geld, wie eine Scheißhausfliege nach dem Kuhfladen.

Die Manipulationen der Firma, die in seinem Auftrag beim Bau des Autobahnabschnitts liefen, waren schon riskant genug. Sie waren aber notwendig, wenn ST&T überhaupt Gewinn machen wollte.

Das Dumpingangebot, mit dem er die anderen Bewerber aus dem Feld geschlagen hatte, setzte voraus, dass Subunternehmer, wenn größere Zahlungen anstanden, gnadenlos in die Insolvenz geschickt wurden.

Von den kleineren Manipulationen ganz abgesehen.

Dass dieser Klimpke trotz sehr guter Bezahlung noch Betrügereien in Größenordnungen in die eigene Tasche machte, konnte gefährlich werden. Das konnte die Firma gewaltig in die Bredouille bringen.

Dieser Hauptkommissar Asbach sollte sich neuerdings auf den Baustellen herumtreiben. Der Mann war ihm schon einmal gefährlich nahe gekommen. Er musste Mittel und Wege finden, ihn aus dem Verkehr zu ziehen.

Eine Aufgabe für Klimpke.

Allerdings durfte es keinen zweiten Mord geben. In der Sache Schlaffer hatten ihn seine guten Beziehungen zum Autobahnamt vor dem Schlimmsten bewahrt. Mord schied dieses Mal aus, denn dann würden sie den gesamten Polizeiapparat auf dem Hals haben, und das wäre das sofortige Ende des schönen Lebens.

Steigenberger erhob sich, sah auf seine Armbanduhr, ging zu einem Schrank, nahm aus einem Geheimfach ein Päckchen mit weißem Pulver und ließ sich wieder in seinen Sessel fallen.

Als es klingelte, drückte er die Fernbedienung für das Außentor. Wenig später betrat Klimpke das Zimmer.

„Setz dich!"

Steigenberger war sitzen geblieben. „Whisky?"

Klimpke nickte. Verdammt und zugenäht! Er kam sich in Gegenwart dieses Mannes immer wie ein Schuljunge vor, der vor den Rektor zitiert wurde.

Steigenberger goss ein, hob das Glas und sagte: „Prost! Auf die betrogenen Betrüger." Klimpke setzte sein Glas wieder ab und sah Steigenberger an. „Was willst du damit sagen, Markus?" Das Du fiel ihm immer noch schwer. Wieso befiel ihn in Gegenwart dieses Mannes so etwas wie Respekt. Wahrscheinlich lag das an den Summen mit denen Steigenberger jonglierte. Gegen dessen Millionenbetrügereien waren seine Finanzmauscheleien schließlich Peanuts.

„Wie geht es eigentlich dem Bauunternehmer Kleinschmidt? Soll seinen Fuhrpark erheblich erweitert haben, wie man so hört."

Scheiße! Woher wusste der das? Klimpke begannen die Hände feucht zu werden.

„Hab dem Mann eine Chance in deinem Unternehmen geboten, da er sonst wahrscheinlich in die Insolvenz gerutscht wäre."

„Was für ein mitfühlender Mensch du doch bist, Marian. Ein Karl Stülpner des 21. Jahrhunderts."

Klimpke wischte seine Handflächen an den Hosen ab, hob sein Glas und nahm einen kräftigen Schluck.

„Hör mir gut zu, Marian, ich sag das nur einmal. Du wirst das Subunternehmen Kleinschmidt sofort in die Insolvenz schicken. Dieser verdammte Hauptkommissar Asbach hat zu den Fahrern des Mannes Kontakt aufgenommen. Wenn die plaudern, gehst du hinter Gitter, du, verstehst du das mit deinem vom Geldraffen getrübten Spatzenhirn."

Eigentlich hätte er jetzt aufbrausen müssen. Stattdessen nahm er einen weiteren kräftigen Schluck. Dann sah er Steigenberger direkt in die Augen.

„Was weiter!"

Steigenberger schob das Päckchen mit dem Kokain über den Tisch. „Mach diesen gottverdammten Hauptkommissar damit fertig, Marian. Schütte ihm das Zeug meinetwegen über die Rübe und lass die Drogenhunde auf ihn los. Der Mann muss auf jeden Fall aus dem Verkehr gezogen werden. Haben wir uns verstanden?"

***

„Leona?

Ein gewaltiger Schatten fiel auf ihre Staffelei. Leona sah hoch. Sie blickte auf einen Bauch, der die Ausmaße eines Heißluftballons hatte. Ihr Blick wanderte weiter. Auf einem kurzen, dicken Hals saß ein roter Kopf mit spärlichem Haarwuchs und großen, blauen Kinderaugen.

„Dagobert?"

„Leona! Ich glaub mich laust der Affe. Was machst du denn hier?"

„Wonach sieht`s denn aus?"

164

„Ich glaub, du malst."

„Zumindest versuch ich`s."

„Bist unseren Träumen also treu geblieben?"

„Und du?"

„Du hast mich damals ganz schön geschockt, meine Liebe, aber du hast mich auch in mein Glück katapultiert."

„Erzähle!"

„Pack deine Utensilien, ich lade dich zum Kaffee ein."

An der Strandbar Luis war jetzt um diese frühe Tageszeit wenig Betrieb. Dagobert wählte einen Tisch im Schatten einer großen Palme mit Blick auf`s Meer.

Als der Kellner kam bestellte er für sich „una fra" und einen großen Rum.

Leona wählte einen Cafè cortado.

„Bist du sauer auf mich?" Sie sah Dagobert leicht verlegen an.

„War ich allerdings. Das Ding mit dem Essig war schon straff, meine Liebe, aber letzten Endes hast du mir das Geld für die Reise gelassen und etwas Besseres konnte mir nicht passieren."

Die Getränke kamen. „Una fra" war eine sehr große Flasche Bier, die mit einer Serviette umwickelt war. Der Zuckerrohrschnaps war reichlich bemessen.

„Am Vormittag Bier und Rum?" Leona sah Dagobert an.

„Da man hier sehr leicht und viel schwitzt und dadurch Mineralien verliert, empfehlen die Ärzte, viel zu trinken."

„Aber wahrscheinlich meinen die Wasser."

„Pfui Teufel, bin doch keine Kaulquappe!"

Dagobert nahm die Serviette von der Flasche. Leona sah, dass auf dem Etikett **Presidente** stand. „Ist das eine Spezialität hier?"

„Das Rezept für dieses Bier hat in den dreißiger Jahren

Adolf Hitler dem Trujillo geschenkt und es hat sich bis heute gehalten."

Er nahm einen tiefen Zug aus der Flasche und sagte: „Erzähl du zuerst!"

„Da gibt es nicht viel zu erzählen. Hab eine Reise hierher gebucht. Die ersten Bilder, die ich hier gemalt habe, gingen in den Galerien in der Neustadt weg wie warme Semmeln. Jetzt lebe ich vom Malen."

Leona nippte an ihrem Cortado. Mehr musste das rosige Hängebauchschwein vor ihr nicht wissen.

War nie gut, Männern zu viel zu erzählen.

Ein Mann ein Wort, ein besoffener Mann ein Wörterbuch.

Leona sah Dagobert an, der inzwischen die zweite Flasche Presidente bestellt hatte.

„Und was ist von dir zu hören, Dagobert?"

„War kurze Zeit, nachdem ich hier gelandet bin, ganz, ganz weit unten. Hab mir eingebildet, ich könnte malen. So ein Scheiß. Das Einzige was ich konnte, war klecksen. Wollte mit Malerei zu Ruhm und Geld kommen. Absoluter Schwachsinn! Hat mir meine Mutter damals solange eingeredet, bis ich es selbst geglaubt habe."

Er nahm einen tiefen Schluck aus der Flasche.

„Dein Anteil daran war nicht unerheblich, meine liebe Leona. Aber drauf geschissen. Ich hab versucht, die Kunstwerke, die ich meistens im Suff zusammen gekleckst hatte, auf der Karibischen Straße an den Mann oder die Frau zu bringen. Pustekuchen.

Die Leute haben den Kopf geschüttelt, mitleidig gelächelt, mir einen Euro oder Dollar auf die Bilder gelegt und sind im nächsten Cafe verschwunden.

Ich hab damals hauptsächlich von Bier gelebt. Hab zwischendurch Eis und Getränke am Strand verkauft, Werbeplakate für Kioskbesitzer und Kneipen gemalt, teilweise im Freien geschlafen und Papierkörbe nach Essenresten durchwühlt. Ansonsten war ich rund um die Uhr im Suff.

Ich brauchte meinen Pegel, dann war das Leben erträglich.

Ich war vom Gelegenheitstrinker zum Alkoholiker mutiert. Mein Erbgut, was sehr wahrscheinlich nicht viel wert ist, hatte sich schlagartig verändert. Im besoffenen Zustand ging es mir richtig gut. Wenn ich nüchtern war, packte mich das heulende Elend. War früher genau umgekehrt."

Dagobert bestellte noch einen großen Rum, sah auf's Meer und fuhr fort. „Ab und zu, wenn ich noch einigermaßen klar sehen konnte, stellte ich mich noch mit meinen Kunstwerken an belebten Straßen auf. Nicht die Hoffnung stirbt zuletzt, sondern das Elend, das du dir nicht eingestehen willst, hält dich am Leben.

Eines Tages stand ich mit glasigem Blick und zitternden Händen vor dem Tisch eines Straßencafès. Auf dem Tisch stand ein Glas Weißwein und am Tisch saß eine ältere, sehr elegante Dame. Ich hatte seit dem Morgen keinen Schluck getrunken. Meine Taschen waren so leer, dass mich jeder Strandköter hätte anpissen können. Meine Hände zitterten, mir brach in Intervallen der Schweiß aus, was sollte ich auf dieser Scheißwelt ohne Alk? Das ganze Leben war sinnlos verschwendete Zeit ohne einen kräftigen Hieb."

Er nahm noch einen Schluck aus der Flasche.

„Ich trat an den Tisch heran, sagte Entschuldigung, nahm das Glas Wein und trank es in einem Zug aus. Sofort standen zwei Kellner hinter mir, packten meine Arme und wollten mich zurück auf die Straße befördern."

Dagobert griff erneut nach der Flasche und wollte sein

Glas füllen. Leona sah, wie seine Hand zitterte. Er nahm die andere Hand zu Hilfe, packte die Flasche beidhändig und goss ein. Die Flasche stieß dabei mehrmals gegen das Glas.

Er sah Leona an.

„Hab schon zwei Entziehungskuren hinter mir. Bin immer wieder rückfällig geworden. Meine Leber würde noch eine Weile mitmachen, hat mir ein hiesiger Arzt gesagt, wenn ich ab und zu mal einen oder zwei nüchterne Tage einlege.

Mache ich, aber ich habe das Gefühl, dass ich an diesen Tagen nicht mehr lebe.

Ohne Alkohol geht bei mir nichts mehr. Allerdings trinke ich tagsüber nur so viel, dass die versifften Zellen meines Körpers nicht rebellieren. Abends gebe ich mir dann die Kante."

„Wie ging das weiter, nachdem du der Dame den Wein weggetrunken hattest", unterbrach ihn Leona.

„Die Dame scheuchte die zwei Kellner mit einer unwirschen Handbewegung fort und bat mich, an ihrem Tisch Platz zu nehmen. Sie bestellte für mich ein Bier und einen Rum. Ich schüttete beides in Sekundenschnelle in mich hinein. Die Dame lächelte mich mitleidig an und bestellte erneut für mich. Nach dem zweiten großen Bier fragte sie mich, was mich hierher verschlagen hätte. Ich sagte, dass ich Maler sei und versucht hätte, hier ein zweiter Paul Gauguin zu werden. Dieses herrliche Gefühl, wenn der Alkohol über den Magen die Blutbahn erreicht, ich werde dann redselig wie ein altes Waschweib."

Dagobert sah Leona an, nahm einen Schluck Rum und fuhr fort. „Es ist unglaublich, was man in diesem Zustand der alkoholisierten Euphorie, bevor das Ganze umkippt, so von sich gibt. Man vermengt Wahrheiten mit Halbwahrheiten und blanke Erfindungen und Lügen so miteinander, dass man der festen Überzeugung ist, die reine Wahrheit zu verkünden.

Man glaubt an seine eigenen Lügen.

Ein herrlicher Zustand. Wie verliebt sein. Die Dame hörte mir ohne mit der Wimper zu zucken zu, bis ich mein drittes Bier ausgetrunken hatte, schob mir dann eine Visitenkarte, an der ein größerer Dollarschein klebte, zu und sagte: Morgen 10.00 Uhr bei dieser Adresse, nüchtern und mit ordentlicher Frisur."

Der Kellner kam an den Tisch. Leona bestellte einen zweiten Cortado und Dagobert noch einen Rum.

„Erzähle weiter!"

„Ich war pünktlich 10.00 Uhr bei der Adresse, die auf der Visitenkarte stand. Nüchtern, gewaschen und mit ordentlicher Frisur. Das Haus entpuppte sich als kleine Villa. Ich wurde von einem einheimischen Dienstmädchen in einen Salon geführt und gebeten, Platz zu nehmen. Auf Vitrinen und an den Wänden standen und hingen unzählige Bilder eines jungen, blauäugigen Mannes mit einem schwarzen Band über der oberen Ecke. Kurz und knapp, es war der Sohn, der bei einem Bootsausflug im Drogenrausch über Bord gegangen und ertrunken war. Die Frau bot mir an, die Souterrainwohnung der Villa zu beziehen, weiter zu malen und die Finger weitgehendst vom Alkohol zu lassen."

„Und du bist damit klargekommen?"

„Ich trank anfangs am Tag nur noch so viel, dass man mir kaum etwas anmerkte. Mein richtiges Leben begann erst am Abend. Mein Glück war, dass die Dame allmählich an Demenz zu leiden begann. In einem ihrer hellen Momente machte sie mich zum Erben ihrer gesamten

Hinterlassenschaft, da keinerlei Verwandte von ihr mehr existierten. Die Bedingung war, dass ich mich um sie kümmern sollte, da sie unter keinen Umständen aus ihrer Villa in irgendeine Pflegeanstalt eingewiesen werden wollte."

Dagobert sah auf's Meer hinaus.

„Es war eine schwere Zeit. Meine Wohltäterin verfiel zusehends, was eigentlich kein Wunder war, denn sie ging straff auf die 90 zu. Ihre Demenz nahm Ausmaße an, die es mir schwer machten, sie zu betreuen. Wenn sie mich sah, fragte sie oft, wer ich sei und was ich wolle. Sex käme für sie nicht mehr in Frage und ich sollte nicht wagen, sie zu entkleiden.

Am nächsten Morgen stolzierte sie nur mit Leggins begleitet durchs Haus.

Schlimm wurde es, als sie nackt an den Strand lief und jungen Männern unzüchtige Angebote machte. Maria, das Dienstmädchen, und ich fingen sie dann am Strand wieder ein und führten sie, in eine Decke gehüllt, ins Haus. Ich war nahe daran, mein Versprechen zu brechen und sie gegen ihren ausdrücklichen Willen in eine Pflegeanstalt zu geben. Eines Morgens stürzte sie die drei Stufen die Treppe zum Garten hinab, erlitt einen Oberschenkelhalsbruch, kam ins Krankenhaus und verstarb wenig später an einer Lungenentzündung."

„Und du warst plötzlich ein reicher Mann?"

„Kommt darauf an, was man unter Reichtum versteht. Verglichen mit Bill Gates, Warren Buffett , Aldi etc. bin ich ein armes Würstchen.

Verglichen mit dem Durchschnittsmalocher in Deutschland bin ich ein reicher Mann. Das Erbe bestand aus der Villa, rund zwei Millionen Dollar, einer Jacht und Maria, dem Hausmädchen."

Leona sah Dagobert an. „Du hast das Mädchen geerbt?"

„Nicht direkt, aber Maria wusste nach dem Tod ihrer Arbeitgeberin nicht wohin, und so behielt ich sie eine Weile."

„Eine Weile?"

„Maria bot mir ihr Bett und ihren Körper an und ich machte, wenn ich mal halbwegs nüchtern war, Gebrauch davon. Dabei erfuhr ich so nach und nach, dass sie die Geliebte des Sohnes gewesen war und gleichzeitig ein Verhältnis mit Francesco, dem Seemann, der die Jacht befehligte, hatte."

Dagobert nahm noch einen tiefen Zug Bier, bevor er fortfuhr.

„Es war eine Zweckgemeinschaft. Maria behielt ihren Lohn und ich hatte was warmes im Bett, wenn mir danach war. Ein Jahr später bat mich Maria um ein Darlehen, da sie eine kleine Merengue-Tanzschule, speziell für Touristen, in Strandnähe eröffnen wollte. Ich gab ihr das Geld ohne Rückforderung und sie führt seitdem mit dem Seemann Franceso und ihrem kleinen, aber feinen Tanzetablissement, das gleichzeitig ein Edelpuff ist, ein glückliches und zufriedenes Leben."

Leona hatte die letzten Sätze Dagoberts kaum noch wahrgenommen. Bei der Erwähnung der Jacht hatte es in ihrem Kopf klick gemacht und irgendwo weit hinten in ihren Gehirnwindungen hatte sich schleierhaft etwas festgehakt. Fall nicht mit der Tür ins Haus, ermahnte sie sich.

„Wie ist deine Wohltäterin hier als Deutsche zu so einem Vermögen gekommen, Dagobert? Ist mir schleierhaft."

„Hildegard hat im vorletzten Kriegsjahr geheiratet. Ihr Mann war Gauleiter in einer Stadt im Fränkischen und ist rechtzeitig in die Dominikanische Republik abgedampft.

Hat hier eine kleine Autowerkstatt eröffnet. Er war gelernter Autoschlosser. Im Laufe der Zeit ist es ihm gelungen, eine Vertretung für amerikanische Autos aufzubauen. Dann hat er seine Frau, die in Bayreuth das Kriegsende überlebt hatte, nachgeholt. Das Geschäft mit Pontiacs und Chevrolets für die Betuchten hier und sein Lungenkrebs, so an die 60 Lunten pro Tag, haben sich prächtig entwickelt, und während sein Autohandel in voller Blüte stand, hat der Krebs ihn erledigt."

„Hast du die Jacht benutzt?" Der andere Scheiß interessierte sie einen Schmarren. Ihr waren, während Dagobert erzählte, die merkwürdigsten Dinge durch den Kopf gegangen. Alina, Klimpke, die Jacht. Ihre Gedanken schwirrten um ihren Todfeind und diese Jacht wie Nebel über Morgenwiesen. Er ist da, lässt sich aber nicht greifen.

„Nur zwei Mal", antwortete Dagobert. „Bin mit Francesco rausgefahren, um die Wale zu beobachten, aber mir wird so schlecht durch das Geschaukle, dass selbst der Wodka über die Reling geht. Absolut nicht mein Ding. Werd sie über kurz oder lang verkaufen, obwohl man eine Menge Geld damit machen könnte."

„Wie das?", Leona hatte das Gefühl, dass ihre Ohren die Form von sehr großen Salatblättern annahmen.

„Der Sohn hat die Jacht benutzt, um Drogen auf dem Meer zu übernehmen. Die haben das ganz raffiniert gemacht. Die Jacht wurde mit geschmuggelten Whisky beladen und zwar an Stellen, die der Zoll bei Kontrollen finden musste. Die Strafe wurde bezahlt, die Zöllner erhielten ihr Deputat an Jack Daniels und alle waren zufrieden. Die Drogen befanden sich außen an der Bordwand unterhalb der Wasseroberfläche."

„Würdest du die Jacht ausleihen?"

„Eigentlich nicht, aber einen Ausflug mit dir raus auf's Meer könnte ich mir schon vorstellen." Dagobert sah sie mit einem leichten Glitzern in den Augen an. Leona lief ein kalter Schauer über den Rücken.

„Ich würde eine Freundin mitbringen."

„Ruf mich ganz einfach an, Leona." Dagobert schob ihr seine Visitenkarte über den Tisch. „Ich würde dann Francesco Bescheid sagen."

***

„Was ist mit der Aktie los, Arnt? Da stinkt doch was zum Himmel. Wenn da nicht im großen Stil manipuliert wird, fresse ich einen Besen, der jahrelang in der Jauchen-grube gestanden hat. Das kann nie und nimmer mit rechten Dingen zugehen."

Maibach holte tief Luft und wollte fortfahren, aber Asbach war schneller. „Wenn du uns vielleicht zu dieser frühen Morgenstunde erst mal einen Kaffee eingießen würdest, könnte ich eventuell etwas dazu sagen."

„Entschuldige Arnt, aber das Ding geht auf keine Kuhhaut. Die liebe ..."

„Gieß erst mal ein, bevor dich der Schlag trifft!"

Maibach goss Kaffee ein und Asbach sah, dass seine Hand dabei ganz leicht zitterte.

„Die liebe Gertrud verkauft all ihre ST&T-Aktien mit leichten Verlusten, weil dieses verdammte Zockerpapier wie ein toter Vogel vom Börsenhimmel fällt, und kurz darauf läuft diese Scheißaktie wieder gen Norden. Kannst du dir nur im Entferntesten vorstellen, wie Gertrud mir die Hölle heiß macht. Du kommst dabei übrigens auch nicht besonders gut weg."

„Ruf Gertrud an und sag ihr, sie soll, soviel sie kann, zurückkaufen!"

„Du willst mich wohl in der Hölle schmoren sehen? So was nennt sich nun Freund. Nicht zu fassen!"

„Lass mich gefälligst mal ausreden, du aufgezwirbelter Uhu. Der Steigenbergerclan musste auf Grund einer größeren Fehlspekulation die Gewinnerwartung des Unternehmens nach unten korrigieren. Logisch, dass die Aktie einbrach. Dazu kommt, dass Steigenberger kurz davor still und heimlich ein größeres Aktienpaket verkauft hat."

„So ein verdammtes Schlitzohr! Muss er sich dafür nicht verantworten?"

„Wenn das geschickt über Strohmänner erfolgt, muss das nicht unbedingt rauskommen.

„Ich denke, Insiderverkäufe sind meldepflichtig."

„Sind sie, nur wo ein Wille ist, ist auch ein Gebüsch, und in einem solchen, wenn es dicht genug ist, kannst du nur schwer Spuren verfolgen."

„Und warum soll Gertrud jetzt diese Zockeraktie zurückkaufen?"

„Weil heute Morgen eine Ad-hoc-Meldung im Internet zu lesen war."

Asbach nahm einen kräftigen Schluck Kaffee.

„Es gibt eine Art von Sadismus", Maibach sah sein Gegenüber frustriert an, „der weitaus schlimmer ist, als wenn dir ein Folterknecht das Ohr in den Schraubstock spannt, dir ein Messer hinlegt und die Bude anzündet."

„Gemach, gemach, mein lieber Hannes, es ist erst acht Uhr dreißig. Also noch genügend Zeit, die Order zu platzieren. Um es kurz zu machen, in der Ad-hoc-Meldung hieß es, es gäbe ein Übernahmeangebot der

Bengtsson AG für ST&T."

„Und?"

„Die Bengtsson AG ist eines der größten schwedischen Bauunternehmen, das in Skandinavien, England, den USA und Lateinamerika arbeitet. Wenn ein solches Unternehmen eine Übernahmeofferte macht, schießen die Aktien des kleineren Unternehmens gen Himmel. Dazu kommt, dass Steigenberger mit seiner neuen Eroberung im Sommer in Schweden Urlaub gemacht hat und zufällig mit einem Manager der Bengtsson AG in einer Fernsehsendung zu sehen war."

„Und das soll der ST&T-Aktie Flügel verleihen?"

„Worauf du einen lassen kannst, mein lieber Hannes. Die Aktie von ST&T schießt heute nach oben, dass alle, die vorzeitig verkauft haben, blutige Tränen weinen werden. Also ruf deine Gertrud an"

„Wo ist der berühmte Haken, Arnt?"

„Wenn die Meldung sich als Seifenblase erweisen wird, und das wird sie aller Wahrscheinlichkeit nach über kurz oder lang, könnten für ST&T schwere Zeiten anbrechen."

„Dann wird mich Gertrud zu Frikassee verarbeiten, statt Salz Arsenik zum Würzen verwenden und dich zum Essen einladen."

„Ich hab ja nicht gesagt, dass sie die Aktie behalten soll. Kaufen, steigen lassen, verkaufen."

„Also zocken?"

„Zocken scheint mir zur Zeit die einzige Möglichkeit, noch bescheidene Gewinne zu machen. Die Börse hat sich leider stark verändert und das nicht zum Guten. Ein unbedachtes Wort kann heute ein ganzes Unternehmen in die Insolvenz treiben.

Dazu kommen unvorstellbare Geldströme, die täglich um den Globus gejagt werden und die nicht mehr zu kontrollieren sind.

Allein die Chinesen haben über eine Billion Dollar gehortet, den größten Devisenschatz der Welt. Gute 200 Milliarden davon hat Peking in einen Investitionsfond gesteckt, um damit weltweit auf Einkaufstour zu gehen, selbstverständlich auch bei uns.

Wenn die es darauf anlegen würden, könnten die über Nacht nahezu jeden großen Konzern in Deutschland an der Börse den Garaus machen. Machen die aber klugerweise nicht, denn die wollen auf jeden Fall mitverdienen.

Der Staatskapitalismus Chinas stellt für Deutschland eine nicht zu unterschätzende Gefahr dar. Wer sich nach außen öffnet, in den kann man letztes Endes auch problemlos eindringen.

Nicht umsonst hat sich China mit mehreren Milliarden Dollar bei Blackstone eingekauft. Die Blackstone Group hat ihre Mitarbeiter nicht nur in allen Großstädten der USA sitzen, die agieren weltweit. Eine ihrer Außenstellen befindet sich zum Beispiel in Düsseldorf. Blackstone hat für 1,4 Milliarden Euro über 30 000 Wohnungen in Kiel, Wuppertal und Mönchengladbach von der Beteiligungs- und Grundbesitz AG WCM übernommen.

Die sitzen bei Gerresheimer, der Allianz, bei Wolfskin, in großen Hotelketten und weiß der Teufel wo noch mit drin. Mit rund 2,7 Milliarden hat sich Blackstone bei der Deutschen Telekom eingekauft und wer sitzt bei Blackston im Hintergrund, mein lieber Hannes? Ehemalige Konzernchefs und aktuelle Beraterfirmen aus dem guten, alten Deutschland."

„Gab es im Zusammenhang mit Blackston nicht die berühmte Heuschreckendebatte?"

„Die gab es tatsächlich, und Mister Schwarzmann, der

Mitbegründer und Vorsitzender des Aufsichtsrates von Blackstone, fragte daraufhin empört die Bundeskanzlerin, wie ein hochrangiger deutscher Politiker ihn mit einem Insekt vergleichen könne."

„Wie wird bloß diese wunderbare Erde in 50 Jahren aussehen, Arnt?"

„Die Schaben wird es dann jedenfalls immer noch geben. Bill Clinten hat den Satz geprägt, dass nur die Schaben und Keith Richards von den Rolling Stones einen Atomkrieg überleben würden."

„Wieso gerade die Schaben?"

„Weil die einige Zeit ohne Kopf überleben können."

„Dann wird aber ein großer Teil unserer Politiker mit überleben", lachte Maibaum. „Aber zurück zu ST&T. Woher weißt du eigentlich von den Insiderverkäufen?"

„Ich habe mal, wie du sicherlich noch weißt, einige Zeit bei einem gewissen Privatdetektiv gearbeitet."

„Könnte man Steigenberger nicht aufgrund dieses Insiderhandels drankriegen?"

„Was würde das bringen, Hannes? Maximal einige hunderttausend Euro Geldbuße und vielleicht eine kleine Strafe auf Bewährung, wenn wir das, was wir bisher bei den Autobahnbetrügereien beweisen können, dazu rechnen. Ich will diesen Kerl, seinen Adjutanten Klimpke und das ganze Geschmeiß, das im Lolita die Sau rausgelassen hat, hinter Gittern sehen und zwar auf längere Zeit.

***

Die Reise hierher in die Dominikanische Republik

scheint sich zu lohnen, dachte Klimpke. Wenn der Deal mit der Jacht klappen sollte, brauchte er sich nicht mehr mit diesem Scheißautobahnbau herumschlagen und sich von diesem Arschloch Steigenberger wie ein dummer Junge abkanzeln lassen, wenn mal eine Kleinigkeit aus dem Ruder lief.

Diesen Hauptkommissar Asbach sollte der Heini doch selber aus dem Verkehr ziehen.

Das Päckchen mit dem Koks lag wohlverwahrt in seinem Bankschließfach.

War schon ziemlich clever, was ihm Alina vorgeschlagen hatte. Wenn das klappte, hätte er ein für allemal ausgesorgt. Dieses Weib war schon ein gewieftes Luder. Die Idee mit der Jacht, dem Alkohol und den Drogen außenbords war nicht schlecht. Er würde es probieren. Man könnte damit in relativ kurzer Zeit ´ne Menge Heu machen. Und dann ab nach Udon Thai. Die schönen, jungen, grazilen Thaimädchen in Nutty Park waren ihm noch von einer viel zu kurzen Urlaubsreise in bester Erinnerung.

Vorerst allerdings würde er es mit dieser Bumsnudel Alina machen. Immerhin war die scharf wie eine sibirische Sense. Warum das Weib ihm kein Zimmer in dem Hotel, in dem sie selber wohnte, reserviert hatte, war ihm allerdings ein Rätsel. Auch einige andere Sachen waren nicht ganz koscher. Dass sie den Schlüssel für das Bankschließfach verloren hatte, in dem sie das über-wiesene Geld aufbewahrte, konnte stimmen, konnte aber auch ein Trick sein.

Er warf sich das leichte Jackett über die Schulter, verließ das Hotel und schlenderte zum Jachthafen. Sie wollten heute eine Probefahrt machen. Ohne Alkohol und ohne Drogen. Einen Blindversuch sozusagen. Von dem verwitterten Seemann, den Alina ihm gestern als Kapitän der Jacht vorgestellt hatte, ging etwas aus, das ihm nicht behagte. Er würde auf alle Fälle vorsichtig sein, alles registrieren und in seinem nahezu fotografischen Gedächtnis speichern.

Vertrauen ist gut, Misstrauen ist besser, fiel ihm ein Spruch seines Vaters ein.

Vielleicht ließe sich das Unternehmen, wenn er die Abläufe genau kannte, im Alleingang durchführen. Teilen war noch nie sein Ding gewesen.

Alina stand bereits am Kai und winkte. Mann, sah das Weib scharf aus. Kurzer schwarzer Stretchrock, weiße Bluse und rotblonde Mähne.

Je rostiger das Dach, um so feuchter der Keller, dachte er. Dich nagle ich heute, dass du denkst, Poseidon spießt dich mit seinem Dreizack auf.

Sie bestiegen die Jacht. Er nickte dem verwitterten Seemann kurz von oben herab zu. Sah nicht gerade wie ein Kapitän aus, der Mann. Irgendwie erinnerte der Kerl ihn an einen alten Schauspieler. Musste sein Handwerk aber immerhin verstehen, wenn er so riskante Fahrten mit Drogen gemacht hatte.

„Wie bist du eigentlich an dieses Boot gekommen, Alina?"

„Ein Freund aus alten Zeiten stellt es mir zur Verfügung."

Aha, dachte Klimpke, sieht verdammt nach Russenmafia aus.

Dass Leona die Jacht besorgt hatte, dachte Alina, durfte Klimpke auf keinen Fall erfahren. Leona hatte ihr gedroht, das Unternehmen sofort abzubrechen, wenn Klimpke mitbekommen sollte, dass sie hier war. Da stimmte was nicht, aber das sollte ihr egal sein.

Sie hatten inzwischen den Hafen verlassen.

„Geh`n wir runter?" Alina zeigte in Richtung des Salons.
In einem Sektkühler stand eine Flasche Champagner.
Klimpke öffnete die Flasche und goss ein.
„Auf dass unser Vorhaben gelingt, Prost Alina!"
„Prost Marian! Hast du die Unterlagen mit?"
„Scheiß auf die Unterlagen, ich brauch erst mal was zum Anlegen."
Er drehte Alina um, schob ihr den kurzen Rock bis zu den Hüften hoch, riss dieses winzige Ding, das ihre Öffnung versperrte, nach unten, packte mit beiden Händen ihre Hüftknochen und drang wild in sie ein. Alina verspürte so etwas wie Ekel. Ihre Gedanken waren wieder bei Leona. Sie hatte, bis sie diese Frau kennenlernte, nicht gewusst, dass sie sowohl Männer als auch Frauen lieben konnte. Trotzdem war das harte Ding jetzt in ihr weitaus aufregender als der weiche Leberwurstzipfel dieses fetten Dagoberts Sie hatte es nur Leona zuliebe getan. Wenn sie an die Fettschürze des Kerls dachte, die bis über sein Gemächt hing, wurde ihr übel. Sie ließ sich auf den Boden der Kajüte fallen und zog den Mann auf sich.
Als es vorbei war, rollte sich Klimpke von ihr herunter, erhob sich, zog seine Hose hoch, griff sich den Champagner und nahm einen tiefen Schluck direkt aus der Flasche.
Sie blieben noch einige Stunden auf dem Meer. Klimpke versprach, ihr die Unterlagen zum Autobahnbetrug auszuhändigen, aber erst dann, wenn der Deal mit den Drogen funktioniert hatte.
Alina war klar, dass sie mit diesem Material Steigenberger zwar empfindlichen Schaden zufügen konnte, ihn vielleicht für kurze Zeit hinter Gitter bringen würde, aber für das, wovon sie träumte, brauchte sie das Material aus seinem gut gesicherten Keller.

Als sie wieder anlegten tauchten zwei Zöllner auf. Sie fanden nichts auf dem Boot und waren enttäuscht. Alina spendierte jedem eine Flasche Rum und die beiden Männer zogen zufrieden ab.

***

„Wie war`s?" Leona nahm einen Schluck von ihrem Cortado.

„Ging so." Dass sie mit Klimpke gevögelt hatte, musste sie Leona nicht unbedingt anvertrauen. Sie wusste, dass ihre neue Freundin den Mann hasste wie die Pest.

„Ist er angesprungen?"

„Darauf kannst du Gift nehmen. Wenn der was vom großen Geld hört, brennen bei dem alle Sicherungen durch. Das Problem ist nur, wird dein Dagobert die Jacht zur Verfügung stellen?"

„Lass das getrost meine Sorge sein. Dagobert will die Jacht über kurz oder lang sowieso abstoßen. Da ist es nur verständlich, dass ein Interessent das Boot testen will."

„Und du bist sicher, dass mit Zoll oder Küstenwache alles glatt geht? Wenn nicht, kannst du dich auf was gefasst machen. Mit Drogen verstehen die hier keinen Spaß? Was glaubst du, was uns da blüht? Hier ist ein Deutscher, weil er mit 100 Gramm Kokain erwischt wurde, zu 5 Jahren verknackt worden. Wegen 100 Gramm, Leona. Den Knast von Puerto Plata kannst du nicht mit den Paradieskittchen in Deutschland ..."

„Mach mal Pause, Alina. Das Land hier steht in der Liste der korrupten Länder ziemlich weit oben. Korruption gehört hier zur Überlebensstrategie. Wenn du von etwas mehr als einem Dollar am Tag leben müsstest, würdest du wahrscheinlich jede, aber auch jede Gelegenheit nutzen, um zusätzlich an ein paar Mäuse zu kommen.

Über die Hälfte der Bevölkerung lebt hier in Armut, da gibt es kein Hartz IV, kein Kindergeld, kein Elterngeld, kein Wohngeld, keine Tafel, wo sich die Armen wenigsten das Notwendigste zum Überleben holen können.

Hier teilen weniger als 20 Familien über 50% des Landes unter sich auf. Armut ist hier wie überall, wo die Raffkes regieren. Armut ist die Mutter der eineiigen Zwillinge Kriminalität und Korruption. Die beiden gehen hier Hand in Hand durch die Straßen, sitzen in den Cafès, den Etagen der Verwaltungen, lümmeln in den Polizei-stationen und beim Zoll herum und warten, warten mit aufgehaltenen Händen darauf, dass etwas hineinfällt.

Die meisten der Männer haben Familien mit 5 bis 10 Kindern. Und diese Kinder schreien und weinen, wenn sie hungern müssen. Wenn du ..."

„Hör auf! Ich schenk dir zum Geburtstag eine Leninbüste. Ich weiß ungefähr, wo du hinwillst. Du suchst eine Entschuldigung für das, was du vorhast."

„Und das wäre?"

„Du wirst den Zoll, die Küstenwache oder ‚was weiß ich, bestechen."

„Was bist du für ein kluges Mädchen, Alina. Mach dir keinen Kopf, läuft alles über diese Maria. Die hat nach dem Tod des Sohnes von Dagoberts Wohltäterin versucht, das Drogengeschäft weiterzuführen. War aller Wahr-scheinlichkeit nach eine der Geliebten des jungen Mannes und wusste über die Logistik des Unternehmens Bescheid. Soviel ich erfahren konnte, ist sie an zu wenig Eigenkapital gescheitert.

"Und auf diese Maria ist Verlass?"

„Die ist Dagobert bis an ihr Lebensende dankbar. Dazu kommt, dass Zöllner und Polizisten zu ihren Stammgästen zählen. Sie räumt der Obrigkeit gewisse Freiräume und Rabatte ein. Solche Vergünstigungen verursachen oft die Bildung des Grauen Stars. Bei außergewöhnlichen Zuwendungen kann das bis zu vorübergehender Blindheit führen."

„Wer zahlt diese außergewöhnlichen Zuwendungen?"

„Maria will zehn Prozent vom Reinerlös der Fahrten." Leona nahm einen Schluck von ihrem Cortado. „Was hast du übrigens mit Klimpke vereinbart?"

„Fifty fifty. Das hat dem Kerl zwar nicht gepasst, wollte siebzig Prozent, hatte aber keine Chance gegen mich, da ich den Deal jederzeit platzen lassen kann. Bleibt die Frage, wann schnappen die Handschellen zu?"

„Sobald ich Dagobert Bescheid sage, gibt er Maria das Zeichen."

„Wieso sollte dein Dagobert da mitmachen?"

„Weil ich ihm eingeheizt habe. Alkoholiker erinnern sich, wenn sie randvoll waren, am nächsten Tag an fast nichts mehr. Nur Angstgefühle tauchen im Unterbewusstsein wieder auf. Dagobert hat Todesangst vor dem hiesigen Knast. Ich habe ihm eingeredet, dass die Leute aus unserer gemeinsamen Zeit immer noch hinter ihm und dem Geld der ermordeten Ziegenbalg her sind und dass ich einen der Kerle hier am Hafen mit einem Polizisten gesehen habe."

„Und das hat er dir abgenommen?"

„Ich hab ihm eingeredet, dass ich den Polizisten kenne und dass der den Kerl von uns fernhält. Alkoholiker haben ab einem bestimmten Stadium ihrer Sucht ein völlig gestörtes Verhältnis zur Realität. Dazu kommen schwere Angstzustände und Halluzinationen, die sie dann mit weiterem Alkohol bekämpfen müssen. Ein Kreislauf, der letzten Endes ..."

„Hör auf, du vergällst einem ja jeden Schluck Wein."

„Zwei Atlantico!", rief Leona lachend dem Kellner zu. „Aber zurück zu unserem Unternehmen. Wir werden die Sache ganz langsam angehen, lassen den Idioten ruhig einige Fahrten machen und Geld verdienen. Der muss vor Geldgier den Verstand verlieren, muss sich für den ausgepufftesten Ganoven im Lande fühlen. Dann, wenn dem Kerl die Dollars auf den Pupillen kleben, geb ich Dagobert das Zeichen."

Alina sah Leona voller Bewunderung an. "Darf ich dir einen Kuss geben?"

Leona nahm sie in die Arme. Als der Kuss fordernder wurde, schob sie Alina sanft von sich.

Für die Dauer dieses Kusses war das undefinierbare, unangenehme, nicht greifbare Gefühl aus Alinas Bauch verschwunden, das bei ihr immer Gefahr signalisierte. Als sie zurück zu ihrem Hotel ging, war es wieder da. Alina wusste, dass ihr Bauch manchmal Signale aussandte, auf die sie hören sollte.

Leider wurden diese Signale durch das verdammte Kribbeln überlagert, das sie überfiel, sobald sie Leona sah. Alina wusste aus bitterer Erfahrung, dass oft gerade die mit großer Präzision vorbereiteten Unternehmungen gegen die Wand liefen.

Was sie an der ganzen Sache aber um den Schlaf brachte, war die Übergabe der Dokumente durch Klimpke, mit denen sie Steigenberger an den Pranger stellen wollte. Ihr kamen langsam Zweifel, ob das Windei überhaupt die Dokumente hatte. Sie würde, sobald er die erste größere Summe in den Händen halten würde, ihn vor die Wahl stellen: die Dokumente oder es war die letzte Fahrt. Sollte ihr etwas zustoßen, wusste Leona jedenfalls, was noch in Steigenbergs Keller lagerte.

***

Diesen Klimpke würde man schnellstens austauschen müssen.

Markus Steigenberger nahm einen tiefen Zug aus seiner Zigarette und blies kunstvolle Rauchringe in Richtung Decke.

War wahrscheinlich übergeschnappt, der Kerl. Geld verdirbt den Charakter, dachte Steigenberger. Aber was, wenn einer gar keinen Charakter hat? Sollte ihm dankbar sein, der Hirni. Säße ohne ihn wahrscheinlich auf der Straße, bei den krummen Geschäften, die der Kerl als Bulle gemacht hatte.

Burnout, so ein Modescheiß. Kam wahrscheinlich wie anderer Blödsinn wieder mal aus Amerika. Brauche 3 Monate Auszeit, bin total erledigt, Burnout, hatte der Idiot am Telefon gesagt und war verschwunden.

Wer weiß, was dieser krumme Hund wieder ausbaldowerte. Sollte sich ordentlich besaufen oder mit einer Nutte seine verkeimten Gehirnzellen wieder frei vögeln. Dabei hatte der Kerl den Scheiß mit diesem Kleinschmidt wieder einmal ohne Absprache eingefädelt. Und jetzt wollte der verkrachte Subunternehmer dafür, dass er Insolvenz anmelden musste, über eine Millionen Entschädigung von der Firma.

Wollte sonst gewissen Leuten im Präsidium auf der Schießgasse einen Besuch abstatten. Steigenberger wusste genau, wie sowas dann ablief. Klappte die erste Erpressung, folgte die zweite.

Nicht mit ihm.

Nur gut, dass er für gewisse Spezialaufgaben noch den Russen hatte. War schon ein kluger Schachzug gewesen, als er den Tunnel- und Brückenbau an Jegor weitergegeben hatte. Kramer-Baugesellschaft, klang deutsch, gehörte aber der Russenmafia ,und die kamen nur schwer auf legalen Wegen an Aufträge.

War inzwischen nicht selten im Baugewerbe, dass deutsche Unternehmen Aufträge an die italienische oder russische Mafia weitergaben. Der Schaden, der daraus entstand, sollte in die Milliarden gehen. Na und? Die lasche Anwendung der deutschen Gesetze und der geringe Druck der Ermittlungsbehörden auf die mafiösen Strukturen im Land begünstigten ja schließlich jede Art von organisierter Kriminalität.

Warum sollte ein gestandener Unternehmer wie er nicht am großen Fressen teilnehmen? Steigenberger war klar, dass dieses Land niemals auf Dauer den jetzigen Wohlstand würde halten können. Da fraßen viel zu viele mit von dem süßen Brei. Und das waren nicht nur die weltweit agierenden Verbrechersyndikate.

Er nahm einen Schluck Hennessy und brannte sich eine neue Zigarette an. Solltest weniger qualmen, Alter, tut deiner Gesundheit nicht gut. Bist bei Jegors letzter Party mit den zwei heißen Nutten ganz schön außer Atem gekommen.

Er würde Jegor anrufen müssen. Hatte sich nach der Wende gut im Osten etabliert, der Mann. Besaß große und kleine Restaurants, hockte fest im Baugewerbe und im Drogengeschäft. Hatte Rostock als Umschlagplatz gewählt und hätte es besser nicht treffen können. Der

Wirrwarr nach der Wende war damals das ideale Pflaster für den Einstieg besonders der italienischen und russischen Mafia im Osten gewesen.

In Hohe Düne hatte er Jegor kennengelernt. Hellgrauer Anzug mit Weste, goldene Uhrkette, schmaler Kopf mit gestutztem Grauhaar, Goldrandbrille, vollendete Manieren und nahezu akzentfreies Deutsch. Englischer Aristokrat, hatte er gedacht, als er den Mann an der Bar gesehen hatte. Sie waren ins Gespräch gekommen, hatten mehrere Abende zusammen verbracht und Igor hatte sehr junge, sehr schöne, sehr aktive russische Mädchen in seine Suite bestellt.

Als sie vertrauter miteinander waren, hatte Jegor ihn mit seinem Adjutanten Danilo bekannt gemacht. Der Mann war für alle Operationen zuständig, die sich außerhalb der Legalität bewegten. Jegor hatte ihm versichert, dass er, Marcus, die Dienste Jegors uneingeschränkt in Anspruch nehmen dürfe.

Jetzt würde er Gebrauch davon machen. Dieser Kleinschmidt musste gestoppt werden. Ein für alle Mal.

Steigenberger griff zum Handy. Als Danilo sich meldete gab er ihm eine Reihe von Zahlen durch, die sich wie Börsenkurse anhörten.

„Ladno", sagte Danilo. Damit war das Gespräch beendet.

Steigenberger goss sich noch einen Hennessy ein und rief Hamburg an.

„Hallo Markus, du willst doch hoffentlich nicht absagen?" Irmtrauds Stimme klang besorgt.

„Ganz im Gegenteil, meine Liebe, komme bereits morgen gegen Mittag nach Hamburg."

War besser, wenn er für einige Tage verschwand .

„Freu mich auf dich, mein Lieber."

Hält sich bei mir in Grenzen.

„Ich mich auch."

„Soll ich Theaterkarten besorgen?"

Das fehlte mir noch.

„Würde mich freuen."

„Bleibst du bis Samstag?"

„Nein, dieses Mal nicht. Ist deine Challenger startklar?"

„Bei mir ist immer alles startklar, mein liebes Hähnchen."

„Würde gern mit dir eine Woche Urlaub in der Schweiz machen."

„Zürich?"

„Besser Lausanne, hab dort wieder bei der Credit Suisse einiges zu erledigen."

„Ich buche im Royal Savoy."

„Gute Wahl."

„Für wieviel Tage?

„Sagen wir eine Woche."

„Ich freue mich."

„Ich auch."

Werd`s überstehen.

Steigenberger stieg in den Keller, nahm den kleineren der Hartschalenkoffer vom Regal, öffnete den Safe und stapelte die Päckchen mit den großen Scheinen ordentlich ein.

Gut, dass er wieder ein größeres Aktienpaket an den niederländischen Pensionsfonds losgeworden war.

Das Papier lief nicht mehr so gut, wie nach der Ankündigung der geplanten Fusion mit Bengtson. Überhaupt wackelte das Unternehmen. Sollten die Banken eines Tages den Geldhahn zudrehen, war ST&T erledigt. Da war es immer gut, wenn man vorgesorgt hatte.

Natürlich war er nicht so blöd wie die Mehrheit der raffgierigen und bekloppten Deutschen, Konten in der

Schweiz einzurichten, um noch Zinsen, wenn auch sehr mickrige, mitzunehmen. Natürlich vergaßen die Knallschoten, dass die Steuerfahnder, wenn sie Blut oder vielmehr Geld geleckt hatten, wesentlich rabiater vorgingen als die Geldeintreiber auf St. Pauli.

Irgendwann würden die Schweizer Banken dem massiven Druck, den die USA ausübten, nachgeben müssen. Auch der Druck von Seiten der deutschen Finanzbehörden nahm ständig zu. Da würden bestimmt eines Tages einige Leute hinter schwedischen Gardinen landen und diese Gardinen waren bekanntlich aus sehr hartem und widerstandsfähigem Schwedenstahl gehäkelt. Nein, so blöd würde er nicht sein. Auch gut, dass er in verschiedenen Städten und unterschiedlichen Banken sich einen größeren Vorrat an Krügerrandmünzen zugelegt hatte. War schließlich offizielles Zahlungsmittel im Gegensatz zu Barren.

Er goss sich noch einmal ein.

Das Gelbe vom Ei war allerdings ein Tipp von Jegor gewesen. Eine größere Summe wird über Kreuzundquer-überweisungen an eine Scheinfirma in Moskau überwiesen. Diese Scheinfirma bezahlt mit dem Geld Leistungen der Firma in Deutschland, die nie erbracht worden sind. Das Geld wird anschließend ordnungsgemäß versteuert und ist sauber.

Die Bekanntschaft mit Jegor hatte sich auf alle Fälle jetzt schon gelohnt. Jegor hatte ihm dringend von seinen Drogengeschäften abgeraten. Wurde zu gefährlich. Die großen Clans duldeten keine Konkurrenz.

„Spielhalle!", hatte ihm Jegor empfohlen. „Da kannst du abrechnen und versteuern, was du willst. Kann niemand je nachweisen, wer wann wieviel verspielt oder gewinnt. Du gewinnst auf jeden Fall."

„Prost, mein lieber Markus. Sauf dir noch einmal einen Ordentlichen an, denn in Lausanne wirst du mit diesen ekelhaften Cocktails vorliebnehmen müssen. Er schüttelte sich jetzt schon, wenn er an diesen labberigen Sex on the Beach dachte. Lieblingscocktail von Irmtraud. Er würde diese Woche überstehen und sich dann im Waldgasthof schadlos halten.

***

„Lies das!"
Maibach schob die Zeitung zu Asbach.

Bauunternehmer von eigenem LKW zerquetscht
Der bekannte Bauunternehmen J. Kleinschmidt wurde gestern Abend an der Garagenwand seines Unternehmens von einem unsachgemäß abgestellten LKW zerquetscht. Für den Mann kam jede Hilfe zu spät. Er starb während der Bergungsarbeiten. Der Notarzt konnte nur noch den Tod des Unternehmers feststellen. Die Polizei geht davon aus, dass die Handbremse des Fünfundzwanzigtonners nicht ausreichend angezogen war. Fremdverschulden liegt nach den bisherigen Erkenntnissen nicht ... "

Asbach las und sah dann auf.
„Der Mann hatte Insolvenz angemeldet, konnte nicht einmal mehr seinen Fahrern den Lohn zahlen, weil der Projektmanager von ST&T verschwunden ist. Haben sehr

wahrscheinlich gemeinsam krumme Touren gemacht, die Halunken."

„Klimpke?", knurrte Maibach

„Wer sonst", erwiderte Asbach. "Ich nehme an, dieser Kleinschmidt wird sich an die Unternehmensleitung gewandt haben. Möglicherweise hat er dem Unternehmen gedroht."

„Erpressung?", warf Kowalski ein.

„Wäre nicht abwegig, die Vermutung", sagte Asbach.

„Was wahrscheinlich sein Todesurteil gewesen sein könnte", ergänzte Maibach.

„Die plötzliche Reise Steigenbergers noch vor dem dubiosen Unfall in die Schweiz", warf Kowalski ein, „könnte dafür sprechen. Denn ST&T beginnt zu wackeln."

Kowalski goss Kaffee ein.

Die drei Männer trafen sich einmal im Monat in seiner Detektei zu Gesprächen, die sie lieber nicht im Präsidium führen wollten. „Steigenberger", fuhr Kowalski fort, „hat bereits wieder über Strohmänner ein größeres Aktienpaket an einen niederländischen Rentenfonds verkauft. Der Mann spürt, dass sich der Sand bewegt, auf dem er sein Kartenhaus gebaut hat. Kein Wort mehr in den Medien über die Fusion mit der schwedischen Bengtsson AG. War garantiert eine bewusst lancierte Medienente."

„Wie kommst du bloß an solche Informationen?" Maibach sah Kowalski kopfschüttelnd an.

„Mein lieber Hannes, wie du weißt, gibt es in diesem Land das Bundesamt für Verfassungsschutz, den Bundesnachrichtendienst, den Militärischen Abschirmdienst, die Landeskriminalämter, das Bundeskriminalamt, die Oberstaatsanwaltschaften und wer weiß, was es da noch alles für Vereine gibt, die unsere Regierenden schützen müssen. Alle diese Einrichtungen und Ämter beziehen ihre Informationen teils aus den Medien und Personenbefragungen und andererseits über gut getarnte Observationen, Telefonüberwachungen, V-Leute und bezahlte Informanten. Nicht selten arbeiten diese Informanten nur für einen Geheimdienst. Alles eine Frage des Preises."

„Wo nimmst du das Geld her, um solche Informationen zu kaufen?"

„Erstens muss nicht immer gekauft werden, Hannes, auch Informationsaustausch ist gebräuchlich. Außerdem verfügen Geheimdienste über sehr große Geldmengen, über deren Verwendung sie niemand Rechenschaft ablegen müssen. Selbst Politiker der Bundesrepublik sollen vom CIA während des Kalten Krieges größere Geldmengen bezogen haben und ..."

„Politiker sind nicht an Weisungen gebunden, mein lieber Hannes, höchstens an Überweisungen, sagt Graf Fito", lachte Asbach.

„Geld korrumpiert die Welt", polterte Maibach.

„Zum Trost, mein lieber Hannes", fuhr Asbach fort, „liegt Deutschland in der Korruptionsliste von 168 untersuchten Ländern so auf Platz 10. Du kannst dir also vorstellen, was in Ländern wie Somalia, Sudan oder Afghanistan, die auf Plätzen über 160 rangieren, mit Hilfs- und Spendengeldern passiert."

„Korruption ist nur ein Schimpfwort für die Herbstzeiten eines Volkes, sagt Nietzsche", warf Kowlalski ein, erhob sich, ging zum Barschrank und kam mit einer Flasche zurück. „Einen Asbach, die Herren?"

War inzwischen Ritual geworden bei ihren Zusammenkünften. Kowalski und Maibach grinsten und

Asbach drohte ihnen mit ausgestrecktem Zeigefinger.

„Wie schon gesagt, das Steigenbergerimperium beginnt zu wackeln" fuhr Kowalski fort.

„Sollten wir da nicht langsam die Schlinge zuziehen?" Maibach sah fragend in die Runde

„Abwarten und Asbach trinken", erwiderte Asbach lachend. „Die Beweise, die wir bis jetzt der Staatsanwaltschaft vorlegen könnten, sind noch viel zu dürftig. Mit einigen schrägen Anwälten käme der Kerl wahrscheinlich ziemlich billig davon. Ich will den Mann und das ganzes Geschmeiß aus dem Lolita hinter Gittern sehen, und zwar für lange Zeit."

„Was schlägst du vor?" Kowalski sah Asbach an

„Ich werde ab sofort jedes Sanierungsprojekt von ST&T einer genauen Prüfung unterziehen. Die verarschen die Dolus Bank nach Strich und Faden, aber denen scheint das zu gefallen. Wahrscheinlich kassieren dort einige Leute in den obersten Etagen fleißig mit. Hab dort jedenfalls ein Konto eröffnet und werde meine Fühler ausstrecken.

„Sei vorsichtig, Arnt." Maibach kratzte sich am Kinn. „Mit diesen Leuten ist nicht zu spaßen, denk an Kleinschmidt."

„Keine Sorge, Hannes, ein alter Fisch wie ich schnuppert mehrmals am Haken, bevor er ihn schluckt."

„Darauf einen Asbach Uralt!" Kowalski hob das Glas.

***

In der Hotelbar herrschte weit nach Mitternacht immer

noch Hochbetrieb. Palmira und ihre zwei Mädchen hinter dem Tresen hatten alle Hände voll zu tun. Es wurde getrunken, gelacht und geliebt, dass man glaubte, im Garten Eden zu sein. Und für die über dreißigtausend Deutschen, die sich vorwiegend in Sosùa, aber auch hier in Samana angesiedelt hatten, war es tatsächlich eine Art Paradies.

Gauner, Betrüger, Steuersünder, Drogendealer, Pädophile, selbst Mörder hatten hier Unterschlupf gefunden. Es gab kein Auslieferungsabkommen mit Deutschland, und so hatte sich hier außer den Leuten, die vom Land der begrenzten Möglichkeiten die Nase voll hatten, auch der Abschaum der deutschen Gesellschaft angesiedelt.

Für drei Monate gab es problemlos die Touristenkarte. Wer länger bleiben wollte, musste ein astreines polizeiliches Führungszeugnis vorlegen, um eine Aufenthaltserlaubnis zu erhalten. Wer das nicht konnte, legte ganz einfach zweitausend Dollar hin und bekam, was er brauchte.

Damit konnte man das neue Leben beginnen und neue Betrügereien in Angriff nehmen. Regelrecht prädestiniert dafür waren ankommende Landsleute, die sich in ihrer anfänglichen Karibikeuphorie, erzeugt von strahlender Sonne, blauem Himmel, schneeweißen Stränden und türkisblauem Meer, hervorragend ausnehmen ließen.

Das Leben war eins der schönsten!

Es lebe das Leben!

Nur die Dummen und Vertrauensseeligen durften nicht aussterben. So lange es diese Schafe gab, konnte man gut von deren Wolle leben. War im Kleinen wie im Großen. Klimpke dachte an die Wahlversprechen und die darauf folgende, galoppierende Alzheimererkrankung der

Politiker, sobald sie ihre Plätze im Bundestag ergattert hatten. Dann konnten die Medien wieder mit Volldampf ihre „Über-Alles-Und-Nichts-Redner" aus den Startboxen auf die Herde loslassen.

Gott sei Dank interessierte sich hier kein Schwein für die täglichen Horrormeldungen aus der abgestreiften deutschen Heimat. Voller Grausen dachte er an die zehn oder mehr pro Woche im abendlichen deutschen Fernsehen abgezogenen Talkshows. Nichts als Gefasel und Profilierungssucht gegeneinander antretender Parteifuzzis. Nach einer Woche Talkshowgewäsch und Nachrichtensendungen wusste man mit Sicherheit, dass die Welt am Abgrund stand und Deutschland bereits einen Schritt weiter war.

Hier genoss man das Leben, die Liebe und den Suff.

Nur nach rechts oder links sollte man vielleicht besser nicht blicken. Die bittere Armut im Lande konnte einem den ganzen Tag vermiesen. Mit dem Geld, das er hier für seinen Whisky bezahlte, hätte ein Dominikaner seine achtköpfige Familie wahrscheinlich zwei Wochen ernähren können.

Klimpke dachte an den Spruch auf dem Überhandtuch in der Küche seiner Großmutter: Ein reines Gewissen ist das beste Ruhekissen.

So ein Scheiß.

Da müsste ja eine ganze Bankergeneration unter chronischem Schlafmangel leiden. Was da an Betrügereien in den letzten Jahren gelaufen war, passte auf keine Kuhhaut, nicht mal auf die Häute einer ganzen Herde. Da wurden Steuervermeidungsmodelle geschaffen, Libor und Euribor wurden manipuliert, durch Hypotheken-betrug und Urkundenfälschung in den USA verloren über eine Million Amerikaner ihr Haus, Devisenmanipulation und Nahrungsmittelspekulationen gehörten wahrscheinlich noch zu den Kavaliersdelikten.

Die Bank zahlte trotz eines Gewinneinbruchs von über 80 Prozent zweistellige Milliardenbeträge als Boni an ihre Mitarbeiter.

Der Gelackmeierte war der kleine Mann, der sein sauer verdientes Geld für die Altersvorsorge in Renten-und Aktienfonds angelegt hatte. Und das Beste an der Sache, die Oberbetrüger, unter deren Aufsicht und mit deren Billigung diese ganzen Schweinereien abliefen, spazierten frei, hoch erhobenen Hauptes durch die Lande. Sollte man sich da etwa wegen einiger läppischer Millionen, die man nicht auf die ganz saubere Tour verdiente, einen Kopf machen? Da müsste man ja mit der Muffe gepufft sein.

„Palmira, einen Absacker!"

Palmira schob ihm seinen dritten Whisky mit viel Eis über den Tresen.

Klimpke trank, seit er mit Palmira ins Bett ging, nur noch mäßig, da er festgestellt hatte, dass die Sauferei seiner Potenz stark abträglich war.

Was für ein Glück, dass er diese Frau kennengelernt hatte.

Ihre spitzen, festen Brüste mit den großen Himbeeren brachten ihn um den Verstand. Wenn er daran saugte, wurde das Weib so was von geil, wie er es noch bei keiner Frau erlebt hatte. Sie gebärdete sich, als wäre sie an die Steckdose angeschlossen. Er hätte Alina längst sausen lassen, aber ohne sie würde das Geschäft mit den Drogen nicht laufen.

Gevögelt hatte er sie schon lange nicht mehr und es schien ihr nichts auszumachen.

Möglich, dass sie es mit diesem Francesco trieb. Der Kerl

war auf jeden Fall scharf auf sie. Egal, das Geschäft lief wie am Schnürchen. Er hatte bei der dritten und vierten Fahrt insgesamt knapp 50 Riesen verdient.

Die nächste Fahrt würde ihn zum Millionär machen und dann war Schluss.

Palmira hatte ihn auf die Idee gebracht. Es würde alles wie immer laufen, nur mit dem Unterschied, dass die Ladung dieses Mal einige Millionen wert sein würde, Alina und Francesco von der Meeresoberfläche und dem Erdboden verschwinden würden und er mit der Jacht samt den Drogen in Puerto Rico landen würde. Palmiras Plan war perfekt.

Marian Klimpke kippte den Rest seines Whiskys hinter, stieg vom Hocker, zwinkerte Palmira zu und machte sich auf den Weg zu seinem Zimmer. In einer knappen Stunde würde sie ihm folgen, dann war die Bar leer.

Was er nicht mitbekam, als er im Fahrstuhl nach oben fuhr, war, dass einer der Gäste, ein gutaussehender, dunkelhäutiger Mann, Palmira einen Zettel in die Hand drückte und dann das Hotel verließ. Palmira ging zur Toilette, las, warf das Papier in die Schüssel, drückte die Spülung und ging zurück zur Bar.

Die letzten Gäste zahlten,. Die beiden Barmädchen hatten sich inzwischen einen Touristen für die Nacht geangelt und waren auf den Weg zu ihren Zimmern. Paolo an der Rezeption schlief.

Palmira goß eine kräftige Portion Rum in ihr Wasserglas, gab Limettensaft und einen kräftigen Schuss bittersüßen Cointreau hinzu und füllte mit Cola auf. Ihr besonderer Cuba Libre, der inzwischen bei den Touristen hoch im Kurs stand.

Schade um den Mann, dachte Palmira. Sah sehr gut aus mit seinen hellblauen Augen, war ein heißer Liebhaber und unersättlich im Bett. Man könnte noch viel Spaß mit ihm haben, aber morgen Nacht würde es vorbei sein. Der Befehl war klar formuliert. Es würde sich alles außerhalb der Dreimeilenzone abspielen. Nachdem die Ladung übernommen war, würde das große, seetüchtige Schlauchboot kommen. Sie würde aus ihrem Versteck auf der Jacht an Deck erscheinen und gemeinsam mit Marian diesen Francesco und das Weib ins Jenseits befördern. So hatten sie es geplant. Dass Marian anschließend von den Killern der Familie im Schlauchboot erledigt werden würde, wusste er nicht.

Wirklich schade, aber ihr blieb keine Wahl.

Palmira nahm noch einen kräftigen Schluck. Sie spürte die Wärme in ihrem Bauch und gleichzeitig die Angst, dass sie es vermasseln könnte.

Maria, ihre engste Freundin, hatte ihre Liebe mit dem Leben bezahlt.

Sie hatte Verrat an der Familie begangen und war bestraft worden. Touristen hatten sie am Strand gefunden. Sie war gepfählt worden. Nicht durch das After, sondern durch die Vagina. In ihrem Mund hatte ein Knebel gesteckt, der ihre furchtbaren Schmerzensschreie erstickt hatte. Der mit Schmierseife behandelte, oben abgerundete Pfahl war Maria in den Unterleib gerammt worden, dann hatte man ihn aufgerichtet. Ihre Qual musste entsetzlich gewesen sein und Stunden gedauert haben, denn der Pfahl hatte sich nur langsam durch ihren Körper gebohrt.

Palmira trank den Rest ihres Cuba Libre aus, goss sich noch einen Rum ein, trank, schüttelte sich und löschte das Licht in der Bar.

Als Palmira das Zimmer betrat, lag Marian Klimpke nackt auf dem Bett. Im Fernsehen lief ein Porno und Palmira sah das hoch aufgerichtete Glied des Mannes mit den pulsierenden blauen Adern. Der Anblick erregte sie so sehr, dass sie an das breite Bett trat, die glänzende Spitze des Penis in den Mund nahm und die Hand des Mannes zwischen ihr Schenkel drückte. Als Klimpke anfing zu stöhnen, gab Palmira ihn frei.

„Muss erst ins Bad."

„Beeil dich, sonst platzt das Ding."

„Explodieren wird er diese Nacht auf jeden Fall", lachte die junge Frau und verschwand im Bad.

Als Palmira wieder nackt und mit glitzernden Wasserperlen auf ihren spitzen Brüsten vor dem Bett stand, griff Klimpke zur Fernbedienung. Das letzte Stöhnen des Pornopaares verhallte. Palmira schwang sich rittlings auf den Mann. Ganz langsam ließ sie ihn in ihren Unterleib gleiten. Ein wohliger Schauer rieselte wie warmer Nieselregen über die Haut ihres Rückens.

Sie sahen sich in die Augen.

Schade, schade, schade, dachte Palmira. Was für eine Verschwendung. Bald wird dieses herrlich harte Stück Fleisch von irgend einem Fisch gefressen werden. Aber leider nicht zu ändern. Wer die Gesetze der Familie nicht befolgt, wird hart bestraft. Mit abgeschnittenen Brüsten und aufgeschlitzten Unterleib am Strand gefunden zu werden, war nicht besonders erstrebenswert.

Seit die Clans aus Kalabrien sich vor einigen Jahren auch in Puerto Rico ausgebreitet hatten, war jeder, der in ihren Maschen hängenblieb und ihr Gesetze missachtete, tot.

Ganz langsam begann sie sich zu bewegen. Sie schob sich, wenn sie ihren Unterleib anhob, ganz leicht nach hinten. Seine Hände griffen nach ihren Brüsten, drückten und rieben ihre Brustwarzen. Nachdem ihr Orgasmus verebbt war, schob er Palmira von sich herunter, drehte sie auf den Bauch und nahm sie von hinten. Palmira erwachte durch seine Wildheit erneut zum Leben, begann ihren Unterleib anzuheben und passte sich seinem Rhythmus an, dann starben beide zu gleicher Zeit den kleinen Tod.

Palmira lag auf dem Rücken und starrte zur Zimmerdecke. Der Mann neben ihr schlief den Schlaf der Erschöpfung. Sie wusste, dass er gegen Morgen mit frischen Kräften erwachen würde und das schönste Spiel des Lebens noch einmal mit ihr spielen würde.
Zum letzten Mal.
Aber sie konnte es nicht ändern. Ihr Leben hing von der Befolgung der Befehle ab. Und der Befehl, den ihr Fernando diese Nacht gegeben hatte, war klar und eindeutig. Die kommende Nacht würde die letzte Nacht des Mannes neben ihr sein. Befehlsverweigerung wäre ihr Todesurteil.
Palmira dachte zurück an die Zeit, als sie siebzehn Jahre alt war. Die Jungs in den Straßen von San Juan waren hinter ihr her gewesen wie ausgehungerte Moskitos nach frischem Säuglingsblut. Ihre dunklen Haare, die sie von ihrer mexikanischen Mutter geerbt hatte, und die himmelblauen Augen ihres deutschen Vaters, der vor zwei Jahren wie vom Erdboden verschwunden war, bildeten einen Kontrast, der junge und alte Männer tollwütig machte. Ihre schwellenden, jungen Brüste, die schlanken, langen Beine, die schmalen Hüften sowie ihre Arglosigkeit, gepaart mit der Sucht, sich aus der grauen Masse der Durchschnittsmädchen abzuheben, hatten sie ins Verderben gestürzt.
Sie hatte sich kurz nach ihrem siebzehnten Geburtstag unsterblich in Fernando verliebt. Hatte in seinem teuren

Auto ihre Unschuld verloren und davon geträumt, als Model über die Laufstege der Modezentren dieser Welt zu laufen. Fernando hatte ihr versprochen, all seine Beziehungen in die Waagschale zu werfen, damit ihr Traum in Erfüllung gehen würde.

Sie hatte ihm vertraut, obwohl ihre Mutter sie gewarnt hatte.

Auf einer Geburtstagsparty eines Freundes von Fernando hatte sie ihr Geliebter in ein Zimmer gebracht, in dem bereits drei junge Männer an einem Tisch saßen und rauchten.

„Ausziehen!" Fernandos Stimme hatte sie kaum wiedererkannt.

Sie war vor ihm zurückgewichen.

„Ausziehen ‚Schlampe!"

Sie hatte einen Schritt zur Tür gemacht.

Fernando war schneller gewesen. Er hatte sie am Arm gepackt und ihr mit einem Ruck die Bluse vom Leib gerissen.

„Mitmachen!", hatte er den Männern befohlen.

Sie hatten sich um sie gestellt und ihr ein Kleidungsstück nach dem anderen vom Körper gerissen.. Erst, als sie fast nackt inmitten der Männer stand, hatte sie angefangen zu schreien.

„Schrei, so laut du kannst, meine schöne Palmira", hatte Fernando hässlich grinsend gesagt. „Das Haus ist leer, hier kann dich niemand hören."

Die Männer hatten angefangen, sie überall anzufassen. Als einer ihr zwischen die Beine griff, hatte sie sich vorgebeugt und ihm mit aller Kraft in die Schulter gebissen. Der Kerl hatte laut aufgeschrien, ihr eine furchtbare Ohrfeige verpasst und dann hatten die Kerle sie aufs Bett geworfen. Während zwei sie festhielten, hatte einer sie vergewaltigt. Dann hatten sie sich abgewechselt.

Es war der Beginn eines Martyriums. Fernando hatte sie in ein Bordell gebracht, aus dem es kein Entrinnen gab. Sie hatte sich bei jedem Kunden während des Vollzugs tot gestellt. Das hatte sich rumgesprochen und es gab immer weniger Kunden, die nach ihr verlangten. Ihr war klar, dass man sie, wenn sie keinen Gewinn erwirtschaftete, über kurz oder lang entsorgen würde.

Ihre Sprachkenntnisse retteten ihr das Leben. Sie sprach außer ihrer Muttersprache Spanisch, auch noch fließend Deutsch, denn sie war zweisprachig aufgewachsen. Dazu kam noch Englisch, das sie im colegio gelernt hatte.

Fernando machte ihr klar, dass sie jederzeit an jedem Ort dieser Erde von der Familie, innerhalb der er einen gewissen Rang bekleidete, aufgespürt und eliminiert werden könnte.

„Befolge, ohne zu fragen, jeden Befehl, der dir übermittelt wird! Du wirst in die Dominikanische Republik gebracht und dort für uns arbeiten."

Woher der Clan die Informationen über die Drogenfahrten und den Mann neben ihr hatten, konnte Palmira nur ahnen. Sehr wahrscheinlich war sie nicht die einzige, die hier für die Familie arbeiten musste.

Nun lag sie hier, neben Marian, der die nächste Nacht nicht überleben würde. Natürlich war dieser Marian nicht sauber. Trotzdem empfand sie so etwas wie Zuneigung für ihn, was wohl hauptsächlich mit seinen blauen Augen zusammenhing, die sie heftig an ihren verschwundenen Vater erinnerten.

Palmira beugte sich über den Mann neben ihr, küsste ihn auf die Wange und rollte sich wieder auf ihre Seite des Bettes. Morgen Vormittag, wenn du ausgeschlafen bist, mein lieber Marian, kannst du mir die arabische Brille aufsetzten, und ich werde dich mit einem Blowjob glücklich machen, an den du noch in zwanzig Jahren denken würdest, wenn du dann noch …

***

„Die letzte Fahrt?" Alina sah Leona fragend an.

„Die letzte Fahrt! Du solltest, wenn du im Hafen die Jacht verlässt, vorsichtshalber für einige Tage verschwinden."

„Ich denke, es ist alles perfekt organisiert?"

„Ist es auch. Ich hab gesagt- vorsichtshalber. Maria hat ihre Instruktionen erhalten und Klimpke wird, nachdem ihr die Jacht verlassen habt, vom Zoll geschnappt."

Die Hotellobby war jetzt am frühen Nachmittag spärlich besucht. Leona winkte den Kellner. Sie bestellten Kaffee und zwei Atlantico Platino. An diesen weißen Rum konnte man sich gewöhnen.

„Der verdammte Kerl hat mir immer noch keine verwertbaren Unterlagen gegen Steigenberger übergeben." Alinas Stimme bebte vor unterdrücktem Zorn. „Was ich bis jetzt habe, ist Ramsch. Das reicht nicht mal für eine Bewährungsstrafe. Wenn der Gauner jetzt hinter Gittern verschwindet, war alles umsonst."

„Hast du im Ernst geglaubt, dass der ausgepuffte Gauner dir wirklich Material über seinen Chef in die Hände spielt, Material, mit dem er sich selber belasten würde?"

„Wahrscheinlich hat der Hass auf Steigenberger mein

Denkvermögen außer Betrieb gesetzt. Wenn ich jetzt darüber nachdenke, war das ein Wunschtraum, der bei mir die Realität verdrängt hat. Trotzdem, ich kann erst wieder ruhig schlafen, wenn der Mistkerl hinter Gittern sitzt."

„Wenn du meine Hilfe brauchen solltest, musst du es sagen, Alina. Soviel ich weiß, steht das Unternehmen ST&T unter Beobachtung einer Sonderkommission, die in Dresden zur Bekämpfung der organisierten Kriminalität gegründet worden ist. Die nehmen sich alle größeren Firmen des Regierungsbezirkes vor, bei denen der Verdacht besteht, dass sich mafiöse Strukturen entwickelt haben ...“

„Für den Fall", unterbrach sie Alina, „dass mir etwas zustoßen sollte ...“

„Red nicht so einen Blöd ...“

„Also für den Fall der Fälle", ließ Alina sich nicht beirren, „sollte mir etwas Unvorhergesehenes zustoßen, gebe ...“

„Hör auf mit dem Quatsch, die Sache ...“

„Hör mir bitte jetzt genau zu, Leona." Alinas Stimme hatte einen Klang, dass Leona schwieg.

„Eines Abends, als Markus sehr stark betrunken war und die Prahlsucht wieder mit ihm durchging, nahm er mich mit in seinen Keller. Dort ist im hinteren Teil ein Minikino eingebaut. An der Wand befindet sich ein Safe. Markus tippte einige Zahlen ein, öffnete den Panzerschrank, zeigte auf den Inhalt, grinste und sagte, dass das Material in diesem Schrank eine Sprengkraft hat, dass ein Kilo TNT dagegen die Wirkung einer Knallerbse hätte. Wenn er diese Ladung zur Explosion bringen würde, könne das eine Staatskrise auslösen."

„Hat er gesagt, was das Material enthält?" Leona war

hellwach.

Alina nahm einen Schluck von ihrem Rum.

„Versuch dich zu erinnern, Alina!" Leonas Puls schnellte nach oben.

„Hat was von sehr hochgestellten Personen und sehr, sehr jungen Mädchen gefaselt. Wenn ich das richtig verstanden habe, ging es um so etwas wie ein Kinderbordell."

Leona holte tief Luft. „Konntest du dir die Zahlenkombination merken?"

„Was denkst du eigentlich, warum ich dir das erzähle? Sollte irgendwas schiefgehen in dieser Nacht, hoffe ich, dass du den Kerl zur Strecke bringst. Merk dir die Zahlenkombination 3 7 2 1 8 6.

***

Der Himmel war sternenklar. Eine leichte Brise wehte aus östlicher Richtung und bewegte die Meeresoberfläche so, dass die Jacht auf den leichten Wellen außerhalb der Dreimeilenzone ruhig im Wasser lag. Die ideale See für die Übernahme der Ladung, dachte Klimpke. Francesco stand am Ruder, Palmira hockte in der kleinen Kombüse, die nie benutzt wurde, und Alina stand am Heck und hielt Ausschau.

Sie schien heute nervöser und unruhiger als auf der letzten Fahrt zu sein. Wahrscheinlich seine Schuld. Er hatte, seit er Palmira kannte, Alina nicht mehr angefasst. Frauen mögen es nicht, wenn sie in die Ecke gestellt werden wie ein alter Schrupper, dem die Borsten ausgegangen sind und den niemand mehr benutzen wollte.

Sollte sie sich doch von Francesco ihren nicht mehr ganz flachen Bauch bügeln lassen.

Dass der Kerl wie verrückt nach ihr war, sah ein Blinder mit Krückstock auf eine Entfernung von hundert Kilometern. Wenn sie die Jacht betrat, fielen dem Kerl fast die Augen aus dem Kopf. Wahrscheinlich wusste Alina, was in dem alten Sack vorging, denn ihre Röcke wurden von Fahrt zu Fahrt kürzer. Und sie bückte sich öfter, wenn dieser Francesco seine dunklen Augen auf sie richtete.

Ich möchte nicht wissen, wie oft der Kerl von ihrer Aprikose geträumt und sie im Traum schon gepflückt hatte.

Möglich, dass er mit seiner Made schon in ihr gewesen war. Gegen Palmira allerdings kam Alina nicht an. Klimpke dachte an die vergangene Nacht und vor allem an den Vormittag. Palmira hatte ihn geweckt und ins Bad gescheucht. Als er geduscht zurück ins Zimmer kam, lag sie rücklings nackt auf dem Tisch. Ihr Kopf hing nach unten. Er war ganz dicht an sie herangetreten. Palmira hatte seine Hoden auf ihre Augen gelegt und …

Hör auf und konzentriere dich. Denk an die Übernahme, du Idiot!

Wenn der Coup über die Bühne, beziehungsweise am Zoll vorbei gegangen ist, kannst du mit Palmira vögeln, so oft und so lange es deine Stange mitmacht.

Klimpke spürte, wie die Motoren der Jacht stärker zu arbeiten begannen. Sie fuhren in nördlicher Richtung. Nach etwa einer halben Stunde sah er die schwachen Positionslichter einer anderen, größeren Jacht.

Die Taucher brauchten diesmal wesentlich länger, um die Fracht unterhalb der Wasseroberfläche anzubringen.

Als einer der Taucher den Arm hob und den Daumen nach oben streckte, ließ Francesco die Motoren wieder auf volle Kraft laufen.

Klimpke sah auf die Uhr. Genau noch 11 Minuten, dann würde Palmira aus ihrem Versteck auftauchen und sie würden gemeinsam Alina und Francesco zu den Fischen schicken. Ein seetüchtiges Schlauchboot würde kurz danach auftauchen, sie würden einen erfahrenen Seemann an Bord nehmen und die Jacht würde Kurs auf Puerto Rico nehmen.

Dann konnte das wahre Leben beginnen. Er würde Palmira eine kleine, aber exquisite Bar in San Juan kaufen, sie würden ein Haus am Meer mieten oder kaufen und dieses scheißverregnete Deutschland könnte ihm ein für alle Mal den Buckel runterrutschen.

Klimpke sah auf die Uhr.

Noch drei Minuten.

Er sah, wie Francesco den Kopf drehte. Er musste das andere Boot gehört haben.

Noch eine Minute.

Francesco drosselte die Motoren.

Endlich. Ein dunkler Schatten kroch aus der Kajüte.

Palmira richtete sich auf, ging auf Alina zu und schoss. Klimpke sah, dass Alina nur am rechten Bein getroffen wurde. Sie kippte nach der Seite und hob abwehrend die Hände gegen Palmira.

Vom Ruder ertönte ein Schuss. Die Kugel pfiff dicht an Klimpkes Ohr vorbei.

Verdammt, der alte Sack am Ruder hatte auf ihn geschossen. Er hatte Francesco unterschätzt. Der Kerl war wahrscheinlich mit allen karibischen Wassern gewaschen.

Klimpke sprang blitzschnell zur Seite. Ein weiterer Schuss zersplitterte das Holz des Kajütenniedergangs. Klimpke zielte und schoss. Francesco griff sich an die linke Schulter und taumelte an der Reling entlang. Ein weiterer Treffer warf ihn über Bord.

Kimpke drehte sich zu Palmira um.

„Hast du sie erledigt?"

Palmira schüttelte den Kopf. „Ich kann nicht."

Klimpke ging mit erhobener Waffe Richtung Heck. Noch bevor er abdrücken konnte, legte das Schlauchboot an. Zwei Männer kamen an Deck. Der größere, dunkelhäutige Mann stellte sich ans Ruder.

„Mateo übernimmt das Ruder", sagte Palmira an Klimpke gewandt.

Der andere Mann trat auf Klimpke zu und streckte ihm die Hand entgegen. Klimpke legte die Waffe weg. Im selben Moment blitzte Stahl auf. Die gezackte Klinge glitt geräuschlos in Klimpkes rechten Oberbauch. Er stieß einen kurzen, gellenden Schrei aus, dann fiel er, die Hände auf die Einstichstelle gepresst, lautlos um.

Mateo ergriff das Ruder.

Palmira zitterte am ganzen Körper. Sie hatte noch nie auf einen Menschen geschossen. Sie hatte vorbeischießen wollen, aber mit ihrer flatternden Hand hatte sie die Frau doch erwischt. Sie erbrach sich über die Reling. Als sie sich umdrehte, sah sie am Heck der Jacht einen Schatten. Das war doch dieser Francesco. Weder sie noch Klimpke hatten an die Badeleiter am Heck des Bootes gedacht. Francesco musste schwer verletzt sein, denn seine Bewegungen wirkten ruckartig und abgehackt. Palmira sah, wie der Mann die Frau, auf die sie geschossen hatte, zum Heck zerrte und über die Reling kippte.

Palmira stieß einen gellenden Schrei aus. Zur gleichen Zeit eröffnete Francesco das Feuer. Er musste Mateo am Arm getroffen haben, denn der ließ das Ruder los, krümmte sich und schrie dem zweiten Mann irgendwas zu. Der hob die Waffe, wurde aber von Mateo getroffen. Trotzdem schoss der Mann, der jetzt kniete und vor Schmerz stöhnte, weiter.

Palmira sah, wie Francesco zielte und das ganze Magazin abfeuerte. Es begann nach Kraftstoff zu riechen. Francesco griff in seine Hose. Palmira sah etwas aufblitzen. Er warf das Feuerzeug.

Flammen züngelten auf.

Mateo kroch auf allen Vieren stöhnend Richtung Reling.

Der zweite Man lag gekrümmt an Deck und stieß gurgelnde Laute aus.

Palmira ahnte, dass die Jacht in die Luft fliegen würde, aber ihre Knie waren so weich und ihr ganzer Körper zitterte wie im Schüttelfrost, dass sie nicht in der Lage war, sich zu bewegen. Das Letzte, was sie wahrnahm, war eine ohrenbetäubende Explosion und ein greller Feuerschein. Palmira wurde wie von der Pranke eines riesigen Ungeheuers hoch in die Luft katapultiert, dann wurde es Nacht um sie.

Ein junges Liebespaar, das auf der Suche nach einem verschwiegenen Plätzchen am Strand entlang schlenderte, gewahrte weit draußen auf dem Meer ein helles Leuchten.

„Da feiern wieder diese Scheißreichen ihre Jachtpartys mit Feuerwerk und Champagner", sagte der Mann.

„Ich stelle mir manchmal vor", sagte das Mädchen, „dass man ..."

Der Mann zog das Mädchen zu einer Palme und legte sie

in den noch warmen Sand.

„Irgendwann, das verspreche ich dir, sind wir ebenfalls reich und wenn ich eine Bank ausrauben muss."

„Besser", lachte das Mädchen, „du raubst mir erst mal die Unschuld."

„Bist du seit gestern schon wieder zugewachsen?", lachte der Mann und legte sich neben das Mädchen.

***

„Und du willst tatsächlich zurück nach Deutschland?" Dagobert sah Leona zweifelnd an.

„Will ich. Mir fehlen ganz einfach die Jahreszeiten."

Leona wusste, dass das nicht der einzige Grund für ihre Rückkehr war. Sie hatte ihre Abreise Woche für Woche verschoben, immer in der Hoffnung, Alina könnte wider alle Erwartungen doch noch auftauchen. Aber auch das war nicht der eigentliche Grund, obwohl sie sich mitschuldig an Alinas eventuellem Tod fühlte.

Sie muss es geahnt haben. War schon merkwürdig, dass sie ihr den Schlüssel für ihr Bankschließfach gegeben und ihr die Geschichte mit dem brisanten Aufnahmen im Keller dieses Chefs von ST&T anvertraut hatte.

Leona war klar, dass sie Alina mit größter Wahrscheinlichkeit nie wiedersehen würde.

Nachdem man Wrackteile der Jacht gefunden hatte, ging man von einer Havarie an Bord aus, bei der die Treibstofftanks explodiert waren. Die Hafenbehörde war sicher, dass es keine Überlebenden gegeben hatte.

„Mich würden keine zehn Pferde zurück nach

Deutschland bringen", sagte Dagobert, „allein dieses Scheißwetter."

Dagobert schüttelte sich und nahm einen großen Schluck Rum.

„Und genau das vermisse ich hier", erwiderte Leona. „Im Herbst, wenn der dicke Nebel über dem Land liegt und du trittst plötzlich aus dem Wald heraus und der Nebel hat sich gelichtet und die Oktobersonne taucht alles in ein goldenes Licht, ja, genau das vermisse ich hier."

Leona sah gedankenverloren aufs blaue Meer.

„Oder es schneit. Ich weiß noch, wie ich als Kind die ersten Schneeflocken des Winters mit der Hand gefangen und in den Mund gesteckt habe."

Belüge dich ruhig weiter, du dumme Gans. Sie sehnte sich tatsächlich nach dem Duft eines Nadelwaldes im Regen, aber auch eine andere Sehnsucht raubte ihr den Schlaf. Das Herz kannst du nicht betrügen. Du kannst dich dem Alkohol ergeben, du kannst dir Dutzende von Kerlen ins Bett holen, du kannst die Nächte durch tanzen, du kannst dir jeden Wunsch erfüllen, den man sich mit Geld erfüllen kann – die Sehnsucht nach dem, dem dein Herz gehört, wirst du trotzdem nicht los.

„Scheiß Herz!"

„Was meinst du?" Dagobert sah Leona irritiert an.

„Wie nimmt es eigentlich Maria auf?"

„Betreibt mit aller Gelassenheit ihr Bordellhotel und ist felsenfest davon überzeugt, dass ihr Francesco über kurz oder lang wieder vor ihrer Tür steht. Der hat schon ganz andere Sachen überlebt, sagt sie."

„Tut mir leid um die Jacht," sagte Leona.

„Muss es dir nicht, war ausreichend versichert und ich hätte den Kahn sowieso verkauft. Also ist kein Schaden entstanden, zumindest keiner durch die Jacht."

Leona sah Dagobert irritiert an.

„Der Schaden entsteht erst, wenn du von hier weggehst."

Leona wusste genau, was Dagobert meinte. Sie hatten in letzter Zeit viele Abende zusammen verbracht. Sie hatten in Dagos Villa über Gott und die Welt philosophiert und er hatte sich dabei systematisch betrunken. Sie hatte ihn dann oft zu Bett gebracht und manchmal war sie nicht zurück zum Hotel gegangen, hatte einfach im Gästezimmer übernachtet.

Dagobert wusste, dass seine Tage gezählt waren, und die Anwesenheit Leonas hatte ihn wieder in ein Kind verwandelt. Er fühlte sich durch ihr bloßes Dasein geborgen und beschützt wie in seiner frühen Kinderzeit durch Mutter und Großmutter. Die Angstzustände, die ihn in letzter Zeit oft heimgesucht hatten, verschwanden, sobald Leona bei ihm war.

Er hatte ihr Geld angeboten, viel Geld, wenn sie bleiben würde, bis er gegangen war, aber Leonas Herz zog es mit Macht zurück in die Heimat. Außerdem hatte sie Geld im Überfluss. Nachdem weder von Alina, Francesco noch Klimpke ein Lebenszeichen kam, hatte sie sich an ihr Versprechen gehalten und Alinas Bankschließfach leergeräumt.

Über zweihunderttausend Euro, dazu ihr eigenes Geld, Leona hatte keine Ahnung, was sie damit hätte anfangen können. Ihre Beziehung zu Geld war schon immer gestört gewesen. Mit wenig Geld kam sie gut klar, mit viel Geld wusste sie nichts anzufangen.

„Wann willst du zurück nach Deutschland?" Dagoberts Stimme zitterte.

„Sobald es dir besser geht."

Sie wusste von dem Arzt, der zweimal die Woche kam, dass das Ende bevorstand.

„Bleibst du bis dahin hier?" Seine Stimme war jetzt nahezu flehend.

Er schien es auch zu wissen.

„Wenn du das möchtest, bleibe ich."

„Ich wäre sehr froh darüber."

***

„Du warst verreist?" Jegor sog an seiner Davidoff. Steigenberger nahm seine Hand vom Oberschenkel des Mädchens, das auf seinem Schoß saß und goss Whisky nach. Er hatte Jegor in den Waldgasthof eingeladen und sein cleverer Hausmeister hatte vorausschauend einige sehr junge Mädchen aus Teplice geholt.

„Lausanne", antwortete Steigenberger.

„Credit Suisse?" Jegor nahm einen Schluck Whisky.

Steigenberger nickte.

„Gefährlich mein Freund. Wir sollten die jungen Damen für eine Weile rausschicken."

Steigenberger erhob sich, ging zur Tür, öffnete sie und machte eine Kopfbewegung. Die Mädchen verschwanden kichernd.

„Es gibt Gerüchte über den Datenklau bei Schweizer Banken", fuhr Jegor fort.

„Es gibt kein Konto auf meinen Namen", erwiderte Steigenberger.

„Trotzdem, wenn der erste Stein aus einer Mauer gebrochen wird, verliert die Mauer ihre Stabilität. Es gibt wesentlich bessere Möglichkeiten, deine, sagen wir, zusätzlichen Einnahmen, in legales Geld umzuwandeln."

Jegor stand auf, ging zum Schachbrett und setzte den

König von schwarz auf weiß.

„Mach einen Vorschlag."

„Eröffne ein großes Casino, hatte ich dir ja bereits empfohlen, oder du klinkst dich als Teilhaber in unsere Restaurantkette inklusive Spielautomaten ein. Die Gewinne werden gemeinsam mit deinem Geld ordentlich bei der Bank eingezahlt und am Jahresende versteuert. Schon steht der König auf einem weißen Feld. Niemand kann den wahren Umsatz prüfen. Einige Mengen schmutziges Geld kannst du so bequem und sooft du willst ohne Risiko in Persilgeld verwandeln."

„Euer Anteil?"

„Fünfzehn Prozent. Bedingung, du ziehst so viele Bauaufträge an Land, wie du kriegen kannst, und ein Teil geht an uns."

Es klopfte.

Steigenberger ging zur Tür.

„Hallo Markus!"

„Hallo Guido, hallo Hasso!"

Steigenberger wies mit der Hand in den Raum.

„Darf ich vorstellen, Dr. Lohmann, Dr. Reuter von der Dolus Bank. Jegor Kramer, Bauinvestor."

Die Herren schüttelten sich die Hände.

Steigenberger bot Zigarren an und versorgte die neuen Gäste mit Whisky. Man plauderte über Geschäfte und kuriose Begebenheiten. Jegor Kramer brachte die Herren zum Lachen, als er von einem Pferderennen in England erzählte. Er hatte eine sehr große Summe auf ein Pferd gesetzt, das nicht zu den Favoriten zählte. Zwei seiner Mitarbeiter hatten vor der Zielgeraden mit Ultraschallgewehren die Favoriten in Panik versetzt und sein Pferd hatte gewonnen.

„Aber zur Sache, meine Herren", sagte Kramer. „Eine

simple Geschäftspraktik, die meine Leute aus den USA mitgebracht haben. Man kauft eine Immobilie, deren Realwert beispielsweise bei vier Millionen liegt, für die Hälfte. Zwei Millionen überweist die Bank, die anderen zwei Millionen, die vielleicht nicht ganz sauber sind, gehen in bar über den Tisch. Dann wird großzügig saniert und renoviert. Zu gegebener Zeit wird ganz offiziell für sechs Millionen verkauft. Diese Transaktion verwandelt die vielleicht nicht ganz sauberen zwei Millionen in schneeweiße Scheinchen."

Kramer beobachtete aus den Augenwinkeln, wie die beiden Banker sich ansahen.

„Natürlich werden die Herren mit zehn Prozent am Geschäft beteiligt."

„Fünfzehn!", sagte Dr. Lohman.

„Zwölf!"

Kramer streckte die Hand aus.

Die Herren schlugen ein.

„Unser sehr geschätzter Markus hat bereits eine Immobilie hier in Dresden im Visier und auch in Rostock sind wir aktiv. Das derzeitige Geschäftsvolumen für unser Vorhaben liegt zwischen zwanzig und dreißig Millionen. Die Herren können sich also vorbereiten."

Steigenberger erhob sich. „Ich denke, meine Herren, wir sollten jetzt rüber ins Spielzimmer gehen, sonst werden unsere Kätzchen ungeduldig."

***

Die tiefstehende Sonne des späten Nachmittags blendete auf der Autobahn inzwischen so sehr, dass Asbach die

Sonnenblende nach unten kippte. Seine akribischen Recherchen auf den Baustellen konnte er beenden. Er hatte sich nahezu über alle faulen Manipulationen, Betrügereien und Mauscheleien zugunsten der Firma ST&T Informationen besorgt.

Interessant war, dass die Spitze des Konzerns den Staat, und damit den Steuerzahler, im Großen betrog und seine Adjutanten den Konzern im Kleinen beschissen. Besonders schlimme Ausmaße hatte der Betrug angenommen, als dieser geexte Polizist Klimpke als Baumanager eingestellt worden war.

Asbach war außerdem sicher, dass der Tod des Subunternehmers Kleinschmidt kein Unfalltod gewesen sein konnte, aber es gab keine stichhaltigen Beweise. Um diesen Steigenberger wegen Betrugs anzuklagen, würde das Material, das er sichergestellt hatte, reichen. Ihm reichte das nicht. Die feinen Herren aus der gehobenen Gesellschaft, diese Stammkunden des Kinderbordells, liefen immer noch frei und ungeschoren herum. Er hatte sich damals, als die ihn aufs Kreuz gelegt hatten, geschworen, diesen Klüngel hinter Gitter zu bringen.

„Na dann überhole doch endlich, du Blödmann in deinem Cabriolet!" Asbach wechselte auf die mittlere Spur.

Dieser Klimpke war plötzlich wie vom Erdboden verschwunden. Asbachs Hoffnung, den Kerl so unter Druck zu setzen, dass die Führung von AT&T nervös wurde und weitere Fehler machte, war damit vom Tisch. Sein Gewährsmann in der Bank hatte bis jetzt ebenfalls nur in Erfahrung gebracht, dass in der obersten Etage größere Transaktionen geplant waren. An verwertbares Material war der Mann bisher nicht rangekommen.

Asbach zog wieder in die dritte Spur. Wenn das so weiterging auf dieser verdammten A4, würde er direkt zu

Kowalski fahren müssen. Lieber wäre er erst im Hotel abgestiegen und hätte sich frischgemacht. Die monatlichen Treffen mit Kowalski und Maibach waren inzwischen zu einem festen Bestandteil ihrer mehr oder weniger privaten Ermittlungsarbeit geworden. Wobei Kowalskis inoffizielle Beziehungen zum BND und zum BKA für ihre Arbeit nicht mit Gold aufzuwiegen waren. Was fehlte, war eine Kontaktperson im Autobahnamt. Asbach plagte noch immer das schlechte Gewissen, wenn er an diesen Schlaffer dachte. Ob sich die undichte Stelle im Präsidium oder im Autobahnamt befunden hatte, war nicht zu ermitteln gewesen.

Siebenlehn.

Asbach sah auf die Uhr. Wenn der Verkehr nicht dicker wurde, konnte er noch im Hotel duschen, bevor er zu Kowalski fuhr. Er trat aufs Gas. Wenn er jetzt geblitzt würde, könnte er wahrscheinlich den Führerschein für eine Weile abgeben.

Benimm dich, du alter Sack. Rund vierzig Prozent der Autobahnunfälle wurden durch zu schnelles Fahren verursacht.

Asbach ging vom Gas.

Er war viel zu dicht aufgefahren. Und rund dreißig Prozent der Unfälle wurden dadurch verursacht, dass die Fahrer den Sicherheitsabstand nicht einhielten. Die schlimmsten und von den meisten Autofahrern am meisten gefürchteten Unfälle waren allerdings Auffahrunfälle in das Ende eines Staus durch LKWs. Dabei gab es Spur-und Abstandsreglersysteme, aber bevor zumindest alle LKWs damit ausgerüstet wären, würde es noch viele Tote und Verletzte auf den Autobahnen im Bundesgebiet geben.

Gesetz erlassen, Frist setzen, und runter von der

Autobahn, wenn die Systeme nicht eingebaut wären.

Asbach musste schmunzeln. Bevor so etwas in Deutschland möglich würde, gäbe es wahrscheinlich erst einmal mehrere hundert Talkshows mit allwissenden Verkehrsgurus, dann zwei Jahre Debatten im Bundestag und allen dafür zuständigen Gremien, dann …

Hör auf, Alter, Meckern hat die Welt noch nie verändert. Hättest in die Politik gehen können nach der Wende. Haben doch viele genutzt, diese Chance, obwohl sie von ihren Fähigkeiten und ihrer geistigen Potenz her besser bei ihrem Leisten geblieben wären.

Das wirklich Schöne ist eben, dass jeder seinen Senf zu jedem Vorhaben und zu jeder Zeit auf den Pappteller der Demokratie klatschen kann, wobei mancher Senf allerdings mehr an Dünnschiss erinnert. Dass die Kosten der Projekte dann explodieren und zusätzliche Steuergelder in Millionenhöhe verschlingen, spielt keine Rolle. Der deutsche Steuerzahler ist geduldig und wahrscheinlich das einzige Rindvieh auf diesem Planeten, das sich ohne Widerspruch das Euter bis auf den letzten Euro ausmelken lässt.

Gute Gedanken, um sich die Zeit zu vertreiben.

Asbach stellte den Wagen ab und ging ins Hotel.
Eric ließ gerade Biere ein.
"Eins für dich?"
Asbach schüttelt den Kopf. „Muss noch mal weg."
„Solltest aber wenigstens einen Asbach trinken", grinste Eric.
„Worauf?
„Es gibt Neuigkeiten."
„Gute oder schlechte?"
„Kommt drauf an."

„Red schon, du Folterknecht!"

„Eine gewisse, dir sehr gut bekannte junge Dame, kehrt morgen aus karibischen Gefilden in die Heimat zurück."

„Gieß einen ein, einen Großen, ich nehme ein Taxi."

„Leona hat angefragt, ob sie vorübergehend ihr Zimmer bei mir wieder beziehen kann."

„Prost! Gieß nach!"

Asbach kippte den zweiten Kognak hinter und ging zum Fahrstuhl.

Eric grinste und goss sich gegen alle Gewohnheit ebenfalls einen Doppelten ein.

***

Kowalski bot Kaffee an.

„Du siehst etwas ramponiert aus, meine lieber Arnt."

Maibach sah Asbach forschend an.

„Die Baustellen auf den Autobahnen nerven, mein lieber Hannes. Im Sommer fällt denen …

„Das wiederholt sich doch Jahr für Jahr. Daran müsstest du dich doch allmählich gewöhnt haben."

Asbach wusste, dass es nicht die Baustellen waren, die ihn von der Rolle gebracht hatten. Leona. Er hatte Angst. Zu oft war sie durch seine nächtlichen Träume gegeistert, als gut für ihn war. Es gab Nächte, da hätte er für eine Umarmung von ihr all seine Bedenken über Bord geworfen. In letzter Zeit waren die Heimsuchungen seltener geworden und jetzt kam die Versuchung zurück.

„Bist du noch da, Arnt?", fragte Kowalski.

„Entschuldigt, war geistig austreten. Meine Recherchen sind abgeschlossen."

„Und wie sieht es aus?", fragte Maibach.

„Nach meiner Schätzung liegen die Betrügereien des Baukonzerns ST&T beim Autobahnbau so zwischen zwanzig und dreißig Millionen."

„Oh", kam es von Maibach.

„Peanuts", warf Kowalski ein. „Die Summen, die der Chef von ST&T, Steigenberger, gemeinsam mit der Dolus Bank in der Immobilienbranche macht, gehen hoch in den dreistelligen Millionenbereich, mindestens."

„Wo leben wir hier eigentlich?", polterte Maibach. „Für diese Scheiße hier hätte die Mauer nicht platt gemacht werden müssen. Da leben Leute von der Tafel, die Kinderarmut wächst jährlich, Menschen müssen Grundsicherung und Wohngeld beantragen, um über die Runden zu kommen, obwohl sie ein Leben lang gearbeitet haben, und Gauner, Betrüger und ganze Einbrecherbanden lassen sichs gut gehen im gelobten Land."

„Und die Polizei schaut gelassen zu", grinste Kowalski. Er liebte es, wenn Maibachs proletarische rote Ader anschwoll.

„Von wegen, die Polizei schaut zu, du Sesselfurzer. Sieh dir doch unsere klugen und vorausschauenden Politiker an. Die meisten von ihnen erinnern mich an das Meerschwein aus meinen Kindertagen."

„Du hattest ein Meerschwein, ich denke, ein Stachelschwein hätte besser zu dir gepasst", warf Asbach dazwischen.

„Was war mit deinem Meerschwein?", wollte Kowalski wissen.

„Das arme Tier hatte Hornhautgeschwüre auf den Augen, schlief oder saß fast den ganzen Tag in einer Ecke, weil es Angst hatte, es könne irgendwo anecken und wurde nur wach, wenn es was zu fressen gab."

„Starker Tabak", lachte Kowalski.

„Wie willst du mir erklären", fuhr ihn Maibach an, „dass Politiker, die noch einen winzigen Rest Verstand haben, nach der Abschaffung der Binnengrenzen in Europa den Personalabbau bei der Polizei hier im Land systematisch vorantreiben. Ist doch hirnrissig, oder? Da werden freiwerdende Stellen nicht neu besetzt, Reviere werden zusammge ..."

„Nun mal langsam, Hannes. Du weißt genau, dass durch die Übernahme fast aller Polizeikräfte nach der Wende bei uns ein Überhang ..."

„Den wir jetzt gut gebrauchen könnten, Arnt. Bin gespannt, wann sich die ersten Bürgerwehren hier bilden, oder denkst du, die Leute, zum Beispiel in Grenznähe, lassen sich das auf Dauer gefallen, dass Einzeltäter oder organisierte Banden Autos klauen, in Häuser und Wohnungen einbrechen und klauen, was sie wegtragen können. Hier im Inland wimmelt es bereits von Tschetschenen, Ukrainern, Armeniern, Russen, Kasachen, Balkanbanden und weiß der Teufel, was hierher noch für Beutelschneidergesindel unterwegs ist. Raub, Erpressung und Körperverletzung gehören doch inzwischen zum Alltag."

„Die Aufklärungsquote", warf Kowalski ein, „soll aber steigen."

„Weißt du kluger Mensch vielleicht auch, warum sich die Wölfe bei uns derart vermehren, dass es bald keinen natürlichen Wildbestand in unseren Wäldern mehr geben wird? Ganz einfach, weil der Jagddruck fehlt. Wenn Wölfe spüren, dass sie vom Jäger nichts zu befürchten haben, verlieren sie jegliche Scheu, vermehren sich explosionsartig, erweitern ihr Revier und reißen alles, was ihnen vors Maul kommt."

„Also alle Ganoven im Land erschießen!", lachte Asbach.

„Du hast gut Lachen, mein lieber Arnt, an deinen trocknen Knochen würde sich wahrscheinlich sogar die Leitwölfin die Zähne ausbeißen. Aber im Ernst, für den Anfang würden vielleicht schon Gummigeschosse reichen."

„Also Ausschöpfung der gesetzlichen Grundlagen", sagte Kowalski.

„Was machen denn unsere Gerichtsbarkeiten?", polterte Maibach weiter. „Da klaut einer auf der Prager Straße teure Designerklamotten, wird erwischt und der Polizei übergeben – falls er den Ladendetektiv nicht mit Reizgas außer Gefecht gesetzt hat. Der Richter stellt die Personalien fest, der Ganove wird auf freien Fuß gesetzt und klaut fröhlich und vergnügt in Leipzig weiter. Alten Damen wird die Handtasche geklaut, Rollstuhlfahrer werde überfallen, Mädchen und junge Frauen werden angetanzt, begrapscht und beklaut, am Wiener Platz boomt der Drogenhandel und was passiert? Der Haftrichter nimm die Personalien auf ,und das war es dann. Denkt ihr etwa, das motiviert unsere Polizisten? Und denkt ja nicht, dass es sich hier um Einzelfälle handelt. Das ist inzwischen Alltag in der Stadt. Das Ansehen der Justiz ist schlechter, als es jemals zuvor war. Vom Respekt vor der Polizei ..."

Asbach und Kowalski sahen sich an.

„Wenn`s dich erleichtert hat, Hannes, sonst könnten wir zum Thema kommen", sagte Asbach.

„Vorher brauch ich einen Doppelten."

Kowalski goss ein.

„Prost, meine Herren, auf die Demokratie der Beutel-und Kuponschneider!" Kowalski hob sein Glas.

„Vorschlag", sagte Maibach, „wir geben dein Material, Arnt, an Hartmann weiter; und der übergibt an die Staatsanwaltschaft. Bei zwanzig oder dreißig Millionen müsste dieser Steigenberger erledigt sein."

„Ich denke, wir sollten noch warten", sagte Kowalski. „Zwischen Steigenberger und der Dolus Bank bahnt sich was in Größenordnungen an. Dazu kommt allerdings noch eine neue Verbindung. Sagt euch Kramer Baugesellschaft was?"

„Sitz Rostock", warf Maibach ein, „soll der Russenmafia gehören."

„Stimmt so ungefähr. Die Hauptaufgabe dieses Bauunternehmens besteht darin, Schwarzgeld im regulären Markt unterzubringen.

Neueste Masche, Börsenhandel.

Die konzentrieren sich auf Aktien, kaufen über Strohmänner riesige Aktienpakete davon und lancieren Ad-hoc-Meldungen in die Medien."

Kowalski brannte sich eine Zigarette an. „Den Rest kann dir Arnt besser erläutern, Hannes."

„Ganz einfach, die Aktien nehmen Fahrt auf. Die Dummen und die Gierigen springen auf den Zug, der bereits in voller Fahrt ist, auf, und kurz danach kracht die Lok gegen einen Prellbock. Eine Verkaufsmanie rollt über die Spätzünder, und ehe die mitkriegen, was passiert, haben sehr große Geldmengen den Besitzer gewechselt und die Kleinaktionäre stehen da wie Max in der Sonne. Der Finanzminister erhält seine fünfundzwanzig Prozent Abgeltungssteuer und schon verwandelt sich Schwarzgeld in blütenweiße Scheine.

Und das müssen nicht nur Aktien sein, womit gezockt wird. Das geht genauso gut mit Devisen, festverzinslichen Wertpapieren, Staatsanleihen und Schweinehälften. Das organisierte Verbrechen kann damit Staaten erpressbar machen. Bolivien ist dafür ein warnendes Beispiel."

„Dann sollten wir noch warten", entschied Maibach. „Vielleicht gelingt es uns, alle Leitwölfe der verschiedenen Rudel zu schnappen."

„Ich werde Verbindung zur BaFin in Frankfurt am Main aufnehmen", ergänzte Asbach.

„Würdest du", unterbrach ihn Maibach, „das bitte mal in eine für Börsengreenhorns verständliche Sprache übersetzen?"

„Die BaFin ist die Bundesanstalt für Finanzdienstleistungsaufsicht. Ihre Hauptaufgabe ist die Aufsicht über Banken, Versicherungen und den Handel mit Wertpapieren, einschließlich Geldwäsche. Ein ehemaliger Kollege aus meiner Wiesbadener Zeit sitzt dort. Wenn die BaFin einen brauchbaren Tip erhält, ermitteln die gnadenlos."

„Also dann ran an die Ganoven." Kowalski füllte noch einmal die Gläser. „Ich zapfe alle Stellen an, die über Zapfanlagen verfügen."

***

Leona betrat mit gemischten Gefühlen das Restaurant. Eric stand wie immer, wenn kurz vor Mitternacht nur noch wenige Gäste an den Tischen saßen, hinter dem Tresen und polierte Gläser. Eine Manie, die wahrscheinlich die meisten Gastwirte hatten. Bei einer solchen stereotypen, manuellen Tätigkeit ließ sich gut träumen oder nachdenken. Leona kannte das von ihrer

Großmutter, die beim Stricken von ihrer Jugendzeit träumte.

Leona ging zum Tresen.

„Wir schließen gleich, meine Da ..." Dann ließ Eric das Glas fallen, kam mit großen Schritten hinter dem Tresen hervor, rief „Leona", hob sie hoch und drehte eine Pirouette mit ihr.

Die letzten Gäste riefen: „Das Ganze noch mal mit Musik."

„Macht, dass ihr nach Hause kommt", lachte Eric und trat einen Schritt zurück.

„Mein Gott, was ist bloß aus dem Gänseblümchen für eine wunderschöne Rose geworden."

„Der Geruch dieser Rose lässt allerdings zu wünschen übrig, Eric. Wie sieht`s mit meinem Zimmer aus? Würde die nächste Zeit gern wieder bei dir wohnen. An meine einsame Atelierwohnung muss ich mich erst allmählich wieder gewöhnen."

„Alles vorbereitet, Leona, mach dich schön. Ein gewisser Hauptkommissar dürfte in etwa einer halben Stunde eintreffen."

„Weiß Arnt ...?"

„Dass du irgendwann zurückkommst, ja, aber er hat keine Ahnung, dass du schon da bist. Also ab nach oben."

Leona nahm den Lift. Das Zimmer roch wie immer leicht nach Lavendel, auf dem Tisch standen Blumen und auf dem Kopfkissen lag ein kleines Marzipanbrot. Leona konnte nur mit Mühe ihre Tränen unterdrücken.

Wieder zu Hause.

Sie ließ Wasser in die Wanne laufen und legte frische Unterwäsche, eine hellblaue Jeans und ein leichtes Top aus dem Koffer aufs Bett.

Ihre getragenen Sachen steckte sie in einen Müllbeutel

und warf das Ganze in den Papierkorb. Der Geruch nach Sterben und Tod hing wie ein öliger Film an ihrem Körper. Sie stieg in die Wanne und ließ sich ins heiße Wasser gleiten, bis der Lavendelschaum ihr Kinn benetzte.

Dagoberts Tod hatte sie mehr mitgenommen, als sie anfangs für möglich gehalten hatte. Irgendwie hatten sich mütterliche Gefühle mit dem Sterbenden in ihr entwickelt. Dagobert war von Woche zu Woche immer müder geworden. Sein Haut hatte einen ungesunden Gelbton angenommen und nach einiger Zeit war er nicht mehr aufgestanden.

Er hatte rundweg abgelehnt, in ein Krankenhaus zu gehen.

Leona hatte eine junge Krankenschwester engagiert, die sich am Tag um Dagobert kümmerte. Nachts saß sie bei ihm am Krankenbett und sie unterhielten sich über die Zeit in Deutschland. Dabei zerfraß der Krebs wie ein böses Tier seinen Körper von innen. Der Arzt hatte nur den Kopf geschüttelt, als sie ihn nach Dagos Überlebenschancen gefragt hatte.

„Er wird bald unter furchtbaren Schmerzen leiden, da auch Milz, Magen und Darm betroffen sind, und dann kann nur noch Morphium helfen", hatte der Arzt gesagt.

Als es soweit war, hatte die Schwester zweimal am Tag die Spritze gesetzt. Für die Nacht hatte sich Leona bereit erklärt. Es hatte sie eine solche Überwindung gekostet, mit einer Nadel in das Fleisch eines Menschen zu stechen, dass die erste Kanüle sich sofort verbog. Sie hatte mit knapper Not die Toilette erreicht und alles, was in ihrem Magen war, von sich gegeben.

Am nächsten Tag hatte sie es unter der Anleitung der Schwester wiederholt und es hatte funktioniert.

Von da an hatte sie die Abende bis gegen Mitternacht an Dagoberts Bett gesessen. Nach seiner Portion Morphium war er immer kurz eingedöst und dann munter geworden wie ein Fisch im frischen Quellwasser. Er hatte von seiner Kindheit erzählt, von seinen Jugendlieben, von seinen Träumen, eines Tages ein zweiter Picasso zu werden.

Sie hatte geduldig zugehört. Irgendwann war er eingeschlafen, und sie hatte sich erschöpft ins Gästezimmer geschleppt.

Dann war sein Bauch angeschwollen, während der Rest des Körpers, da er keine Nahrung mehr aufnehmen wollte oder konnte, erschreckend abmagerte. An einem Tag, als es ihm besser ging, hatte er darauf bestanden, dass Leona umgehend einen Notar an sein Bett bringen sollte.

Als der eintraf, hatte Dagobert sie gebeten, ihn mit dem Mann, den er zu kennen schien, allein zu lassen.

Danach war alles relativ schnell gegangen. Dagos Darm war geplatzt und sie hatte etwas tun müssen, von dem sie gedacht hatte, das sie es niemals würde tun können.

Sie hatte getan, was getan werden musste. Eine Mischung aus Verantwortung, Mitleid und das Gefühl der Zusammengehörigkeit, das sich schnell zwischen Landsleuten in einem fremden Land bildete, hatten ihr wahrscheinlich die Kraft dazu verliehen. Wenn Dagobert sie mit flehendem und zugleich um Entschuldigung bittenden Augen angesehen hatte, hatte sie wahrscheinlich das Gleiche empfunden, was eine Mutter für ihr todkrankes Kind empfand.

Dagobert war dann ins Koma gefallen und nach drei Tagen gestorben. Er war gestorben, während sie den Schlaf der Erschöpfung schlief.

Sie hatte alles eingeleitet, was für eine Überführung nach

Deutschland notwendig war. Er wollte in heimatlicher Erde, neben seiner Mutter, zur letzten Ruhe gebettet werden.

Kurz vor ihrer Abreise hatte sie der Anwalt kontaktiert. Er hatte ihr Dagoberts letzten Willen offeriert und sie wäre um ein Haar in Ohnmacht gefallen. Dagobert hatte ihr all seinen irdischen Besitz vermacht.

Der Notar hatte sie gebeten zu bleiben, bis alles geregelt sein würde.

Sie hatte den Kopf geschüttelt.

Sie wollte zurück.

So schnell wie möglich.

Sie hatte eine Vollmacht für den Notar ausgestellt, dass der in ihrem Namen alle Fragen des Nachlasses regeln konnte. Dagobert hatte ihr den Mann als äußerst seriös und zuverlässig geschildert. Er hatte schon die Familie seiner Gönnerin vertreten.

Sie hatte den ersten Flug gebucht, der nach Dresden ging, und nun lag sie im warmen, nach Lavendel duftenden Wasser und spürte wieder dieses verdammte Kribbeln in der Bauchgegend, wenn sie an ihn dachte.

Leona stieg aus der Wanne, hüllte sich in das große Badetuch, ging ins Zimmer und begann sich anzukleiden.

„Ich glaube, du bist bescheuert!" Sie sah in dem großen Spiegel, dass ihre Hände zitterten. Sie öffnete die Minibar, griff ein Fläschchen Wodka und trank es aus.

Sie wusste, dass ihre Seele, ihr Gehirn, ihr Bauch, ihr Herz, dass ihr ganzer Körper vom schlimmsten aller in einem menschlichen Körper wütenden Bazillus befallen war – dem Liebesbazillus. Er konnte Menschen Flügel verleihen und konnte sie in den Tod treiben.

Bei ihr schlug dieser Bazillus, seit sie Arnt kannte, auf die Blase.

Sie griff ein zweites Fläschchen, trank und machte sich auf den Weg nach unten.

Er stand am Tresen bei Eric und nahm einen Schluck von seinem Bier. Als er Leona gewahr wurde, stellte er das Glas ab, breitete die Arme aus und drückte sie an sich.

Dann schob er sie auf Armeslänge von sich und sah sie an.

„Unglaublich!"

„Was ist unglaublich?" Leona sah den Mann vor sich leicht irritiert an.

„Wie sich ein kleines, freches Mädchen in eine richtige Frau verwandeln kann."

„Danke, mein Herr, für das Kompliment – falls es eins sein sollte."

„Darf ich die Herrschaften bitten, mir zu folgen." Eric grinste Leona an und wies mit ausgestrecktem Arm in eine Ecke des Restaurants.

Es wurde eine lange Nacht. Als sich im Osten der Himmel rot zu färben begann, bestiegen sie den Lift nach oben.

Wenn sie mich jetzt küsst, bin ich verloren.

Wenn er mich jetzt in seine Arme nimmt, pinkele ich in die Hose.

Küss mich!

Umarme mich!

Denk an das Elend, wenn es schief geht.

Mach den ersten Schritt, Leona.

Vor ihrer Zimmertür blieben sie stehen.

„Komm mit rein." Leonas Stimme war heiser vor Erregung.

Asbach schüttelte den Kopf, nahm sie in den Arm und drückte sie an sich.

Leona zog seinen Kopf zu sich herunter und presste ihr

heißen Lippen auf seinen Mund.

Behutsam löste er ihre Arme von seinem Nacken, schob sie leicht von sich, sah ihr in die Augen, dreht sich um und ging leicht gebeugt zu seinem Zimmer.

„Und ich krieg dich doch, du alter Hagestolz und wenn ich dich aus der Urne holen muss", murmelte Leona, während sie die Tür ihres Zimmers öffnete.

***

Markus Steigenberger saß in seinem Keller und sichtete die Aufnahmen, die er damals, als Lebensversicherung für sich und seine Firma, aufgenommen hatte. Die hohen Herren aus Justiz und Wirtschaft, Stammgäste im Lolita, dem Bordell mit den sehr jungen Mädchen, hatten bis heute keine Ahnung davon, dass er sie jederzeit in der Hand gehabt hatte.

Zum Glück waren sie damals alle mit einem blauen Auge davongekommen, als dieser verdammte Hauptkommissar das Bordell hatte hochgehen lassen.

Relativ viel Geld war damals von allen Beteiligten an die Mädchen und deren meist verkorkste Elternhäuser geflossen.

Bis auf zwei hatten alle geschwiegen.

Diese zwei Mädchen waren damals auf unerklärliche Weise aus Marokko zurückgekommen. Fischer, der lange, dürre Oberstaatsanwalt, hatte sofort schwere Geschütze aufgefahren. Verleumdungsklagen wurden eingereicht, Drogen ließen sich immer unterschieben und Zeugen ließen sich kaufen.

Es hatte gedauert, bis wieder Ruhe eingetreten war.

Steigenberger sah sich den nächsten Film an und musste grinsen.

Da, der dürre Staatsanwalt mit der kleinen Dunkel-haarigen, die vor ihm kniete. Grotesk. Die haar-und wadenlosen Kackständer des Kerls und dazwischen der Kopf des Mädchens. Danach die Reiterstellung. Es sah aus, als ritte ein kleiner Affe auf einer Bohnenstange.

Steigenberger wechselte die Diskette.

Waldmüller, der sich erst die Nase puderte und dann seinen kahlen Schädel zwischen die Schenkel eines blonden Mädchens steckte.

Herrje, was hatten die Kerle damals alles mit den Mädchen angestellt.

Er dachte mit Schaudern an die Tage in Lausanne mit Irmtraud. Das Weib war ihm im wahrsten Sinne des Wortes auf die Eier gegangen.

Ihre sexuelle Gier hatte ihm schwer zu schaffen gemacht. Dazu: „Ich liebe dich ...“, „ich brauche dich ...“, „ich kann ohne dich nicht mehr leben ...“ Dieser ganze Liebesscheiß einer abgetakelten Frau. Die Haut ihrer welken Oberschenkel, die schlaffen Brüste, die Schwangerschaftsstreifen, das breite Becken.

Er hatte nur mit Viagra und ab und zu mit einer kleinen Prise Koks die Woche überstanden. Am schlimmsten war es, wenn sie auf ihm saß und ihre großen Hängebrüste über sein Gesicht gleiten ließ oder wenn sie sich an ihn presste und wilde Schreie ausstieß. Manchmal täuschte er einen Orgasmus vor.

Furchtbar. Steigenberger schüttelte sich. Er musste das Weib auf irgendeine Art wieder los werden. Nachdem, was Jegor angedeutet hatte, würde er in Zukunft weder ihr Geld noch ihre Beziehungen brauchen.

Da war das, was die Filme boten, das blanke Vergnügen.

Schade, dass es damals so abrupt enden musste.

Immerhin war für alle Beteiligten gut, dass die ganze Sache im Sande verlaufen war.

Dieser Mirko, der Zeremonienmeister des Bordells, der die Mädchen immer vor den großen Partys ordentlich mit Koks versorgte, hatte dicht gehalten

Dass der Mann, der einzige, der damals in den Knast wanderte, bis zuletzt mit stoischer Gelassenheit geschwiegen hatte, hatte einerseits an dem Deal mit dem milden Urteil und andererseits an dem Fitnessstudio gelegen, dass nach seiner Entlassung in Leipzig auf ihn wartete.

Steigenberger legte den Stick, mit dem er im Notfall diesen Kerl erneut und für längere Zeit hinter Gitter bringen konnte, zu dem Material, das nicht vernichtet werden sollte. Die brutale Vergewaltigung eines Mädchens würde für einige weitere Jahre im Knast reichen. Sollte der Mann jemals in Zukunft weitere Forderungen stellen, würde er eine Kopie des Films in seiner Post finden.

Steigenberger sah auf die Uhr.

17.00 Uhr.

Er schob das ganze Material wieder in den Safe, betätigte die Zahlenkombination und verschloss den Tresor. In absehbarer Zeit würde er sich nach einem Tresor mit biometrischer Ausstattung umsehen.

Vorsichtshalber.

Steigenberger ging nach oben.

Am Gartentor stand Jegor.

Wie immer die Pünktlichkeit in Person.

Er betätigte die Fernbedienung.

Die Männer begrüßten sich mit einer Umarmung.

Steigenberger stellte die Flasche Chivas Regal 21 auf den

Tisch, dann setzten sie sich in die tiefen, bequemen Sessel vor dem Panoramafenster.

„Wunderschön, diese Elblandschaft", sagte Kramer, während Steigenberger die Gläser füllte.

„Solltest unbedingte darauf achten, Markus, dass dir das hier erhalten bleibt."

„Höre ich da ein Alarmsignal in deiner Stimme?"

„Es brennt, Markus."

Steigenberger sah sein Gegenüber verständnislos an.

„Die erste illegale CD mit Bankkundendaten eines Schweizer Bankhauses ist einer Finanzbehörde in Deutschland zum Kauf angeboten worden."

Jegor Kramer sah, wie Steigenberger leicht an Farbe verlor.

„Es wäre ratsam", fuhr Kramer fort, „wenn du deine Transaktionen in Länder mit stabilen Bankgeheimnis verlegen würdest."

„Luxemburg, Liechtenstein?"

Kramer wiegte bedenklich den Kopf. „Irgendwann knicken die ein. Der Druck allein aus den USA ist enorm. Hohe EU- Beamte aus diesen Steueroasen werden sich nicht mehr lange nachsagen lassen, dass die Behörden ihrer Länder mit Wohlwollen zusehen, wie Scharen von Bankberatern die Abgabenlast ausländischer Konzerne auf ein Minimum herunterrechnen. Nein, mein lieber Markus, diese Länder sind keine Alternative."

Kramer hob sein Glas, schwenkte den edlen Whisky und nahm einen Schluck.

„Dein Vorschlag, Jegor?"

„Belize."

„Belize, was soll das denn sein?"

„Die ehemalige Kolonie der Engländer, hieß damals Britisch-Honduras. Zentralamerika.

War vor etwa 2000 Jahren von den Mayas besiedelt, dann kamen die spanischen Eroberer, dann die Engländer. Ist 1981 unabhängig geworden und genießt so einige Vergünstigungen."

„Belize, klingt wie ein Spargelanbaugebiet hier in der Nähe. Panama, Cayman Inseln, Guernsey oder die Seychellen, ja, aber Belize?"

„Der Name stammt aus der Mayasprache und bedeutet soviel wie trübes Wasser."

„In dem sich gut fischen lässt", lachte Steigenberger.

„Womit du den Nagel auf den Kopf getroffen, oder besser, den Fisch am Haken hast. Wer die Staatsbürgerschaft von Belize erwirbt, kann Bankkonten eröffnen, soviel er will, du kannst dir eine Bank kaufen und kannst ohne Visum reisen."

„Und wie erwirbt man eine solche Staatsbürgerschaft?"

„In Moskau kostet der Erwerb der Staatsbürgerschaft von Belize etwa zwischen dreihundert- und vierhunderttausend Dollar."

„Offiziell?"

„Manche unserer Zeitungen bieten es an."

„Unglaublich."

„Ist alles nichts Neues. Du kannst dir nicht vorstellen, womit die Amerikaner und die Engländer seit Jahren handeln. Off-Shor-Banken in Andorra, Bulgarien, Jersey, Liechtenstein usw., usw. werden offiziell zum Kauf angeboten. Und was die Amis und die Briten können, können wir Russen allemal. Du kannst heutzutage nahezu alles kaufen. Ist nur einen Frage des Preises. In internationalen Zeitungen der englischen Metropole findest du zum Beispiel Anzeigen folgenden Inhalts: *Handelsbank der Handelsklasse A ohne jegliche Verbindlichkeiten für zehntausend US-Dollar zu ver-*

kaufen. Und bei uns in Moskau kannst du Zweitreise-dokumente, Staatsbürgerschaften., Führerscheine, Niederlassungsrechte und weiß der Teufel, was noch alles; auf dem Markt ist, kaufen."

„Hast du?"

„Allerdings, hab mir für etwas mehr als dreihunderttausend Dollar die Staatsbürgerschaft von Belize in Moskau gekauft."

„Vorteil?"

„Ich muss dort nicht wohnen, kann dort aber Bankkonten eröffnen; soviel ich will, kann ohne Visum alle europäischen Länder bereisen, ich ..."

„Du würdest das für mich erledigen?"

„Selbstverständlich, mein Lieber."

„Bedingung?"

„Die alten, du versuchst weiterhin, alles an Bauaufträgen im Land zu kriegen und trittst einen guten Teil an uns ab. Damit ist unser Image gesichert."

„Aber wie krieg ich mein Geld ohne Aufsehen aus der Schweiz raus?"

„Sobald du die Zweitbürgerschaft von Belize besitzt, reist du mit einem meiner Vertrauensmänner nach Lausanne, füllst deine Koffer und das war`s dann."

Steigenberger sah Kramer ungläubig an."

„Keine Sorge, Markus, wir sind Beeren vom gleichen Feld. Wir werden doch nicht die Kuh schlachten, von deren Milch wir unseren Käse machen. Keine Sorge, mein Lieber, du bist für mich wie ein Bruder geworden."

„Und dann?"

„Du bekommst Überweisungen aus Omsk für die Errichtung von Großanlagen für die verarbeitende Holzindustrie, dann werden dir hohe Beträge von Rüstungsfirmen aus Nowosibirsk für Hoch-und

Tiefbauarbeiten überwiesen; oder aus Tscheljabinsk kommen Überweisungen aus dem Schwermaschinenbau. Dann gründest du mit Hilfe meiner Bank, die ich in Belize eröffnen werde, eine zweite Baufirma oder was immer du willst; und dein Geld wird so sauber sein wie die Westen einiger Politiker."

„Also doch mehr oder weniger fleckig?"

„Mein lieber Jegor, selbst die Sonne hat Flecken, sei also nicht päpstlicher als die Manager eurer Großkonzerne."

„Welche Sicherheit habe ich?"

„Außer meinem Wort keine, aber du hast eine Alternative."

„Welche?"

„Knast! Die Steuer schlägt bekanntlich härter zu als Klitschko."

Steigenberger streckte Kramer die rechte Hand entgegen.

„Kümmere dich als Erstes um die Staatsbürgerschaft für mich in Belize!"

„Und das Zweite wäre?"

„Meine Kaffeerösterin geht mir teuflisch auf den Nerv, oder besser gesagt auf die Eier. Sagen wir so, ich benötige sie nicht mehr."

„Wir haben noch einige hundert Liter konzentrierte Salzsäure im Lager."

„Kein neuer Mord, Jegor."

„Fotos?"

„Was für Fotos?"

„Kompromitierende."

„Von ihr?"

„Von ihr! Es gibt Getränke, wie du sicher weißt, die das normale Verhalten von Menschen sehr stark verändern. Einer meiner Leute ist darauf spezialisiert, sich mit Damen in sehr verfänglichen Positionen fotografieren zu lassen. Ein solches Foto in deiner Hand dürfte genügen, die Liaison ohne Gesichtsverlust deinerseits zu beenden."

„Da wäre mir für`s Erste schon geholfen."

„Hast du noch andere Probleme?"

„Ein Bulle von irgendeiner Sonderkommission auf der Schießgasse schnüffelt auf meinen Baustellen herum und belästigt Architektenbüros, die an meinen Immobilienprojekten arbeiten. Kann für mich und die Geldgeber gefährlich werden."

„Name?"

„Asbach."

„Eliminieren?"

„Nein, auf keinen Fall, dann hätten wir das gesamte Präsidium auf dem Hals. Vorübergehend einfrosten reicht. Und vielleicht noch ein Tipp: Dieser Bulle hat sehr wahrscheinlich ein Verhältnis mit einer gewissen Leona Nachterstedt, Gelegenheitsnutte, Malerin und jetzt Mutter Teresa für hiesige Straßenkinder. Man könnte ..."

„Hab verstanden, Markus. Auf die Pflaume zielen und die Banane treffen."

„Hast du Appetit auf junge, frische Pflaumen aus Rumänien?"

„Immer!"

„Dann komm!"

***

Die Frau, die das Cafè Pinocchio im Hinterhof der Alaunstraße in der Dresdener Neustadt betrat, kam Leona bekannt vor. Nur der schleppende Gang und die schwarze Augenklappe auf dem linken Auge irritierten sie.

„Leona!"

Die Stimme.

„Alina!" Dann lagen sich die Frauen in den Armen.

„Du hast überlebt?"

„Ziemlich seltsame Frage", lachte Alina."

Leona schob die Frau auf Armeslänge von sich. „Dein Auge?"

„War nicht zu retten. Ein großes Wrackteil hat mir zwar das Leben gerettet, aber gleichzeitig mein Auge aufgespießt."

Alina sah sich um. Eine Längswand voller Regale mit Büchern und Spielen, die gegenüberliegende Wand war mit Zeichnungen und kindlichen Malereien beklebt. Weiter hinten Nischen mit Eckbänken, ein Billardtisch und zwei Kickerspiele und an der Rückwand ein Dartspiel.

Zwei Mädchen saßen in einer Ecke und lackierten sich die Nägel, zwei Jungen lümmelten vor dem großen Flachbildschirm, der an der Wand hing, an einem Tisch hockte ein Jugendlicher, hatte den Kopf auf die Tischplatte gelegt und schlief; und an einer Staffelei an dem großen Fenster stand ein etwa sechzehnjähriges, blondes Mädchen und malte.

„Ich bin für eine Stunde nicht zu sprechen, Frau Berthold", rief Leona der Frau in der Küche zu, die belegte Brote und Kuchenstücken für den Nachmittag auf Platten häufte.

„Geht in Ordnung, Frau Nachterstedt."

Leona dirigierte Alina nach hinten, wo sie sich, wenn es einmal sehr spät wurde, ein Zimmer eingerichtet hatte, in dem sie übernachten konnte. Sie schob den Vorhang zur Seite und wies auf eine Sesselecke. Alina blieb verblüfft mitten im Raum stehen. Zwei der Wände hingen voller

Bilder mit Motiven aus der Karibik. Die hellen, kräftigen Farben verliehen dem Raum einen Hauch von Sonne und Meer.

„Alle von dir?"

„Alle, aber setz dich, ich mach erst mal Kaffee."

Leona warf den Kaffeeautomaten an, stellte Tassen auf den Tisch und setzte sich Alina gegenüber.

„Erzähl!"

„Ist nicht viel zu erzählen. Klimpke, dieser verdammte Hurensohn, hat mit gezinkten Karten gespielt. Die Fische, die ihn gefressen haben, werden sich wahrscheinlich in Meeresmonster verwandeln. Diese Wichsbirne wollte uns eiskalt abservieren und dann mit seiner Nutte und den Drogen abhauen."

Leona goss Kaffee ein.

„Dumm und geldgeil wie der Flachwichser war, hat er natürlich nicht mit der Cleverness Francescos gerechnet. Der hat Klimpke von Anfang an misstraut. Kurz und gut, es kam zu einem Kampf mit Schießerei. Dank Francesco hab ich überlebt. Er hat mich, kurz bevor die Jacht in die Luft flog, ins Meer geschmissen. Ein Frachter mit Kurs auf Jamaika hat uns aufgefischt. Sechs Wochen Montego Bay Hospital. Mein Auge und ein Arm Francescos sind dort geblieben. Meine kaputte Hüfte, Steckschuss, lass ich allerdings hier reparieren."

„Dein Geld liegt unangetastet auf meinem Konto, Alina."

„Darum kümmern wir uns später, erzähl mir lieber, wieso du ein Cafè, eine Kneipe oder was immer das hier sein mag, betreibst.?"

„Eigentlich ist es eine Auffangstation für aus dem Nest gefallene Jungvögel."

„Also Straßenkinder, wenn ich das richtig sehe."

„So ist es. Hab das Projekt übernommen, als die bisherige

Betreiberin aus Altersgründen aufgegeben hat. Hier kann ich mit dem Geld, mit dem ich sowieso nichts anzufangen weiß, immerhin für die Nestflüchter einiges tun."

„Begreif ich nicht, dass es hier sowas gibt. In Russland ja, da soll die Zahl der sogenannten Straßenkinder in den Großstädten bereits die Millionengrenze überschritten haben. Da werden immer mehr Kinder direkt auf die Straße geprügelt. Die unteren Bevölkerungsschichten ersaufen im Wodka und die Kinder leben mit den Ratten wie die Ratten. Die Oligarchen dagegen baden in Schampus und erfüllen ihren Keimen jeden Wunsch, den man mit Dollars erfüllen kann."

„Dann wird wohl bald ein neuer Lenin den jetzigen Zaren vertreiben", lachte Leona.

„Aber hier", fuhr Alina unbeirrt fort; „im gesitteten und sozial vorbildlichen Deutschland- Straßenkinder-, kann ich mir kaum vorstellen."

„Es gibt keine verbindlichen Zahlen, da der Begriff Straßenkinder hier sehr umstritten ist. Da sind die Schulschwänzer, Kinder und Jugendliche, die von zu Hause abgehauen sind, kurz, Kinder und Jugendliche, die als Lebensmittelpunkt die Straße gewählt haben. Die meisten von ihnen sind noch zu Hause gemeldet und werden damit nicht als Straßenkinder geführt.

Eine Tendenz dafür gab es auch schon vor der Wende, aber mit dem Abgleiten ganzer Bevölkerungsschichten in Arbeitslosigkeit, Hartz IV, Alkohol und Drogen hat sich das Problem extrem verschlimmert.

Schulfrust, familiäre Vernachlässigung, Missachtung, sexuelle Übergriffe, Missbrauch, Mobbing in der Schule, weil das Geld für Designerklamotten fehlt, und viele andere Ursachen treiben dann Jugendliche in Cliquen, deren zu Hause die Straße ist. Es wird geklaut, mit Drogen gehandelt, Alkohol in Mengen konsumiert, und nicht selten bieten Mädchen gegen Bezahlung ihren Körper an. „

„Und warum tust du dir das hier an?"

„Weil ich nicht vergessen habe, wo ich herkomme. Das Abrutschen geht verdammt schnell, aber wenn du niemand hast, der dich wieder auffängt, bleibst du im Sumpf stecken. Du hast doch das blonde Mädchen an der Staffelei gesehen. Das ist Emma, 14 Jahre, vom Stiefvater ab dem zehnten Lebensjahr missbraucht. Die Mutter hat`s mitgekriegt, aber geschwiegen.

Das Mädchen hat in einer Nacht, als der üble Kerl auf ihr lag, ihm ein Küchenmesser seitlich in den Hals gerammt. Das Mädchen, das Bett, das halbe Zimmer war mit Blut besudelt, als die Mutter am frühen Morgen Emma wecken wollte. Emma wurde von der Jugendfürsorge in einem Heim untergebracht, in dem sie jetzt noch wohnt. Nachmittags kommt sie hierher, spricht mit niemandem, steht Stunde um Stunde an der Staffelei und malt nur Blumen. Manchmal wird sie von krampfartigen Anfällen heimgesucht. Ich nehme Emma dann in die Arme und halt sie ganz fest, bis es vorüber ist. Verstehst du jetzt, warum ich das hier mache?"

„Wenn ich dir behilflich sein kann?"

„Wir können hier jede Hilfe gebrauchen."

Alina sah sich in dem nicht allzu großen Raum um. „Wohnst du hier?"

„Ich übernachte manchmal hier, wenn es spät wird, aber in der Regel machen wir gegen 22.00 Uhr dicht. Ich wohne wieder in meinem Atelier, und wenn du willst, kannst du vorübergehend bei mir einziehen, bis du was Geeignetes gefunden hast."

„Wäre sehr lieb von dir, wenn das ginge. Hab hier noch eine Rechnung offen, die beglichen werden muss. Um dein Problem haben sich die Fische gekümmert. Um meins muss ich mich selber kümmern."

„Das Beste wäre, wir kümmern uns jetzt gemeinsam um unsere aus dem Nest gefallenen jungen Vögel, denn die werden bald hier einfliegen.2

***

Sonntagabend.
Asbach saß vor seinem Laptop und sah sich die Börsenkurse an. Sein Depot hatte sich miserabel entwickelt. Er lag mit mehr als zehntausend Euro in der Verlustzone. Deine eigene Schuld, mein lieber Arnt. Wer sich nicht um seine Finanzen kümmert, muss nicht weinen, wenn das Geld sich einen anderen Partner sucht. Ist schließlich mit den Frauen nicht viel anders. Wenn du so weitermachst, vertrocknest du Einspänner langsam aber sicher von der Wurzel an aufwärts. Leona, Leona, Leona! Jede Nacht hast du alter Zausel von ihr geträumt, hast sie in deinen Wachträumen umarmt, geküsst und geliebt,dabei hat sie dir doch offen Avancen gemacht
Er griff die Glenfiddichflasche. Diese Sonntagabende allein waren nur mit einem ordentlichen Schluck Whisky zu ertragen.
Sie will dich!
Du willst sie!
Sie legt alles ,was sie hat, in die Waagschale!
Du legst es daneben!
Du bist ein Idiot, Arnt Asbach, ein Kretin, ein

Hodenkobolt, ein Hosenscheißer, wenn es um Leona geht. Pfeif auf die Jahre. Nimm sie in die Arme, schmeiß sie auf dein Bett, lieb sie, sooft du kannst und wenn du nicht mehr kannst, erschieß dich.

Das kannst du dann auf jeden Fall noch.

Oder zähl doch lieber dein Geld. Hättest ST&T-Aktien kaufen und wieder verkaufen sollen. Diese Windeiaktie war, nachdem sich der Deal mit dem schwedischen Baukonzern als Luftnummer erwiesen hatte, innerhalb von zwei Börsentagen um 30 Prozent abgestürzt. Dann hatten gezielt massive Stützungskäufe eingesetzt und die Aktie hatte locker die 50 Euromarke geknackt.

Kaufen, wenn die Kanonen donnern, Kostolany!

Verkaufen, wenn die Euphorie ihren Höhepunkt erreicht, wenn die Presse oder **n-tv** die Aktie erwähnt. Und die Euphorie hatte begonnen. Die Aktie hatte in der vergangenen Woche die 60 Euromarke übersprungen und es wurde auf Teufel komm raus gekauft.

Gott sei Dank ist die BaFin hellhörig geworden, dachte Asbach. Über kurz oder lang wird das Unternehmen wie eine Seifenblase platzen. Bis dahin, das hatte er sich geschworen, musste er alles Beweismaterial, vom Kinderbordell an mit seiner damaligen Stammkundschaft bis zu den jetzigen Großbetrügereien im Immobilienbereich, in Sack und Tüten haben.

Steigenberger würde sonst wahrscheinlich mit einer Geldstrafe davonkommen und das musste um jeden Preis verhindert werden. Klimpke haben laut Leona die Fische gefressen ,oder er war irgendwo als stinkender Kadaver an Land gespült worden. Damit bestand von dieser Seite jedenfalls keine akute Gefahr mehr für das Mädchen. Aber da war dieses ominöse Schreiben, das er gestern unter seinem Scheibenwischer entdeckt hatte.

SEHR GEEHRTER HERR ASBACH, ES IST IMMER BEDAUERLICH, WENN EIN MENSCH ODER EIN DIESEM MENSCHEN SEHR NAHESTEHENDER SEINE GESUNDHEIT ODER GAR SEIN LEBEN EINBÜßT. VOR ALLEM DANN, WENN EIN SOLCHER SCHICKSALSSCHLAG DURCH BEACHTUNG GANZ EINFACHER REGELN VERMEIDBAR WÄRE.
Regel 1: Meide Großbaustellen!
Regel 2: Meide in Sanierung befindliche Immobilienprojekte!

Ein wohlmeinender Freund

Asbach war klar, dass es sich hier auf keinen Fall um einen Scherz handelte. Nach Angaben seines Informanten betrugen die Verbindlichkeiten von ST&T gegenüber der Dolus Bank inzwischen etwas mehr als drei Milliarden Euro. Sollte der Geldhahn der Bank zugedreht werden, würde ST&T wie ein Kartenhaus in sich zusammenfallen.
Die Kacke war also am Dampfen, daher der wohlmeinende Freund.
Doch wer vor einer Drohung in Deckung geht, scheißt auch beim ersten Donnerschlag in die Hosen, dachte Asbach.
„Prost, du alter Isegrimm!" Nicht mit ihm. Das Gangsterkonsortium um Steigenberger war reif, überreif wie eine Pflaume, in der sich die Maden tummelten. Der erste Wind würde sie vom Baum reißen und platzen lassen. Asbach wusste, dass er der erste Wind sein musste. Unter Umständen musste dieser Wind bis Rostock wehen. Kowalski hatte über seine schwer durchschaubaren Kontakte herausgefunden, dass die

Rostocker Baufirma Kramer intensive Kontakte zu ST&T pflegte.

Kramer-Bau war offiziell an verschiedenen Baustellen der Republik beteiligt, betrieb inoffiziell aber lukrative Drogengeschäfte, Geldwäscherei und einen florierenden Menschenhandel. Sie importierten und exportierten Mädchen, junge Frauen und Kinder aus osteuropäischen Ländern und aus dem asiatischen Raum.

Asbach goss sich noch einen Whisky ein. Er hatte recherchiert und die Ergebnisse waren genauso erschütternd wie makaber.

Menschenhandel war lukrativer als Drogen-und Waffenhandel geworden, da das Risiko, aufzufliegen, wesentlich geringer war. In Deutschland gab es keine verlässlichen Zahlen für Prostitution. Nach offiziellen Angaben sollten im Durchschnitt der letzten Jahre zwischen 500 und 700 Personen zur Prostitution gezwungen worden sein.

Die Spitze des Eisberges.

Vorsichtige Schätzungen des BKA lagen bei mehreren Zehntausend pro Jahr. Ein mehr als lukratives Geschäft. Nur das Finanzamt hatte kaum etwas davon, denn welche Prostituierte stellte dem Freier eine Quittung aus.

Nicht einmal die Mehrwertsteuer konnte man kassieren. So gesehen waren die immer wiederkehrenden Vorstöße der Politiker nach staatlich registrierten Bordellen zu verstehen.

Das große Geld aber machte nach wie vor die organisierte Kriminalität und das war für den Finanz-minister sehr ärgerlich. Leider wurde die Vergnügungs-steuer, in deren Bereich auch die Prostitutionssteuer fiel, von den Ländern sehr unterschiedlich gehandhabt.

In Köln wollte man Anfangs 150 Euro pro Monat von

jeder Prostituierten kassieren. Das gab natürlich Ärger, da nicht alle Gunstgewerblerinnen Vollzeit arbeiteten.

Es gab Hausfrauen, die von ihren Männern zu kurz gehalten wurden, Studentinnen, die ihr Bafög aufbesserten und modebewusste junge Damen, die für ein paar neue Stiefel schnell mal das anboten, was seit Jahrtausenden gefragt war. Man einigte sich schließlich auf 6 Euro pro Tag (§ 2 Nr. 6 und 7 der Vergnügungssteuersatzung der Stadt Köln vom 19.Dezember 2003).

In Berlin sollte der Satz bei 30 Euro pro Tag liegen, in Düsseldorf bei 25 Euro. Das eigentliche Problem ergab sich aber daraus, wie man diese Vergnügungssteuer kassieren sollte. Und da hatte man in Bonn die wirklich geniale Lösung – die man dort fast immer hatte, wenn es um Geld ging – und funktionierte einfach einen Parkautomaten um.

War ja auch naheliegend, ein Gerät zu benutzen, das einen Schlitz hatte, in den man etwas hineinsteckte.

Der Parkautomat wurde umgerüstet und in der Immenburgstraße aufgestellt.

Ein medienwirksamer Erfolg.

Die für Entspannung sorgenden Damen steckten 6 Euro in den Schlitz „ des Automaten „ , dann durfte von 20.15 Uhr bis morgens 6.00 Uhr frisch und fröhlich gebumst werden. Und die großen Zuhälter, die Finanzämter, kassierten so immerhin bis zu einer Million pro Jahr. Eine sehr glitschige Einnahme, aber wenn es um Geld ging, hatte niemand so große Hände und so wenig Moral wie die Stadtsäckelverwalter.

Im Baugewerbe dagegen würde ein umgebauter Parkautomat wenig Nutzen bringen, dachte Asbach. Immerhin hatte Kowalski, sehr wahrscheinlich über seine Freunde beim Verfassungsschutz, Beweise an Land gezogen, nach denen die Kramer-Baugesellschaft und ST&T das Finanzamt jährlich um Millionen betrogen. Es ging um Schwarzarbeit, die Gründung von diversen Scheinfirmen, Sozialbetrug und Steuerhinterziehung. Über kurz oder lang würde das Finanzamt zuschlagen. Asbach wusste, dass er schneller sein musste.

Er hatte sich am Freitag bei der Dolus Bank in Leipzig, Kreditwesen Dr. Lohmann, einen Termin für Montag geben lassen

Morgen, 10.30 Uhr würde er den Krieg eröffnen.

Seriöse Erscheinung, der Mann. Schmaler Kopf mit sehr hoher Stirn und angegrautem Haar, graublauer Anzug, dezente Krawatte. Der Händedruck war fest, aber ganz leicht feucht. Die graublauen Augen des Mannes musterten den Besucher abschätzend.

„Nehmen Sie Platz, Herr Asbach." Dr. Lohman wies auf die Sesselgarnitur vor dem Panoramafenster in seinem Büro.

Angenehme, sonore Stimme. Vertrauen suggerierend.

„Womit kann ich Ihnen behilflich sein, Herr Hauptkommissar?"

„Es geht um einige Ungereimtheiten einer Dresdner Immobilie. Die Käufer eines Wohnparks an der Dresdner Heide haben uns gebeten, beim Finanzierer des Projektes, also der Dolus Bank, die Bauunterlagen einzusehen. Der Bauherr, ST&T, verweigert die Einsichtnahme. Es soll angeblich mehr Wohnraum verkauft worden sein, als in der Realität zur Verfügung steht. Oder einfacher, die Mieteinnahmen stimmen nicht mit den erwarteten und prognostizierten Einnahmen überein."

„Aber mein lieber Herr Asbach, die vom Bauherrn angegebenen Quadratmeterzahlen der meisten

Wohnungen stimmen nicht mit den wirklichen Zahlen überein. Der Mieter oder Käufer ist immer gut beraten, vor Kauf oder Mietung nachzumessen. Der Teufel steckt bekanntlich im Detail. Da wird eine Ecke übersehen, es wird der Balkon falsch berechnet, eine schräge Wand …"

„Da gebe ich Ihnen völlig recht, Herr Dr. Lohmann, aber um welchen Teufel es sich in diesem Fall handelt, ist Gegenstand unserer Ermittlungen." Asbach hatte die letzten Worte besonders akzentuiert ausgesprochen. Er spürte sofort, wie sich sein Gegenüber bei dem Wort „Ermittlungen" versteifte.

„Ich weiß nicht, Herr Hauptkommissar, ob solche Bagatellungereimtheiten Gegenstand polizeilicher Ermittlungsarbeiten sein sollten, wo gerade unsere Städte von einer nie dagewesenen Kriminalitätswelle heimgesucht werden. Die Aufklärungsquote allein bei Wohnungseinbrüchen soll ja mehr als unbefriedigend sein."

Der Ton wird schärfer, registrierte Asbach. Gut so. Dann wollen wir mal die größeren Kaliber auffahren. „Was diese Aufklärungsquote betrifft, sehr geehrter Herr Dr. Lohmann, muss ich Ihnen leider zustimmen. Die Ursachen dafür liegen auf der Hand, wie Sie wahrscheinlich wissen, und sind keinesfalls einer schlechten oder oberflächlichen Arbeit unserer Poliz ..."

„Was ich auf gar keinen Fall mit meiner Äußerung zum Ausdruck bringen wollte, Herr Hauptkommissar."

„Kommen wir auf die Immobilie am Rande der Dresdner Heide zurück. Ihre Bank hat einen sehr hohen Millionenbetrag an ST&T für dieses Projekt vergeben. Meine Frage: Wurde bei der Erstellung des Finanzierungsgutachtens die Nutzfläche des Objekts geprüft?"

„Aber Herr Hauptkommissar Asbach, unsere Experten prüfen vor Vergabe eines solch hohen Kredites natürlich das gesamte Areal."

Asbach sah ein Zucken in den Augen des Mannes. „Dann ist mir allerdings unbegreiflich, dass ihren Experten entgangen ist, dass die Nutzfläche des Objekts, die bei zwölftausend Quadratmetern liegt, von Seiten des Bauunternehmens mit achtzehntausend Quadratmetern angegeben wurde."

Asbach sah, wie die leicht gebräunte Gesichtshaut des Mannes an Farbe verlor.

„Zumal", fuhr er unbeirrt fort, „ein Bauschild, das in unmittelbarer Nähe des Objektes aufgestellt war, die reale Quadratmeterzahl exakt auswies?"

Er sah, wie sein Gegenüber mehrfach schluckte, bevor er zu einer Antwort ansetzte.

„Sehr geehrter Herr Hauptkommissar, Sie sehen mich fassungslos. Eine solche Unterstellung, und als solche darf ich Ihre Anschuldigung wohl auffassen, ist einfach ungeheuerlich."

Dr. Lohmann machte eine Pause, holte tief Luft und Asbach spürte, wie der Mann sich selbst zur Ordnung rief.

„Ich werde sofort eine genaue Überprüfung des Sachverhaltes veranlassen, sehr geehrter Herr Hauptkommissar. In spätestens drei Tagen melde ich mich persönlich bei Ihnen und jetzt entschuldigen Sie mich bitte, der nächste Termin ..."

Die Tür hatte sich kaum hinter Asbach geschlossen, als Dr. Lohmann zum Telefon griff und eine Dresdner Nummer wählte. Das Gespräch war kurz, aber heftig. Danach wählte der Mann aus Dresden eine Nummer in

Rostock.

***

Die Nacht war regnerisch und stockfinster, als der BMW gegen ein Uhr morgens in einer dunklen Einfahrt am Bischofsweg parkte. Zwei Männer stiegen aus, öffneten den Kofferraum und griffen jeder einen Kanister. Sie liefen lautlos dicht an den Hauswänden entlang, bogen in die nächste Seitenstraße ein und standen wenig später vor dem Cafè Pinocchio. Der Größere von beiden machte sich an der Tür zu schaffen, die sich nach weniger als einer Minute öffnen ließ. Die Männer betraten das Cafè.

Alina, die in dem hinteren Raum des Cafès schlief, drehte sich im Halbschlaf auf die andere Seite. Die Feier gestern Abend war bis kurz nach Mitternacht gegangen. Leona hatte alle ehrenamtlichen Mitarbeiter des Cafès für Straßenkinder und alle Sponsoren zu einer kleinen Dankesfeier eingeladen.

Es war ein feuchtfröhlicher Abend geworden und Alina hatte mehr Wein getrunken, als sie üblicherweise vertrug. Dazu hatte ihr der Schmerz in der Hüfte heftiger zu schaffen gemacht als sonst. Wahrscheinlich lag es an diesem nasskalten Novemberwetter. Die fünf Treppen zu Leonas Atelierwohnung hinauf hätten ihr sicher schwer zu schaffen gemacht. So war sie lieber hier geblieben und hatte sich auf die Schlafcouch gelegt.

Alina erwachte erneut aus einem unruhigen Schlaf. Sie sog tief die Luft ein. Wahrscheinlich der Traum, der sie verfolgte. Es roch nach Benzin, die Jacht brannte lichterloh, dann explodierte sie und sie flog durch die

Luft.

Plötzlich schreckte Alina auf. Sie glaubte, das Prasseln von Feuer zu hören. Es roch tatsächlich nach Benzin. Sie sprang aus dem Bett und schrie vor Schmerz auf. Diese verdammte Hüfte! Gott sei Dank war die OP für nächsten Mittwoch festgelegt. Sie schob den Vorhang zur Seite und erstarrte. Der vordere Teil des großen Raums brannte lichterloh. Aus dem Küchentrakt schlugen Flammen. Beißender Rauch brannte sofort in ihrer Kehle. Alina stand zur Salzsäule erstarrt. Wenige Sekunden später kam sie zu sich. Nach vorn, Richtung Ausgang, gab es keine Fluchtmöglichkeit mehr. Das Mobiliar stand in Flammen. In der Küche explodierten Flaschen mit Reinigungsmitteln und Öl. Der Weg zum Küchenfenster war damit ebenfalls versperrt. Einzige Möglichkeit, das kleine Fenster im Schlafraum. Alina drehte sich um, ging zum Fenster und riss es auf. Der Luftzug entfachte die Flammen zu einem Höllenfeuer.

Aus dem Fenster gab es kein Entrinnen. Nach mehreren Einbrüchen hatte Leona ein Gitter anbringen lassen. Alina riss die Gardinen vom Fenster, das Laken vom Bett, warf sich beides so über den Körper, das sie noch etwas sehen konnte und rannte mitten in die Flammen Richtung Tür.

Die Feuerwehrleute, die sie nach den Löscharbeiten fanden, vermerkten in ihrem Bericht, dass der Körper völlig verkrümmt durch die Hitze des Feuers auf dem BodeN gelegen habe. Der Rücken habe die Form eines bis aufs Äußerste gespannten Bogens gehabt.

Die Brandermittler stellten fest, dass es sich um vorsätzliche Brandstiftung gehandelt hatte. Als Brandbeschleuniger war Benzin verwendet worden. Die vom

Feuer deformierten Blechkanister waren bei der Spurensicherung gelandet. Ein Zeuge, der sich bei der Polizei meldete, gab an, dass er auf dem Nachhauseweg in einer Toreinfahrt unweit des Cafès Pinocchio einen großen, dunklen Wagen mit Rostocker Kennzeichen gesehen hatte, der mit aufheulendem Motor gestartet sei. Kurz darauf hatte er das Feuer bemerkt und die 112 gewählt.

Die polizeilichen Ermittlungen hatten ergeben, dass der BMW am Vortage in Rostock als gestohlen gemeldet worden war.

***

Es war irgendwann nach Mitternacht gewesen, als Asbach durch gellende Martinshornsignale und Blaulicht aus dem Schlaf gerissen wurde. Eine schon den ganzen Tag in seinem Inneren rumorende Unruhe hatte ihn mit einer bösen Ahnung erfüllt.

Er hatte sich schnell angezogen, hatte das Hotel verlassen und war Richtung Pinocchio gelaufen.

Die lodernden Flammen, die wie glühende Zungen aus den Fenstern schossen, hatten ihn das Schlimmste befürchten lassen. Er wusste, dass Leona manchmal, wenn es sehr spät geworden war, in dem hinteren Raum übernachtete. Sein Herz begann wie wild zu hämmern. Er hatte das Gefühl, als müsste sein Brustkorb bersten. In weniger als fünf Minuten hatte er das Haus erreicht, in dem sich Leonas Atelierwohnung befand. Er drückte den Daumen auf den Klingelknopf und nahm ihn erst wieder weg, als Leonas verschlafene Stimme in der Gegensprechanlage ertönte.

Als er ihre Stimme hörte, machte sein Herz eine Pause, pochte dann noch einmal heftig, stolperte kurz und nahm dann seinen gewohnten Rhythmus wieder auf.

„Komm sofort runter, das Pinocchio brennt!"

Leona kam in Pyjama und Bademantel aus der Haustür und sie rannten beide, sich an den Händen haltend, zum Cafè. Zwei Feuerwehrleute in schwerer Ausrüstung trugen einen menschlichen, verdrehten Körper oder das, was das Feuere davon übrig gelassen hatte, aus der Tür.

Leona stürzte nach vorn. Asbach bekam ihren Bademantel zu fassen und zog sie zurück. Dann löste sich ihr Schrei und sie brach in seinen Armen zusammen.

Asbach wusste, dass er hier nichts mehr verloren hatte. Die Brandermittler würden wie immer mit akribischer Sorgfalt vorgehen. Für Asbach stand fest, dass es sich hier um nichts Anderes als Brandstiftung handeln konnte. Sein Vorstoß in der Dolus-Bank war aller Wahrscheinlichkeit der Auslöser für die Brandlegung gewesen und ein brutaler Warnschuss in seine Richtung.

Er führte Leona behutsam zum Hotel.

Eric stand vor der Tür in einem Haufen heftig diskutierender Leute. Beim Anblick Asbachs und seiner Begleiterin, die der mehr trug, als dass sie lief, scheuchte er mit einer energischen Handbewegung die Leute zur Seite, öffnete die Tür, ließ die Beiden eintreten und schloss hinter ihnen ab. Sie führten Leona, von beiden Seiten gestützt, in die hintere Ecke des Restaurants und setzten sie in einen bequemen Sessel.

Eric ging zum Tresen und stellte den Wasserkocher an.

„Alina!", kam es schluchzend aus Leonas Mund.

„Was ist mit deiner Freundin? Ich denke, die wohnt vorübergehend bei dir?"

„Sie hat diese Nacht, da es spät geworden war, im Cafè übernachtet."

Asbach durchfuhr ein eiskalter Schauer.

Eric kam mit dem Tee.

„Ist das Zimmer neben meinem noch frei?"

„Ist frei. Vielleicht am besten, wenn sie erst mal hier bleibt?" Eric sah Asbach fragend an.

Leona lag mit dem Oberkörper auf der Tischplatte. Ihre Schultern zuckten in verhaltenen Weinkrämpfen.

„Trink jetzt den Tee, Mädel", kommandierte Eric und hob ihren Kopf von der Tischplatte.

Leona trank in kleinen Schlucken, dann griffen die beiden Männer sie unter den Armen und gingen mit ihr zum Lift.

„Soll ich mit hochfahren?"

Asbach schüttelt den Kopf. „Wird schon gehen."

Eric reichte ihm den Schlüssel für die 32, dann glitt die Tür des Liftes zu.

Vor der 32 blieben sie stehen. Er schloss auf, aber Leona machte keine Anstalten, das Zimmer zu betreten. Sie sah Asbach mit einem derart flehenden Ausdruck an, dass er es nicht übers Herz brachte, sie allein zu lassen.

In seinem Zimmer fiel sie in einen Sessel und ihre Schultern zuckten erneut.

„Geh unter die heiße Dusche, Leona!" Die Nacht war schon ziemlich kalt gewesen. Er suchte in seinem Schrank nach einem Hemd und reichte es ihr in die Duschkabine.

Als sie ins Zimmer trat, knickten ihre Knie ein. Asbach fing sie auf, trug sie zum Bett und deckte sie bis zum Kinn zu.

„Ich würde gern etwas Kräftiges trinken, Arnt."

Er goss Whisky in zwei Gläser und reichte ihr eins.

Sie goss den Crested Ten in einem Zug hinter, schüttelte sich und brach erneut in einen Weinkrampf aus
Asbach streichelte ihre Wange und murmelte Worte, die ihn an die Trostworte seiner Mutter erinnerten, als er lange mit einem bösen Scharlach das Bett hüten musste.
Nach einer Weile griff Leona seine Hand, sah zu ihm auf und murmelte: „Leg dich zu mir, bitte."
Er wusste, dass er das auf keinen Fall machen sollte, aber ihr Blick war so bittend und ihr Zustand so jämmerlich, dass er sich neben sie legte, sie wie ein Kind in die Arme nahm und sie sanft zu wiegen begann. Nach einer Weile hörte das Zucken ihrer Schultern auf. Sie legte den Kopf in seine Armbeuge und ihre Atemzüge wurden gleichmäßiger.
Irgendwann musste er ebenfalls eingeschlafen sein, denn er erwachte durch ein undefinierbares Gemurmel an seinem Ohr: „Drei, sieben, eins, acht.- unverständlich ..."
Dann schlangen sich zwei Arme im Halbschlaf um ihn. Er spürte, wie der nackte, feste und heiße Körper neben ihm sich an ihn drückte. Asbachs Hand wurde von einer Macht, die aus der Anfangsphase des Lebens stammen musste, auf die warme Brust des heißen Körpers neben ihm gezogen.
Nimm sie!
Reiß dich zusammen und steh auf!
Einmal!
Dabei wird es nicht bleiben!
Vielleicht wirst du deine Träume los.
Gib ihr wenigstens einen Kuss!
Sie wird dich in sich hineinsaugen.
„Steh auf!"
„Komm zu mir", flüsterte es neben ihm im Halbschlaf.
Asbach erhob sich, nahm eine Decke aus dem Schrank

und setzte sich in seinen Lesesessel.

Als er gegen 7.30 Uhr erwachte, spürte er jeden Knochen im Leib. Er sah zum Bett. Leona lag in Embryostellung und atmete tief und gleichmäßig.

Asbach rasierte sich, zog sich leise an und ging runter zum Frühstück.

***

„Es war Brandstiftung, daran gibt es keinen Zweifel", sagte Maibach. „Die ersten Ergebnisse der Brandermittler sind eindeutig."

„Die Spur führt nach Rostock", warf Kowalski ein und goss Kaffee nach.. „Der BMW wurde einen Tag vor dem Brandanschlag dort gestohlen."

Mittwoch war Treff bei Kowalski.

Hat sich in letzter Zeit so ergeben, dachte Asbach, und das ist gut so. Die KoK war personell aufgestockt worden. Asbach war sich nicht so ganz sicher, ob die Spezialisten aus den anderen Abteilungen alle vom reinen Ast abstammten. Die Medien waren mitunter besser informiert als mancher Staatsanwalt der KoK.

„Bist du noch da?" Kowalski tippte Asbach auf die Schulter.

„Aber ja doch, hattest du nicht irgendwelche Verbindungen nach Rostock?"

„Stimmt! Die Verflechtungen zwischen ST&T und Kramer-Bau haben sich in letzter Zeit intensiviert. Aber außer Steuermanipulationen konnte mein Mann in Rostock nichts Brauchbares herausfinden, nur, dass der Chef von Kramer-Bau mit dem Habitus eines englischen

Lords seine Tentakel nach Mittelamerika ausgestreckt hat und es würde mich wundern, wenn Steigenberger nicht mit von der Partie wäre. Und noch etwas, Kramer hat einen Adjutanten, Danilo mit Vornamen, der einige Jahre Mitglied bei den „Nachtwölfen" gewesen sein soll."

„Der berüchtigten Motorradgang der Russen?", fragte Maibach.

„Allerdings. Der Mann soll das Aussehen eines Engels und die Bösartigkeit eines Teufels haben. Mord, Folterung, Vergewaltigung, Erpressung, Brandstiftung, alles Sachen, die der Mann zwischen Frühstück und Mittagessen so nebenbei erledigt."

„Ich frage mich immer öfter, wo ich hier lebe?", polterte Maibach. „Das Land versinkt in einem Sumpf von Verbrechen und ..."

„Aber mein lieber Hannes", unterbrach ihn Asbach, „Deutschland ist noch, ich betone: noch, das wirtschaftlich stärkste Land in Europa, hat aber eine von Parteiinteressen zerfressene, von Besserwissern und Alleswissern manipulierte, manchmal sehr fahrlässig handelnde, die Sicherheit der eigenen Bevölkerung auf's Spiel setzende Regierung und eine Justiz, über die ein Streifenpolizist nicht einmal mehr lachen kann. Wundert es dich da, dass die Ganoven dieser Welt – ähnlich den Truthahngeiern – das Aas riechen?"

„Wobei die Truthahngeier", warf Kowalski ein, „in ihren Landstrichen äußerst nützliche Vögel sind."

„Die Vögel, die sich hier breitmachen, würde ich sehr gern eigenhändig rupfen", knurrte Maibach."

„Also gehen wir ans Rupfen", unterbrach Asbach den Disput. „Du, Hannes, übernimmst die Koordinierung aller Ermittlungsergebnisse, die von uns geliefert werden.

Sorg dafür, dass nur der Chef informiert wird."

„Also volles Programm ab morgen?", fragte Kowalski.

„Volles Programm! Bevor sich das Gesindel nach Mittelamerika absetzen kann, müssen wir zuschlagen. Du übernimmst Rostock und kannst gleichzeitig die ersten Negativmeldungen über ST&T in die Medien lancieren. Ich übernehme die Verbindung zur Finanzdienstleistungsaufsicht. Und setz die Dolus Bank unter Druck!"

„Trommelfeuer?", grinste Maibach.

„Aus allen zur Verfügung stehenden Rohren, mein lieber Hannes."

„Wenn den Ganoven also Schlechtes widerfährt, das ist dann einen Asbach-Uralt wert." Kowalski griff zur Flasche.

„Für mich nicht, muss fahren", knurrte Maibach, stand auf und reichte Kowalski die Hand. „Weidmannsheil, wenn die Sau zur Strecke gebracht ist, geb ich einen Jägermeister aus. Kann im Moment den Asbach nicht mehr riechen."

„Es gibt Leute, bei denen laufen die Nasen, dafür riechen ihre Füße. Komm, du alter Knurrhahn!"

Auf der Rückfahrt spürte Asbach, dass Maibach noch etwas Anderes beschäftigen musste als die bevorstehende Zerschlagung des ST&T Imperiums. So nervös und voller Unruhe hatte er ihn selten erlebt. Am Körnerplatz trommelten er mit den Fingern auf das Lenkrad, als könnte er damit die Ampel auf Grün schalten.

„Was ist los, Hannes?"

„Gertrud!"

„Börse?"

„Schlimmer!"

„Red!"

„Karola will Medizin studieren."

Die Ampel sprang auf Grün. Maibach gab Gas, scherte in die rechte Spur, dass die Reifen quietschten und schoss auf's Blaue Wunder Richtung Schillerplatz.

Asbach erinnerte sich sofort an das Elend, dass die Familie Maibach heimgesucht hatte. Karola, die wohlerzogene Tochter, war über Nacht auf die schiefe Bahn und im Drogenmilieu gelandet. Hannes hatte drei Wochen Urlaub damit verbracht, diesen Zuhälter und Drogendealer, an den sich seine Tochter wie eine Klette an einen alten Jutesack gehangen hatte, zur Strecke zu bringen. Er hatte den Kerl Tag und Nacht observiert und dann dem Zoll den entscheidenden Tipp gegeben. Da nach dem   Schengener Abkommen nur noch sporadisch und im Landesinneren kontrolliert wurde, war für den Schmuggel, vor allem mit synthetischen Drogen, der Weg von Tschechien nach Deutschland frei. Der Zoll schlug, als der Kerl auf der Rückreise war, kurz vor dem Kurort Bad Schandau, zu. Die sichergestellte Menge an Drogen hatte für einige Jahre Knast gereicht. Karola fand den Weg zurück zu einem normalen Leben durch die unerschütterliche Unterstützung der Eltern..

„Was hast du eigentlich gegen ein Medizinstudium, alter Meckersack?"

„Hast du eine Ahnung, was das kostet?"

„Willst du jetzt, auf deine alten Tage, geizig werden?"

„Hat nicht das Geringste mit Geiz zu tun, mein Lieber, und ich habe kein Problem damit, jeden Monat ein paar Hunderter aus dem Familienbudget abzudrücken, aber Gertrud will unsere Lebensversicherung verkaufen."

„Summe?"

„Wenn alles einigermaßen läuft, ist nach Ablauf mit 200 000 zu rechnen."

„Vorzeitiges Verkaufen sollte man sich sehr gründlich

überlegen. Du büßt auf jeden Fall Geld ein."

„Ich weiß, ich weiß, mein lieber Arnt. Die Versicherung will immer dein Bestes, nämlich dein Geld. Aber dort liegt der Hund nicht begraben."

„Wo dann?"

„Hast du schon mal was von der FRAUSUS-HOLDING gehört?"

„Gehört ja, muss irgendwas mit Finanzdienstleistungen zu tun haben."

„Eine Kollegin aus dem Bauamt, mit der sich Gertrud noch regelmäßig trifft, hat ihr den Floh ins Ohr gesetzt, dass die Lebensversicherung aufkaufen."

„Schwund ist dabei eingeplant", lachte Asbach.

„Ist noch nicht alles, Arnt. Das Geld wird nicht ausgezahlt, sondern sofort in Genussscheinen oder irgendwelche Schuldverschreibungen angelegt. Dafür soll der Anleger einen Zinssatz, beginnend bei 4,5 Prozent, mit Steigerung auf über 10 Prozent jährlich erhalten. Gertrud hat sich bereits in einem Büro der FFRAUSUS beraten lassen. Und jetzt höre und staune. Unsere Versicherung, angelegt in diesen Scheinen, bringt in den ersten Jahren so an die 8 000 bis 10 000 Euro pro Jahr. Karolas Studium wäre damit abgesichert. Am Ende der Laufzeit garantiert das Unternehmen die Rückzahlung der Versicherungssumme."

„Vorsicht, Hannes, äußerste Vorsicht. Bei solchen Angeboten wedelt der Teufel vor Vergnügen mit dem Schwanz."

„Scheint aber ein solides Unternehmen zu sein. Bei Großveranstaltungen geben sich Prominente aus Sport und der Unterhaltung die Klinke in die Hand. Selbst Regierungskreise sind voll des Lobes."

„Denk an die Telekom, Hannes, da hat ein wirklich sehr

260

prominenter Schauspieler sich arg in die Nesseln gesetzt. Wenn du meinen Rat willst, und den willst du ja sehr wahrscheinlich: Vorsicht! Vorsicht! Vorsicht! Wer Zinsen garantiert, die weit über den herkömmlichen liegen, kann nichts Gutes im Schilde führen. Die Kannibalen aus früheren Zeiten fraßen ihre Nachbarn auf. Die heutigen Kannibalen fressen dein Vermögen."

„Du rätst ab?"

„Nicht unbedingt, aber Abwarten und Tee trinken hat noch keinen arm gemacht. Eure Lebensversicherung bringt zwar immer weniger an Ertrag, aber dein Geld kriegst du auf alle Fälle zurück."

Maibach hielt vor dem Hotel. „Danke Arnt, werde doch wieder Asbach trinken."

„Grüß Gertrud von mir. Ich werde Kowalski einen Tipp bezüglich FRAUSUS geben ,und sie soll noch warten."

Er stieg aus und betrat das Hotel durch den Restauranteingang. Eric las am Tresen Zeitung.

„Was macht unser Gast?"

Eric legte die Zeitung zur Seite. „Hat sich von einer der Kellnerinnen ein paar Klamotten geborgt und gegen zehn das Hotel verlassen."

„Wie sah sie aus?"

„Wie Granit, grau und versteinert."

***

Montag, 10,30 Uhr

Die gut gekleidete, ältere Dame mit dem Rollator spazierte gemächlich den Lahmannweg entlang Richtung Plattleite.

Weißer Hirsch. Villenstadtteil Dresdens. Europaweit bekannt geworden durch Heinrich Lahmanns im ausklingenden 19.Jahrhundert eröffnete physiatrische Klinik. Hier oben hatten sich bis heute die Gutbetuchten angesiedelt.

Die alte Dame bog in die Stangestraße ein und blieb vor einem weitläufigen, parkähnlichen Grundstück stehen.

Der Dobermann kam zum Zaun.

„Guten Tag, Max. Geht's dir gut?"

Der Hund sah die alte Dame unverwandt mit ruhigem Blick an. Sie hatte ihn vor zwei Tagen, als sie das erste Mal hierher gekommen war, einfach Max genannt. Er schien nichts gegen diesen Namen zu haben. Vor allem wahrscheinlich schon deshalb nicht, weil der Name Max mit einem guten Stück rohen Roastbeefs in enger Verbindung stand. Vielleicht, dachte die alte Dame, denkt er, dass das Stück Fleisch Max heißt.

Sie schob das Rindfleisch, das sie am Schillerplatz gekauft hatte, durch den grünen, etwa 2 Meter hohen Doppelstabmattenzaun. Max streckte die Schnauze nach vorn, schnupperte und schnappte sich das Fleisch.

„Guter Hund, Max", sagte die alte Dame und ging weiter Richtung Wolfshügelstraße. Dort klappte sie ihren Rollator zusammen, schwang sich in ihren grauen Megane, gab Gas und fuhr davon.

Dienstag, 18.45 Uhr

Der unscheinbare Herr mit dem Aktenkoffer schlenderte die Plattleite hoch, am Ardenne-Institut vorbei und bog dann in die Stangestraße ein. Vor dem grünen Metallzaun blieb der Mann stehen. Zwischen den riesigen Rhododendronbüschen tauchte der Dobermann auf.

„Max, komm her!"

Der Hund näherte sich dem Zaun, schnupperte und streckte dann die Schnauze vor.

Der Mann griff in die Tasche seiner Jacke, holte ein in Folie gewickeltes, großes Stück Leber hervor, entfernte die Folie und steckte es durch die Metallstangen. Der Hund nahm es vorsichtig mit den Vorderzähnen entgegen und verschlang es dann ,als wäre es ein Wurstzipfel.

„Du bist ein guter Hund, Max", sagte der Mann mit einer ganz weichen Stimme. „Du würdest bestimmt gern mit mir spazieren gehen?"

Der Hund drückte seine dunkel glänzende Flanke gegen den Zaun und der Mann streichelte ihn.

An der oberen Ecke der Straße tauchte eine Frau auf.

Der Mann tat so, als bände er sich den Schuh zu und überquerte dann die Straße.

An der Wolfshügelstraße stieg der Mann in seinen grauen Megane und fuhr Richtung Stadt.

Mittwoch, 13.00 Uhr

Der alte Mann mit dem Gehstock ging, leicht das steife linke Bein nachziehend, langsam an dem grünen Doppelstabmattenzaun des Grundstücks auf der Stangestraße entlang. Dabei flüsterte er mit zarter Stimme immer wieder: „Guter Max. Was bist du doch für ein lieber Hund."

Der Dobermann lief im gleichen Schritt auf der anderen Seite des Zauns mit.

Am Ende des Zauns griff der Mann in seine Jackentasche und schob dem Hund ein großes Stück Lende durch den Zaun.

Der Hund verschlang das Fleischstück und sah bettelnd

mit seinen feuchten ‚dunklen Augen den Mann an.

Der Alte bückte sich und schob vorsichtig eine kleine, zierliche Hand durch die Metallstangen des Zauns. Der Dobermann schnupperte, dann leckte er mit seiner rauhen Zunge die Hand des Mannes ab.

„Braver Max", sagte der alte Mann, ging weiter und stieg in einer Nebenstraße in seinen grauen Megane.

Freitag, 21.30 Uhr

Der junge Bursche mit dem tief in die Stirn gezogenen schwarzen Basecap presste sich dort, wo der große Fliederbusch durch den Metallzaun wucherte, dicht in das grüne Blättergewirr. Der Mutternschlüssel passte. Er hatte gestern verschiedene Schlüssel probiert. Er reckte sich und löste die obere Mutter, die mit einer Lasche den Zaun fest in seiner Lage hielt. Dann löste er die untere Mutter. Jetzt konnte er das Zaunfeld leicht nach außen ziehen. Er schlüpfte durch den Spalt ins Innere des Grundstücks.

Die Frage war, wie würde Max reagieren?

Der Dobermann hatte auf seiner Seite des Gartens bewegungslos gestanden und den jungen Mann nicht aus den Augen gelassen.

Der hielt vorsichtshalber den Spalt zwischen Säule und Metallgitter mit einer Hand offen.

„Guter Max", sagte der junge Mann.

Der Hund zögerte kurz und kam dann näher.

Der Mann griff in die Tasche seiner dunkelblauen Jeans und zog ein ein großes Stück Jagdwurst heraus.

Zweimal kauen, zweimal schlucken, dann war die Wurst weg.

Der junge Mann tätschelt dem großen Hund den Hals.

Der Hund drückte sich an das Bein des Mannes.

„Dann los Max, zeig mir das Haus !"

Der junge Mann wusste, dass der Besitzer der Villa mit seinem großen Mercedes schon vor 19.00 Uhr das Grundstück verlassen hatte.

Er umrundete die Villa mit dem Hund an seiner Seite. Max versuchte immer wieder, seinen Kopf am Oberschenkel des Mannes zu reiben.

„Bist genau so ein armes Schwein wie ich, Max. Suchst Liebe und Zuneigung, und kein Schwein nimmt davon Notiz."

Der junge Mann und der Hund umrundeten die Villa. Die Fenster im Erdgeschoss waren mit feinen schmiede-eisernen Gittern gesichert. Die Kellerfenster waren entweder so klein, dass kein erwachsener Mensch sich hindurchzwängen konnte, oder sie waren massiv gesichert. An der Rückfront des Gebäudes befand sich zu ebener Erde eine Metalltür.

„Plan A, Max, wird nicht funktionieren." Er tätschelte dem Hund den Kopf. „Auf alle Fälle muss ich in den Keller, denn dort liegen die Bomben, die zur Explosion gebracht werden müssen. Das bin ich meiner Freundin schuldig, Max."

Der Hund und der Mann entfernten sich von der Villa und durchstreiften das Grundstück. Hinten im Garten, etwas 30 Meter vom Haus entfernt, stand ein flaches, aus Holz errichtetes, altes schuppenähnliches Gebäude. Hier wurden wahrscheinlich all die Gartengeräte, die man zwar braucht, aber nicht im Haus unterbringen kann, aufbewahrt.

„Schöner Schuppen, Max. Schönes trockenes Holz. Und was für ein schöner Benzinrasenmäher."

Der junge Mann drückte die Klinke der Schuppentür.

Abgeschlossen.

„Das alte Kastenschloss dürfte kein Hindernis sein, was Max?"

Der junge Mann ging zur Ecke mit dem großen Fliederbusch und schlüpfte durch die Lücke im Zaun.

Max steckte seinen feinen, schmalen Kopf ebenfalls durch die Lücke im Zaun und es sah so aus, als wollte er mit dem jungen Mann mitgehen.

„Du musst leider hierbleiben, Max, so leid es mir tut. Aber wir sehen uns bald wieder."

Sonntag, 4.00 Uhr morgens

Die Gestalt in den schwarzen Jeans, dem dunklen Rollkragenpullover und dem tief in die Stirn gezogenen Basecape verschmolz in der mondlosen Nacht mit dem Fliederbusch und dem grünen Doppelstabmattenzaun zu einem dunklen Fleck in der Landschaft. Die Gestalt hatte seit kurz nach Mitternacht die Villa beobachtet. Gegen 1.00 Uhr war der schwere Mercedes in die Einfahrt eingebogen. Gleich darauf war in allen Räumen des Erdgeschosses das Licht eingeschaltet worden. Eine halbe Stunde später wurde es im Erdgeschoss dunkel. In der ersten Etage war es dann eine Weile hell gewesen. Seit gut zwei Stunden hatte sich im Haus nichts mehr geregt.

Leona schlich zum Schuppen. Der Hund blieb wie ein Schatten an ihrer Seite. Das alte Kastenschloss war kein Problem. Es machte kurz klick, als sie den Dietrich drehte und die Klinke gab nach. Leona schlüpfte, gefolgt von Max, ins Innere der Remise. Sie zog hinter sich die Tür zu und blieb stehen. Allmählich gewöhnten sich ihre Augen an das diffuse Licht, das von mehreren

Solarleuchten aus dem Nachbargarten schwach herüber schimmerte.

„Da, Max, genau, was ich gesucht habe." Leona schob ein kleines, wackliges Tischchen an die Rückwand des Schuppens. Die alte Steckdose mit dem Kabel, das locker von der Wand hing, würde das Feuer auslösen. Zumindest würden die Untersuchungen der Brandermittler das ergeben. Leona klemmte zwei alte Jutesäcke in die Ritzen zwischen den Brettern genau über der Steckdose. Sie stellte die Kerze darunter und entzündete den Docht mit einem Feuerzeug.

Spätestens, wenn der Benzinrasenmäher explodierte, würden die Leute aus dem Schlaf gerissen werden. Die Feuerwehr von der Neukircher Straße war sicherlich als erste vor Ort.

Leona zog sich zurück. Max folgte ihr auf dem Fuß. Sie verschloss die Tür der alten Remise wieder und verschwand durch die Lücke im Zaun.

Max versuchte, ihr zu folgen. Sie brachte den Zaun wieder in Ordnung.

„Geht nicht Max, kann dich jetzt nicht mitnehmen."

Leona schlenderte zu ihrem Megane zurück, öffnete den Kofferraum, nahm die dunkle Jacke mit den Silberstreifen und den Motorradhelm heraus und setzte sich in den Wagen. Die Jacke hatte sie selbst genäht. Den roten Helm hatte sie mit schwarzen Klebebandstreifen verziert, an den Seiten Kopfhörer angeklebt und vorn eine Axt und eine Leiter aufgemalt. Sie hoffte, dass in der Hektik der Löscharbeiten niemand auf sie achten würde.

Sie sah auf die Uhr. 4.33 Uhr.

Sobald der Tank des Rasenmähers explodierte, würde das Chaos ausbrechen.

Der dumpfe Knall kam um 4.43 Uhr.

Zehn Minuten später hört sie die erste Feuerwehr.

Leona wartete weitere 10 Minuten, dann stieg sie aus und ging Richtung Stangestraße.

Vor und in dem Grundstück mit der großen Villa herrschte Hochbetrieb. Feuerwehrleute rollten Schläuche aus. Zwei Mann schlugen mit Äxten die Vorderwand der Remise ein und zwei Polizisten versuchten vergeblich, Schaulustige aus dem Grundstück zu drängen.

Leona warf sich die Jacke über, stülpte den Helm auf ihren Kopf und bahnte sich einen Weg durch die Gaffer. Einer der Polizisten machte ihr den Weg frei. Sie ging um das Haus herum, Plötzlich stand Max vor ihr und rieb seinen Kopf an ihrem Schenkel.

Leona sah sich um. Hinten im Garten, wo der Schuppen stand, loderten Flammen in den Nachthimmel. Feuerwehrleute schossen das erste Wasser in den Brandherd. Sie musste sich beeilen. Sie ging um die Villa herum. Die hintere Tür stand sperrangelweit offen.

Leona sah sich noch einmal kurz um, dann schlüpfte sie in das Haus. Die Tür zum Keller war nicht abgeschlossen. Sie hastete die Treppe hinunter. Ein großer, aufgeräumter Raum, ganz hinten eine Tür. Leona wusste von Alina, dass sich dahinter der Safe befand.

Die Tür war verschlossen.

Sie nahm den Kuhfuß aus der Jacke und schob das gebogene Ende zwischen Türblatt und Rahmen. Beim dritten Versuch zerbrach das Schloss und die Tür ging auf.

Leona nahm das Landschaftsbild mit der nackten Frau, die breitbeinig unter einer Trauerweide lag, von der Wand.

Der Safe.

Sie tippte mit vor Erregung zitternden Fingern die

Zahlenkombination, die sie auswendig gelernt hatte, ein. Nichts.

Leona richtete sich auf, atmete dreimal ganz ruhig ein und aus, beugte sich wieder zum Safe herunter und tippte langsam die Zahlen ein.

Ein metallisches Geräusch ertönte.

Leona zog an dem Griff des Safes. Die Tür ging auf. Im oberen Fach lagen mehrere Geldbündel mit großen Scheinen. Im unteren Fach lag die Stahlkassette, von der Alina ihr erzählt hatte. Sie schob die Kassette unter ihre Jacke und klemmte sie mit dem rechten Arm fest.

Auf der Treppe hörte sie Schritte.

Leona verließ den Raum, zog die Tür zu und schlüpfte in eine Nische rechts neben der Kellertür.

„Herr Steigenberger", hörte sie von oben eine Stimme, „könnten sie mal kommen?"

Die Schritte entfernten sich wieder nach oben, die hintere Haustür zum Garten wurde zugezogen und abgeschlossen.

Wahrscheinlich hat der Kerl, als er mitbekam, dass es bei ihm brannte, das Haus durch die Hintertür verlassen und sie in der Hektik offen gelassen.

Leona schlich nach oben. Ein breiter Flur mit Keramikfußboden, Bilder an den Wänden und einer Treppe, die in das obere Stockwerk führte. Die schwere Tür an der Vorderseite des Hauses war abgeschlossen.

Wenn sie nicht schnell nach draußen kam, konnte es übel für sie ausgehen. An der Wand hing ein Schlüsselbrett. Sie griff sich den Ring, an dem 3 Sicherheitsschlüssel hingen.

Ihre linke Hand zittert vor Erregung. Mit der rechten Hand drückte sie die Kassette fest an sich. Gott sei Dank, der dritte Schlüssel passte.

Sie öffnete die Tür, hing das Schlüsselbund wieder an den Haken, schlüpfte nach draußen und zog die Tür hinter sich zu.

Kurz bevor sie die Straße betrat, zog sie die Jacke aus und nahm den Helm ab. Die Kassette wickelte sie in die Jacke, nahm beides unter den Arm und schlenderte zu ihrem Wagen.

Sonntag, 6.15 Uhr morgens

Das Handy summte so lange auf der Konsole über dem Bett, bis Hauptkommissar Asbach den Arm ausstreckte.

„Leona, bist du vom wilden Affen gebissen? Einen schwer arbeitenden Kriminalbeamten mitten in der Nacht aus dem Schlaf zu reißen?"

„Mitten in der Nacht ist gut, Arnt. Um diese Zeit kommt ein ordentlicher Mensch in der Neustadt aus der Kneipe und ..."

„Wenn du jetzt greifbar wärst, würde ich dich übers Knie legen, meine Liebe."

„Nichts wäre mir lieber. Aber im Ernst, komm bitte sofort zu mir. Auf meinem Tisch liegt eine Bombe und der Zünder ist aktiviert."

„Was da auf dem Tisch liegt, hat nicht zufällig einen Kopf, zwei Arme und zwei Beine?"

„Arnt, komm bitte sofort, es brennt, im wahrsten Sinn des Wortes."

Asbach sprang aus dem Bett. Er wusste genau, wann dieses verrückte Mädchen zum Albern aufgelegt und wenn es ernst war. Er zog sich den Jogginganzug an und verließ das Hotel

Auf sein Klingeln ertönte sofort der Summer. Asbach sprintete die fünf Treppen hoch.

Leona stand in der Korridortür. „Komm rein!"

Sie schloss die Tür, ging zu dem Tisch in der hinteren rechten Ecke des großen Zimmers und zeigte auf die altmodische Stahlkassette.

„Soll das die Bombe sein?"

„Ein Kilo TNT ist dagegen eine Knallerbse, mein lieber Herr Hauptkommissar."

Leona hob den Deckel der Kassette an. Sie hatte mit dem Nageleisen das Schloss geknackt.

„Alles Aufnahmematerial dieses Steigenbergers, der Alina auf dem Gewissen hat."

„Woher willst du das wissen?"

„Alina hat mir davon erzählt und mir die Zahlenkombination für den Safe in der Villa gegeben."

„Bist du noch zu retten, Leona? Das war Einbruch, Diebstahl und ..."

„Und Brandstiftung. Du musst mich verhaften." Sie streckte ihre Hände vor.

„Erzähl!"

Als Leona alles erzählt hatte, kam der Zusammenbruch. Plötzlich zerfloss ihr Gesicht und ihr Kopf fiel gegen Asbachs Schulter. Der Weinkrampf schüttelte sie so, dass er sie mit beiden Armen festhalten musste. Er strich ihr übers Haar und murmelte Worte, die einst seine Mutter gemurmelt hatte, wenn er sich das Knie aufgeschlagen hatte.

Allmählich hörte das Zittern auf und Leona hob den Kopf.

„Es war ein elektrischer Leitungsbrand, Arnt. Die Brandermittler werden sich nicht lange damit aufhalten, bei der maroden Elektrik in dem Schuppen."

„Das ist alles zweitrangig, meine liebe Leona. Die Kernfrage ist, ob wir das Material für unsere Ermittlungen überhaupt verwenden können?"

„Das verstehe ich nicht. Alina hat mir erzählt, die Aufzeichnungen enthalten Material über Kinderprostitution, Betrügereien beim Autobahnbau, Immobilienschacher und was weiß ich noch für Schweinereien. Das muss unsere Gerichte doch interessieren."

„Hast du schon mal was von Grundrechtsverletzungen gehört?"

„Soll das also umsonst gewesen sein, Arnt?"

„Illegal beschafftes Beweismaterial kann unter bestimmten Umständen vor Gericht verwendet werden. Wenn das Interesse der Strafverfolgung überwiegt, kann das Gericht eine Einzelfallprüfung anordnen.
Bei Einbruch zur Beschaffung von Beweismaterial besteht allerdings Beweisverwertungsverbot."

Leona stöhnte verzweifelt auf.

„Keine Sorge, uns wird schon was einfallen, wie wir die Brüder drankriegen. Trotzdem, ich wiederhole, das war mehr als leichtsinnig von dir. Du solltest wieder zu uns ins Hotel ziehen, wenigstens so lange, bis das ganze Geschmeiß hinter Gittern sitzt."

„Nicht nötig, Arnt. Du kennst meine Verwandlungskünste. Die werden nie im Leben auf mich kommen."

Was Leona Nachterstedt nicht ahnte, war, dass eine winzige Kamera, die bei der Eingabe der Zahlenkombinaten des Safes aktiviert wurde, sie gefilmt hatte.

***

„Was geht und was geht nicht, Arnt?" Maibach kratzte sich am Kinn. Für Asbach ein untrügliches Zeichen dafür, dass sein Kollege und langjähriger Freund wütend und ratlos zugleich war.

Sie hatten sich noch am Sonntagnachmittag bei Kowalski einen Teil der Aufzeichnungen aus der Kassette angesehen. Das Material würde, sofern man es überhaupt verwenden konnte, ein mittleres Erdbeben in den oberen Etagen von Justiz und Wirtschaft auslösen. Sehr gut möglich, dass es auch in Regierungskreisen und dem Polizeiapparat krachen würde

„Vor Gericht haben wir nicht die geringste Chance, Hannes. Die Gegner würden uns mit einer Flut von Klagen eindecken. Das würde von Einbruch, Diebstahl, Brandstiftung, Hausfriedensbruch und und und reichen. Das einzig Machbare scheint mir zu sein, was unser Freund Kowalski vorgeschlagen hat."

„Dann gehen wir aber davon aus, dass es in der KoK, sagen wir vorsichtig ausgedrückt, undichte Stellen geben muss."

„In einer Sonderermittlungsgruppe, die aus mehr als zwanzig Leuten besteht, gibt es immer undichte Stellen, mein Lieber. Für eine explosive Schlagzeile sind die großen Medien alle bereit, tief in die Tasche zu greifen. Und es gibt immer einige Kollegen, die beim Rascheln großer Scheine schwach werden."

„Und das wollen wir jetzt gnadenlos ausnutzen?"

„Ich sehe im Moment keine andere Möglichkeit, Hannes."

„Dein Fahrplan, Arnt?"

„Ich informiere den Chef darüber, dass mir von einer unbekannten Person hochbrisantes Material zum Kauf angeboten wurde. Es soll sich dabei um Dokumente über

Kinderprostitution aus dem Lolita, um schwere Betrügereien beim Autobahnbau und dubiose Bankgeschäfte zwischen der Dolus Bank und dem Steigenbergerkonzern im Immobilienbereich handeln."

„Und weiter."

„Hartmann wird alle Kollegen der KoK darüber informieren und bitten, ihm sofort Bericht zu erstatten, falls einem weiteren Beamten ähnliches Material angeboten werden sollte."

„Du gehst davon aus, dass diese Information weitergereicht wird?"

„Allerdings."

„Der berühmte Stich ins Wespennest. Ist dir klar, dass du damit die geballte Abwehr der Ganoven auf dich lenkst, Arnt?"

„Ich sehe keine andere Möglichkeit, Hannes. Außerdem hab ich mit dem damaligen Klüngel um diesen Steigenberger noch ein privates Hühnchen zu rupfen. Du wirst dich erinnern:"

„Ich werde nicht von deiner Seite weichen, Arnt. Du wirst dich ab sofort daran gewöhnen müssen, dass du ohne mich nicht mehr pinkeln gehen kannst."

„Muss ich sitzen oder darf ich weiter im Stehen?"

„Der Mann, der sich zum Pinkeln setzt, wird von der Klofrau sehr geschätzt. Spaß beiseite, Arnt, sei bitte in den nächsten Tagen vorsichtig. Angeschossene Raubtiere sind gefährlich. Dieser Steigenberger und vor allem die Leute aus dem Lolita werden nichts unversucht lassen, um an die Aufzeichnungen zu kommen. Und pass auf die Nachterstedt auf. Die ist mindesten so gefährdet wie du."

***

Das Handy im Büro eines Rostocker Hochhauses meldete sich.

„Kramer."

„Hallo Jegor."

„Sei mir gegrüßt, mein Freund Markus."

„Es brennt, Jegor."

„Brauchs du den Feuerlöscher?"

„Dringend!"

„Danilo macht sich auf den Weg,"

„Danke."

Der Mann mit dem Habitus eines englischen Lords griff erneut zum Telefon. Als sich der Teilnehmer meldete, sagte Jegor Kramer: „ Position drei einnehmen!"

„Position drei wird eingenommen!", kam es zurück.

„Nimm unser Glücksrad mit!"

Jegor Kramer holte aus dem Kühlschrank die Flasche Belvedere. Dieser polnische Wodka war das reinste Lebenselixier. Wenn er daran dachte, was für einen Fusel er in jungen Jahren getrunken hatte, schüttelte es ihn heute noch. In dem stalinistischen Arbeitslager, in das er mit knapp 20 Jahren gebracht wurde, war Alkohol tabu gewesen. Es sei denn, man hatte gute Beziehungen. Dort ging es einzig und allein ums nackte Überleben. Trotz aller widrigen Umstände war er dort in Sibirien „Gekrönt" worden.

Er war Mitglied der „Diebe im Gesetz" geworden. Nach 5 Jahren wurde er aus unerfindlichen Gründen entlassen. Der Ruf als „Gekrönter" hatte ihm dann mehr genutzt als jedes Universitätsdiplom. Sein erstes illegales Spielkasino hatte er in Nishnij Nowgorod eröffnet. Danach hette er seine Tentakel nach Moskau ausgestreckt.

Jegor Kramer nahm noch einen Schluck und ließ das edle Getränk eine Weile im Mund kreisen, bevor es seine

Kehle passieren durfte.

War ein verrücktes Leben damals. Er dachte an die herrlich gebauten, langbeinigen Nutten, die ihm zusätzlich zum Spielkasino Geld brachten. Außerdem standen sie ihm bereitwillig zu Diensten, wenn ihm danach war.

In Moskau war die Arbeit schwerer, komplizierter und gefährlicher geworden. Er hatte zusätzlich zu den drei illegalen Spielkasinos noch angefangen, mit Waffen und Drogen zu handeln

Der Konkurrenzkampf um den Markt wurde immer brutaler. Die drei Morde, die er selbst ausgeführt hatte, hatten zwar seinen Ruf gefestigt, aber die Gefahr lauerte trotzdem an jeder Straßenecke.

Nach dem Zusammenbruch der Sowjetunion war er legal in die Baubranche eingestiegen und hatte sich an russischen Großprojekten beteiligt. Kurz bevor in Berlin die Mauer fiel, hätte ihn die Konkurrenz fast erwischt. Aus einem Auto heraus war auf einer Hauptstraße auf ihn geschossen worden. Eine der Kugeln hatte einen jungen Mann am Oberarm erwischt, der genau zu dem Zeitpunkt, als die Schüsse fielen, ihn überholte. Er hatte sich um den Jungen gekümmert, ihn zum Arzt gebracht, alle Unkosten übernommen und war an dem Tage zu seinem durch nichts zu ersetzenden Adjutanten Danilo gekommen.

Auf alle Fälle war das Moskauer Pflaster einfach zu heiß für ihn geworden, zu heiß für einen Geschäftsmann, der offiziell legale Geschäfte machte, aber nebenbei immer noch im Waffen-und Drogenhandel aktiv war.

Ein Jahr, nachdem in Deutschland die Mauer gefallen war und in Ostdeutschland das politische und wirtschaftliche Chaos herrschte, hatte er den Sprung gewagt.

Rostock.

Er hatte eine marode, versiffte Baufirma gekauft. Mehr als preiswert.

Einer der „Gekrönten", von denen einige Hundert in Europa und den USA tätig waren, hatte über die Treuhand – was für ein irreführender Name – das Geschäft für ihn in die Wege geleitet.

Der gesamte Osten war damals verramscht worden.

Selbst relativ intakte Firmen kamen unter den Hammer.

Kokurrenz ausschalten.

Neue Absatzmärkte gewinnen.

Das Kapital übernahm den Osten.

Kramer-Bau hatte sich nach kurzer Zeit etabliert, war als Arbeitgeber der Region in Politikerkreisen hoch angesehen.

In einer Hafenstadt zusätzlich zum legalen Baugeschäft einen lukrativen Waffen-und Drogenhandel aufzuziehen, war kein Problem gewesen. Denn nur damit konnte man ordentlich Geld machen.

Wobei mit Menschenhandel im Moment noch mehr zu verdienen war.

Osteuropäische und russische Nutten standen in den Großstädten Europas hoch im Kurs.

Das Zusatzgeschäft war gerade so richtig angelaufen, und da schien dieses Weichei Steigenberger Mist gebaut zu haben.

Jegor Kramer nahm den letzten Schluck aus dem Glas, warf es in den Papierkorb, stand auf und ging zum Fenster.

Danilo wird's richten.

Und sollte dieser testosterongesteuerte Hahn Steigenberger die Kramer-Bau in Gefahr bringen würde, dann …

Kramer griff eine Fliegenklatsche, holte aus und schlug zu.
Von der Fliege blieb nur ein ekliger Fleck auf der Fensterscheibe.

***

Dienstag, 12.00 Uhr mittags
Sah ein Knab ein Röslein stehn meldete sich Asbachs Handy. Er hatte die Mundharmonikaversion von Michael Hirte auf sein Handy geladen. In seiner Kindheit und Jugend war er begeisterter Schnauzenhobelspieler gewesen. Leider ein verdammt miserabler.
„Fahren Sie zum Hotel und öffnen sie ihren Laptop!"
Die Stimme war metallisch verzerrt.
„Grüße von Leona!"
Asbach rieselten mehrere Eiskristalle den Rücken runter.
Seit Sonntagvormittag war er dieses unangenehme Gefühl in der Bauchgegend nicht mehr losgeworden.
Irgendwas war mit Leona passiert.
Er fuhr in seine Lederjacke und stürmte in Maibachs Zimmer.
„Bin kurz weg, Hannes. Irgendwas stimmt nicht mit der Nachterstedt."
In der Tür hörte er noch, wie Maibach rief,: „Halt mich auf dem Laufenden!"
Im Hotel nahm er zwei Treppenstufen auf einmal, fuhr seinen Laptop hoch und erstarrte. Auf dem Bildschirm war eine großes Rad zu sehen.
Ein Glücksrad.
Zahlen von eins bis zwölf.

Die Gummilasche übersprang gerade die Zwei.

Vor dem Rad kniete eine nackte Frau.

Sie sah mit angstgeweiteten Augen in die Kamera.

Ihre Hände waren nach hinten gebogen und wahrscheinlich gefesselt.

Um den Hals trug sie eine Schlinge aus derbem Strick.

Aus dem Hintergrund hörte man leises Motorengeräusch.

Der Strick um ihren Hals lief über die Achse des Rades und dann über mehrere kleine und große Rollen zu einem Elektromotor.

Dort, wo die Ziffer zwölf hätte sein müssen, prangte ein Totenkopf.

Asbach wusste sofort, was hier gespielt wurde. Das Material gegen Leonas Leben.

Ein Text wurde eingeblendet:

SIE HABEN BIS FÜNF VOR ZWÖLF DIE MÖGLICHKEIT, DAS LEBEN DIESER FRAU GEGEN EINE KASSETTE IM ORIGINALZUSTAND EINZUTAUSCHEN: KEINE TRICKS UND KEINE KOPIEN! WIR WÜRDEN DIE FRAU ÜBERALL AUF DER WELT FINDEN.

Übergabebedingungen später!

Asbach griff zum Telefon und wählte Kowalskis Nummer.

„Komm bitte sofort zum Hotel!"

Asbach sah auf den Bildschirm. Das Rad hatte sich um einige Millimeter auf die Drei zubewegt. Er schätzte, dass er noch etwas mehr als 9 Stunden hatte

Vorausgesetzt, Leona würde nicht das Bewusstsein verlieren. Dann würde die Schlinge sie erdrosseln.

Er war dümmer gewesen, als die Polizei erlaubte. War doch nur logisch, dass die Verbrecher sich das schwächste Glied in der Kette aussuchten. Außerdem musste Leona Spuren hinterlassen haben, und sie mussten mitgekriegt haben, dass zwischen ihm und der Frau eine Beziehung bestand.

Er rief noch einmal Kowalski an.

„Bin sofort bei dir."

Hier konnte nur Kowalski helfen. Die Leute, mit denen er noch von früher in Verbindung stand, hatten, wenn sie den Befehl dazu erhielten, in nahezu jedes Wohnzimmer blicken können.

„Entschuldige Arnt, Stau am Schillerplatz."

Asbach sah auf die Uhr: 12.53 Uhr. Er drehte den Laptop seitlich, so dass Kowalski einen Blick auf den Bildschirm werfen konnte.

„Scheiße, Scheiße, Scheiße!" Kowalski griff zum Telefon und wählte.

Am anderen Ende der Leitung meldete sich eine Männerstimme.

Kowalski gab die genaue Adresse des Hotels durch. „Bring Christian mit und alles, was ihr noch an Ausrüstung habt."

Die Männer trafen 14.35 ein, warfen einen kurzen Blick auf Asbachs Bildschirm, setzten sich an den Tisch, öffneten ihre kofferähnlichen Taschen und klappten zwei Laptops auf.

Asbach sah, wie sie Zahlen, Buchstaben und irgend-welche Hieroglyphen eintippten. Nach einer Viertelstunde sah einer der Männer Kowalski an.

„Wird nicht einfach werden, den Standort zu ermitteln. Muss auch keine Direktübertragung vor Ort sein. Die könnten eine Zwischenstation eingebaut haben."

Asbach stöhnte auf, „Wie lange kann das dauern?"

„Kann man schwer voraussagen."

Der Hauptkommissar erhob sich. „Ich fahr ins Präsidium.

Bleib du bitte hier", wandte er sich an Kowalski. „Sobald ihr was habt, ruf mich an."

Auf dem Weg zur Treppe kehrte er noch einmal um. „Versucht bitte, die Einblendungen auf mein Handy zu übertragen."

Asbach stürmte aus dem Hotel und warf sich in seinen Wagen.

Er wurde auf der Strecke zur Schießgasse zweimal geblitzt, parkte den Wagen auf dem Parkplatz direkt vor dem Präsidium, schoss die Treppen hoch und in Maibachs Büro.

„Hannes, sorge bitte dafür, dass die Kassette für den Notfall, ich betone Notfall, zur Verfügung steht, und verlass dein Büro in den nächsten zehn oder zwölf Stunden nicht. Mein Handy bleibt eingeschaltet. Setz dich mit Kowalski in Verbindung und sag ihm, dass sie mich jederzeit orten können."

„Was hast du ..."

„Später Hannes, später.

Als er den Parkplatz mit quietschenden Reifen verließ, war sein Entschluss gefasst. Die zentrale Figur war dieser Steigenberger. Der Mann hatte durch das Filmmaterial alles zu verlieren. Wahrscheinlich waren die Aufzeichnungen der Schweinereien, die im Lolita ihren Anfang genommen hatten, seine Lebensversicherung gewesen.

Auf der Carolabrücke staute sich der Verkehr. Asbach knallte das Blaulicht aufs Dach und betätigte das Martinshorn.

Steigenberger hätte sicher mit den Festplatten und Sticks problemlos einige Staatsanwälte, Richter, Politiker und Wirtschaftsbosse erpressen können, wenn es ihm an den Kragen gegangen wäre.

Am Albertplatz bog Asbach nach rechts in die Bautzner Straße ein und trat das Gaspedal durch.

Er würde sich den Kerl vorknöpfen. Sehr wahrscheinlich, dass man ihn nach dem, was er vorhatte, aus den Reihen der KoK und aus dem Kriminaldienst ausmustern würde. Aber das musste er riskieren.

Am Parkhotel bog er rechts in die Plattleite ein und parkte Ecke Stange-Luboldtstraße. Er holte das Handy aus der Jackentasche. Kowalskis Männer hatten die Übertragung auf sein Handy zustande gebracht.

Die Gummilasche hatte die 5 übersprungen. Leona kauerte gebeugt mit schmerzverzerrtem Gesicht unter dem Glücksrad. Ein maskierter Mann schob ihr eine Art Schemel unter den Hintern.

„Soll noch nicht verrecken!"

Der Akzent war eindeutig.

In Asbach kochte die Wut hoch. Er hatte sich noch nie so ohnmächtig gefühlt.

Er stieg aus und schritt die Straße entlang, bis er vor dem Grundstück stand, das er von seinem ersten Besuch noch kannte.

Das große ‚schmiedeeiserne Tor war verschlossen.

Er klingelte.

Keine Reaktion.

Erneutes Klingeln.

Nach einer Weile ertönte ein Summen und das Tor öffnete sich.

Gleichzeitig erschien Markus Steigenberger mit Mantel und Aktenkoffer vor der Haustür.

„Das tut mir aber jetzt echt leid, Herr Hauptkommissar, bin auf dem Weg zu meinem Büro." Das Lächeln im Gesicht des Mannes war zerfahren.

„Das tut mir jetzt ebenfalls sehr leid, Herr Steigenberger,

aber sie werden ihren Bürobesuch leider etwas verschieben müssen!"

„Nehmen Sie sich da nicht zu viel heraus, Herr Asbach?"

„Gehen Sie zurück ins Haus!" Die Stimme ähnelte jetzt einer Messerklinge.

„Sie überschreiten Ihre Kompetenzen, mein Herr. Ich werde bei Ihrem Vorgesetzten Beschwerde über Sie einreichen."

„Tun Sie das, aber im Moment gibt es dringenden Unterhaltungsbedarf zwischen uns!"

Asbach schob den Mann ins Haus zurück.

„Sind Sie wahnsinnig geworden?" Steigenberger versuchte, sich dem Drängen Asbachs zu widersetzen. Der trat jetzt vor den Mann, packte ihn am Mantel, zog ihn in das große Zimmer mit dem Panoramafenster und stieß ihn in einen Sessel.

Steigenberger war von der Gewaltanwendung des Hauptkommissars so überrascht, dass er keinen Widerstand leistete. Seine Lebensgeister kehrten allerdings schnell zurück und er versuchte ,sich aus dem Sessel zu erheben. Asbach stieß ihn zurück.

„Ich rufe die Polizei!" Die sonst sonore Stimme kippte um.

Asbach sah, wie dem Mann die Hände zitterten. Schweißperlen bildeten sich auf seiner Oberlippe.

„Sie sagen mir jetzt auf der Stelle, wo sich Frau Nachterstedt befindet!"

„Einen Scheiß werde ich Ihnen sagen! Sie verlassen auf der Stelle mein Haus!"

„Wo befindet sich Frau Nachterstedt?" Asbachs Stimme war leise, aber eine gefährliche Drohung war nicht zu überhören.

Plötzlich ging in Markus Steigenberger eine Veränderung

vor. Das Weiß seiner Augen tendierte jetzt ins Rötliche. Mit einem federnden Satz sprang der Mann auf und stürzte sich auf Asbach, der in einen Sessel, der hinter ihm stand, fiel. Ein bösartiges Geräusch entrang sich Steigenbergers Kehle. Seine Hände umklammerten Asbachs Hals. Mit einem derartigen Angriff hatte der Hauptkommissar nicht gerechnet. Er stemmte die Füße auf den Teppichboden und drückte mit aller Kraft seinen Rücken gegen die Sessellehne. Als der Sessel auf der Kippe stand bohrte er sein Knie in den Leib des Mannes, der ihn würgte.

Es gab ein ohrenbetäubendes Krachen und Splittern. Steigenberger war durch den Raum geflogen, in der Glaswand einer Vitrine gelandet und lag jetzt auf dem Teppich.

Asbach, der sein Judotraining nie vernachlässigt hatte, stand bereits über ihm. Er zog den benommenen Mann vom Teppich hoch und warf ihn wieder in einen Sessel. Steigenberger blutete leicht aus der Nase.

„Wo befindet sich Frau Nachterstedt?"

„Du kannst mich mal, du beschissenes, dämliches Bullenschwein. Deine letzten Tage als Hauptkommissar kannst du jetzt zählen, du verdammter Wichser."

Asbach merkte, dass der Mann kurz vor dem Zusammenbruch war. Seine Stimme überschlug sich, Schaumbläschen bildeten sich in seinen Mundwinkeln und seine Hände entwickelten ein Eigenleben.

Asbach stellte sich vor den Mann, ergriff seine rechte Hand und drückte zu. Steigenberger schrie auf.

„Wo ist Frau Nachterstedt?"

„Leck mich!"

Asbach ergriff den kleinen Finger der rechten Hand des Mannes und es gab ein Geräusch, als wenn ein dürrer Ast bricht.

Steigenberger gab einen jaulenden Ton von sich und fiel wie ein Heißluftballon, dessen Hülle in Brand geraten war, in sich zusammen.

„Wo ist Frau Nachterstedt?" Er ergriff den Ringfinger des Mannes.

„Waldgasthof", röchelte Steigenberger.

„Adresse!"

„Fick dich!"

„Adresse!" Steigenberger bog den Ringfinger nach oben.

„Adorf!", schrie Steigenberger.

„Ich werde Sie jetzt gut verschnüren, Ihr Handy außer Betrieb setzen, Ihr Telefon unbrauchbar machen und Ihr Haus gut verschließen. Sollte die junge Frau nicht mehr am Leben sein, hängt Ihres nur noch vom Zufall ab. Wenn Sie überleben sollten, dann werden Sie auf jeden Fall hinter Gittern landen."

Als Steigenberger gut verschnürt auf dem Sofa lag, zog ihm der Hauptkommissar das Handy aus der Anzugtasche, riss den Stecker aus der Telefonbuchse, schloss das Haus ab und ging zu seinem Wagen.

Er zertrat Steigenbergers Handy mit dem Absatz und schob es mitsamt dem Schlüsselbund in einen Gully. Dann startete er seinen BMW.

In Chemnitz hielt er an, bevor er auf die A 72 nach Plauen wechselte.

Das Display zeigte Leona, die kerzengerade, nach oben gestreckt, auf dem Hocker saß. Die Gummilasche stand zwischen der sieben und der acht. Leonas Augen waren geschlossen, ihre Haltung verkrampft und der Strick lag eng an ihrem dünnen Hals an.

„Werd bloß nicht ohnmächtig, Mädel", murmelte Asbach und trat das Gaspedal durch.

Kurz nach Plauen-Süd geriet er in einen Stau.

Polizeisirenen, Krankenwagen.

Mehrere PKWs vor ihm verließen die Autobahn an einer Ausfahrt.

Er war nahe dran, Gleiches zu tun.

Dann erinnerte er sich an einen in Rente gegangenen Fahrer aus dem Fuhrpark des Präsidiums. Bleib auf der Autobahn, war dessen Wahlspruch gewesen. Jeder Stau löst sich auch wieder auf, und du weißt immer, wo du bist. Wenn du nicht ortskundig bist, landest du meist in irgendeiner Walachei und brauchst mehr Zeit, dein Ziel zu erreichen, als wenn du im Stau ausgeharrt hättest.

Nach dreißig Minuten löste sich der Stau auf. Ein LKW war auf einen anderen LKW aufgefahren.

Wahrscheinlich Sekundenschlaf, dachte Asbach. 25 Prozent der Unfälle auf Autobahnen wurden durch dieses Wegnicken verursacht. Der ADAC rechnete mit jährlich zwischen 50 und 60 Toten und mehreren tausend Verletzten durch Auffahrunfälle. Die Notbremssysteme reduzierten zwar die Geschwindigkeit, aber leider noch nicht ausreichend genug.

Er verließ die A 72 Richtung Oelsnitz.

Hätte er vielleicht besser Hannes mit der Kassette in Bereitschaft halten sollen? Wenn Steigenberger ihn angelogen hatte? War sehr unwahrscheinlich. Der Mann war nach dem Bruch des Fingergelenks völlig in sich zusammengesackt. Ist eben etwas Anderes, wenn einem körperliche Gewalt selbst trifft. Für ein langes, mühseliges Verhör war hier keine Zeit geblieben. Leonas Leben stand auf dem Spiel. Trotzdem, wohl fühlte er sich nicht. Er hatte Gewalt immer abgelehnt ,und er konnte sich nicht erinnern, je so rabiat geworden zu sein.

In Oelsnitz bog er auf die 92 Richtung Adorf ab.

Er war sich im Unklaren darüber, was er machen würde, wenn Leona nicht überlebte. Auf alle Fälle hätte er sie rechtzeitig aus der Schusslinie nehmen müssen. Wie konnte er nur so blöd gewesen sein, zu glauben, dass Steigenberger diesen Keller nicht kameraüberwachte.

Er parkte vor dem Gasthof in Adorf und stieg aus.

Die junge Frau am Tresen gab ihm eine ausführliche Wegbeschreibung. Was ihm auffiel, war das etwas merkwürdige Grinsen der Frau, als er den Waldgasthof erwähnte.

Asbach stieg wieder in seinen Wagen und fuhr in Richtung Grenze. An einer Gabelung im Wald musste er nach links abbiegen.

Der Gasthof lag am Rande einer Wochenendsiedlung mit Bungalows und Minigrundstücken. Hinter dem Gasthof erstreckte sich ein Waldgebiet.

Asbach stellte das Auto auf dem Parkplatz der Siedlung ab. Die Sonne war am Horizont verschwunden. Er warf einen Blick auf sein Handy.

Leona stand jetzt leicht schwankend aufrecht unter dem Rad. Der Strick war gespannt und schnitt ihr in den Hals. Sie hatte die Augen geöffnet, aber Asbach sah deutliche Anzeichen einer nahenden Ohnmacht.

„Halt um Gottes Willen durch, Mädel. Bin gleich bei dir."

Er umrundete das Haus. Auf der Rückseite des Gebäudes befand sich ein Niedergang. Solche Treppen hatten früher in die Waschkeller der Wohnhäuser geführt.

Asbach drückte die Klinke. Die Tür war nicht verschlossen. Es roch nach altem Keller und Tierkadavern. Im diffusen Licht des Raumes sah er an der rechten Wandseite zwei Rehe und eine Wildschwein mit aufgeschlitzten Bäuchen hängen.

Der Hauptkommissar ging durch den Raum zu der Tür,

die ins Innere des Kellers führen musste.

Abgeschlossen.

Das alte Kastenschloss leistete weniger als eine halbe Minute Widerstand. Der Gang, der sich vor Asbach auftat, war stockdunkel. Die winzige Taschenlampe enthüllte mehrere Türen, die von dem Gang nach rechts und links abgingen. Wahrscheinlich ehemalige Kohlen- und Kartoffelkeller, Gerümpelräume, Vorratskeller und Ähnliches.

Am Ende des Ganges schimmerte ein schwacher Lichtschein.

Asbach schlich auf leisen Sohlen darauf zu. Die Taschenlampe hatte er ausgeschaltet. Er orientierte sich an den Wänden. Das leise Summen eines Elektromotors verstärkte sich, je näher er der Tür am Ende des Ganges kam. Die Glasscheibe im oberen Drittel der Tür war nahezu blind. Der Hauptkommissar wischte mit Spucke die Mitte der Scheibe so weit frei, dass er in das Innere des Raumes blicken konnte.

Leona hing nach oben gestreckt unter dem Rad. Ihre Augen waren aus den Höhlen getreten und ihr Gesicht war stark gerötet. Rechts neben dem Rad saß ein Mann in einem bequemen Sessel, die Füße auf einem Tisch.

Asbach drückte die Türklinke langsam nach unten. Als er die Tür öffnete, gaben die Angeln einen quietschenden Ton von sich. Den Mann am Tisch schien das nicht zu beunruhigen. Er griff nach einer Flasche und wollte sie gerade an den Mund führen. Mit größter Wahrscheinlichkeit war er davon ausgegangen, dass es jemand aus dem Haus war.

Asbach sprang mit einem Satz in die Mitte des Raumes. Der Mann am Tisch ließ die Flasche fallen und schnellte wie ein sibirischer Tiger auf den Hauptkommissar zu.

Asbach täuschte mit der linken Faust einen Schlag gegen die Schläfe des Mannes vor.

Während der Mann auswich, traf ihn Asbachs linke Handkante am Hals unmittelbar oberhalb der Schlüsselbeine.

Der Mann fiel, ohne einen Ton von sich zu geben, einfach um.

Asbach hob Leona an und streifte ihr die Schlinge über den Kopf. Als er sie vorsichtig auf den Boden legen wollte, traf ihn etwas Hartes am Hinterkopf und er fiel mit dem Mädchen im Arm auf den Fußboden.

Blitze in der Dunkelheit!

Regen!

Wieder Blitze!

Wo kam bloß dieses Scheißwasser her?

Asbach versuchte den Kopf aus dem Regen zu drehen.

Etwas klatschte schmerzhaft gegen sein Gesicht.

Er öffnete die Augen, versuchte sich zu bewegen.

Vor ihm saß ein Mann auf einem Gartenstuhl und grinste ihn an.

Zwischen 50 und 60 schätzte Asbach. Grauer Bürstenhaarschnitt. Leicht aufgequollene Gesichtszüge. Nahezu schwarze Augen. In der linken Hand eine Wasserflasche

Asbach wollte sich das Wasser aus dem Gesicht wischen, was ihm nicht gelang. Seine Hände und Füße waren gefesselt. Er lehnte mit dem Rücken an der Wand. Neben ihm lag Leona mit einer alten Pferdedecke über dem nackten Körper auf dem Fußboden.

Er starrte entsetzt auf das Mädchen.

„Keine Sorge", sagte der Mann mit der knarrenden Stimme eines Kettenrauchers, „die kleine Schlampe lebt, ist nur ohnmächtig."

Asbach sah sich in dem Raum um. Der gutaussehende Mann, den er mit einem Handkantenschlag auf den Boden geschickt hatte, lag regungslos auf dem Rücken. Auf seiner Brust hatte sich ein großer, roter Fleck ausgebreitet.

„Ex!", sagte der Mann. Er hielt die Waffe in der rechten Hand. „Garantiert Russenmafia. Bin doch nicht lebensmüde und gehe wegen Beihilfe zu Mord in den Knast. Sollte bei mir etwas schiefgehen – ich habe Ihnen das Leben gerettet.

„Was wollen Sie?"

„300 Riesen auf ein Prager Bankkonto."

„Und wie soll das funktionieren? Sie glauben doch sicher nicht, dass Sie damit weit kommen?"

„Lassen Sie das meine Sorge sein, Herr Hauptkommissar. Ich will endlich in Ruhe leben und nicht auf solche Arschlöscher wie diesen Steigenberger angewiesen sein. Tausendsiebenhundert hat mir der Idiot monatlich überwiesen. Dafür durfte ich die Weiber und die Drogen über die Grenze holen. Immer mit einem Bein im Knast."

„Dort werden Sie aber mit Sicherheit landen, wenn Sie nicht sofort meine Fesselung lösen."

„Gemach, gemach, Herr Hauptkommissar. Ich werde in wenigen Minuten mit dieser kleinen Schlampe – an der Ihnen ja allerhand zu liegen scheint – dieses Haus verlassen und jenseits der Grenze mit ihr spurlos verschwinden. Sobald das Geld auf dem Prager Konto eintrifft, wird es sofort weitergeleitet und die kleine Maus", er stupste mit seinem Schuh die Pferdedecke an, „kehrt unversehrt zu Ihnen zurück."

Du musst das auf jeden Fall verhindern, dachte Asbach. Eine weitere Tortur überlebt Leona wahrscheinlich nicht Wer weiß, ob sie ohne ärztliche Hilfe aus dieser

Strangulation ohne Schädigung herauskommt. Klar war, dass er sich auf seine körperlichen Funktionen noch immer verlassen konnte. Die einzige Möglichkeit war, mit einem harten Fußtritt seiner gefesselten Füße dem Kerl einen Kopfstoß zu verpassen. In der Zeit, bevor der Kerl wieder das Bewusstsein erlangte, musste er Leona so weit bringen, dass sie seine Fesselung lösen konnte.

Asbach rutschte Zentimeter um Zentimeter nach vorn.

„So ein Scheißleben wie das hier, wünsche ich keinem", fuhr der Mann, in Selbstmitleid zerfließend, fort. „Immer die Angst im Nacken wegen der Drogen. Jenseits der Grenze wird das Meth in Hunderten von Giftküchen produziert und über die Asia-Märkte vertrieben. Erwischt werden zwar nur ..."

„Wussten Sie, dass das Zeug bereits im zweiten Weltkrieg unter dem Namen Pervitin eingesetzt wurde?"

Du musst Zeit gewinnen. Du musst den Mann ablenken.

„Bei den Landsern hieß das Zeug Panzerschokolade, Fliegermarzipan und Hermann -Göring-Pille.

„Wusste ich nicht, aber für die NVA wurde das Teufelszeug in Königsbrück produziert."

„Die Bundeswehr stand in der Beziehung der NVA nicht nach. Auch die Amerikaner haben es zum Beispiel im Vietnamkrieg bei bestimmten Einsätzen an ihre Soldaten ausgegeben."

Jetzt!

Asbach spannte alle Muskeln an, bäumte sich auf und trat – ins Leere.

Er sah noch wie der Mann die Waffe auf ihn anlegte, dann krachte der Schuss.

Jetzt bist du tot, dachte er.

Aber dann fiel ihm ein, dass, wenn er noch dachte, er nicht tot sein konnte.

„Man siehst du komisch aus."

Die Stimme?

Das war Maibach. Dahinter stand Kowalski und einer der Männer aus seinem Hotelzimmer.

Kowalski schnitt die Fesselung auf, während Maibach sich um Leona kümmerte.

„Hätte nicht gedacht, dass du noch triffst", grinste Asbach.

„Undank ist der Welten Lohn. Ruf den Rettungsdienst! Mit dem Mädel steht es nicht zum Besten."

***

Zwei Monate später

Es rauschte im Blätterwald. Die Gerüchteküche brodelte. In den Talkshows der Fernsehsender wurden Fragen gestellt, die die Moderatoren in eine Zwangssituation versetzten. Die Grünen und die Roten verschossen ihre angespitzten Pfeile in gewohnter Manier. Die Schwarzen lenkten, ebenfalls in gewohnter Manier, die Pfeile in eine Richtung, in der sie keinen Schaden anrichten konnten, und die herbeigerufenen Experten, die glücklich waren, endlich ihr geistiges Sperma in der Öffentlichkeit verspritzen zu können, begannen, über das Böse an sich, Kindheitstraumata, psychische Deformation der Seele, akzidentale Eigenschaften und das „Ding an sich" ausschweifend zu referieren.

Währenddessen trafen auf verborgenen Wegen geheime Botschaften an den Schaltstellen der Macht ein.

Der Vorsitzende des Vorstandes der Dolus Bank erhielt einen A4 Umschlag per Einschreiben mit sehr anrüchigen

Fotos. Daraufhin wurde ein hochrangiger Banker und ein Investmentjurist entlassen. Der Vorsitzende des Vorstandes holte sich daraufhin von der Hauptversammlung das Okay für eine Gehaltserhöhung von 8,1 auf 9,8 Millionen.

An den Oberlandesgerichten, den Landgerichten und Amtsgerichten trafen im gleichen Zeitraum ähnliche Briefe ein. Zwei Richter und ein Staatsanwalt beantragten aus gesundheitlichen Gründen ihre sofortige Versetzung in den Ruhestand. Ein Mitarbeiter beim Oberlandesgericht beging Suizid. Der Mann war verheiratet, hatte zwei Töchter und einen untadeligen Ruf bei seinen Nachbarn. Die Post war irrtümlich an seiner Privatadresse gelandet und seine Ehefrau hatte das Kuvert geöffnet.

Steuerfahnder und die BaFin hatten gegen Markus Steigenberger ermittelt. Der Mann war auf Grund der Ermittlungsergebnisse in U-Haft genommen worden und zusammengebrochen wie ein morscher, alter Baum.

Er hatte sich als Kronzeuge angeboten.

Bei der Überführung aus der U-Haft zum Gericht war er von zwei Kugeln erwischt worden. Die erste Kugel hatte sein Gewissen getroffen und keinen Schaden anrichten können, die zweite Kugel hatte ihm die Schädeldecke weggerissen.

Bei der ballistischen Untersuchung stellten die Experten fest, dass aus einer OSW-96 geschossen worden war. Das OSW-96 war ein russisches Scharfschützengewehr mit einer Reichweite bis über tausend Meter.

Hauptkommissar Asbach war wieder suspendiert worden. Gegen ihn lief eine Untersuchung wegen Körperverletzung. Da das Opfer verstorben war, würde die Sache sehr wahrscheinlich im Sande verlaufen.

Leona Nachterstedt hatte sich schnell von den durchgestandenen Folterungen erholt. Sie hatte einen großen Teil ihres Geldes in den Wiederaufbau des Cafès Pinocchio gesteckt und daraus ein Malercafe gemacht. Hier durften Kinder und Jugendliche in einem großen Raum Wände, Tische und Fußböden bemalen oder mit Sprühdosen verzieren. Einmal im Monat wurde das beste Bild ermittelt und der „Künstler" ausgezeichnet. Das Bild wurde danach in der **Bild**-Zeitung veröffentlicht.

Heute Abend würde sie sich bei Arnt bedanken und alles daran setzten, dass es nicht nur bei Gaumenfreuden blieb. Liebe ging bekanntlich durch den Magen, und so war ihr Einkaufswagen gut gefüllt, als sie die Kaufhalle verließ. Als sie auf dem Parkplatz ihre Einkäufe in die Papiertüten packte um sie im Kofferraum zu verstauen, stieß jemand von hinten gegen ihre Kniekehle.

„Na he, was soll ..."

Dann ging Leona auf die Knie.

„Max", rief sie so laut, dass die Leute sich umdrehten.

„Mein lieber Max, wie siehst du denn aus? Bist ja nur noch Haut und Knochen."

Sie umarmte den Dobermann und drückte seinen Kopf an ihre Wange. Der Hund leckte ihr hechelnd das Gesicht ab.

„Hopp, rein mit dir ins Auto, wir fahren nach Hause."